Jean-Paul Gottlieb Die Erzählungen der Ophelia George

JEAN-PAUL
GOTTLIEB

Die Erzählungen der Ophelia George

Bibliografische Information der Deutschen Nationalbibliothek:
Die Deutsche Nationalbibliothek verzeichnet diese Publikation in der Deutschen Nationalbibliografie; detaillierte bibliografische Daten sind im Internet über http://dnb.d-nb.de abrufbar.

Illustrationen: Willem Lagerwaard, Rotterdam
Übersetzung: Dr. Ann-Kristin Aschenbrenner-Ross, Perth
Satz und Gestaltung: büro mn, Bielefeld

ISBN 978-3-9823-3425-7 (Taschenbuch)
ISBN 978-3-9823-3426-4 (Gebundene Ausgabe)
ISBN 978-3-9823-3427-1 (E-Book)

Für Olivia

Kapitel 1

Im Nachhinein war klar, dass Ophelia Margaret George ihren unvorhergesehenen Tod, der kurz nach ihrer Geburt eintrat, überleben würde. Der frühe Morgen des 22. Februar, eines äußerst glücklichen Tages, endete leider mit dem größten Leid, das man sich nur vorstellen kann. Vierzehn Stunden und vierundvierzig Minuten später, am 23. Februar, verstarb Ophelia. Aber bevor wir zu Letzterem kommen, werde ich etwas über die Geburt erzählen, so außergewöhnlich, könnte man sagen, nun... Außergewöhnlich.

»Noch nicht pressen«, sagte die Hebamme. »Das Baby liegt nicht im richtigen Winkel. Bei der nächsten Wehe müssen Sie folgenden Ton machen.« Die Hebamme gab ein Geräusch von sich ganz ähnlich wie eine Opernsängerin, die sich auf die erste Arie des Abends vorbereitet.

Die Mutter tat, wie ihr geheißen. »Pa pa pa pa pa pa«, keuchte sie.

»Es funktioniert. Sie dreht sich«, sagte die Hebamme.

Die Verflechtung von Mensch und Natur war so offensichtlich, dass es unvorstellbar war, dass diese beiden Wörter überhaupt unterschiedlich definiert werden könnten, denn die eine entspricht, trotz ihrer Mutwilligkeit, dem anderen.

Der Vater hielt die Hand der Mutter und flüsterte ermutigende Worte. »Du machst das großartig, ganz großartig. Du bist meine große Liebe und meine Heldin. Ich liebe dich und unser Baby sehr.«

Die Mutter schwieg auf seine Erklärung. Der Raum atmete geradezu Liebe und Magie. Sie lächelte, als er ihr den Schweiß von der Stirn wischte.

»Liebste, stimmst du immer noch mit mir überein, dass ich unser Kind in Empfang nehmen soll, oder hättest du es lieber, dass ich deine Hand halte?«, fragte der Vater.

»Ihr Kopf ist bereit, herauszukommen«, sagte die Hebamme.

Die Mutter atmete zweimal tief durch und sagte mit klarer Stimme: »Ich würde mir nichts mehr wünschen, als dass du unser Kind in Empfang nimmst.«

»Wie ist es möglich, dass sie gebiert und immer noch so klar reden kann?«, fragte sich der Vater.

»Also gut«, fuhr die Hebamme mit einem festen Ton in der Stimme fort. »Es ist höchst ungewöhnlich, aber kommen Sie hierher. Nun halten Sie Ihre Hände so und wenn das Kind herauskommt, schließen Sie Ihre Arme so und vergessen Sie nicht das Stützen des ...« Bevor sie ihre Satz beenden konnte, hatte sich Ophelia bereits in die Arme ihres Vaters eingeschmiegt.

Es war eine Geburt wie keine andere. Ich weiß es, Du weißt es, die Hebamme wusste es, aber zu diesem Zeitpunkt war es Sophia nicht klar, und auch Arch nicht. Sie wussten, dass die Geburt besonders war, denn sie fühlten sich zum

Jubeln aufgelegt, und es übertraf das schönste Gefühl, das sie jemals im Leben gehabt hatten. Da es ihr erstes Kind war, gingen sie einfach davon aus, dass alle Eltern das so erfahren haben würden wie sie.

In dem Moment, als Ophelia geboren wurde, weiteten sich die Augen der Hebamme und ihr Unterkiefer klappte herunter, denn die Luft im Raum war nicht nur mit Liebe durchtränkt, sie barg auch ein Geheimnis. Oh, die Zeichen waren durchaus da. Aber wir wissen nicht, was wir nicht wissen, oder doch?

»Das ist ganz normal«, murmelte sie. »Kein Grund zur Besorgnis«.

Kurz danach verließ sie den Raum. Sie sah sich um, um sicherzugehen, dass niemand sie beobachtete, dann schnappte sie sich den Hörer vom Haken eines goldenen Stabtelefons. Mit ihren langen, knochigen Fingern drehte sie hastig die Wählscheibe.

»Es ist Zeit. Ab an die Arbeit!« sagte sie. »Was hast du gesagt?« fragte sie, nachdem die Stimme am anderen Ende geantwortet hatte. »Es ist mir egal, ob Du gerade zu Abend isst. Also hör auf zu jammern und mach dich an die Arbeit. SOFORT! Wir dürfen uns nicht verspäten.«

Nachdem sie aufgelegt hatte, blickte sie über ihre Schulter und eilte zurück ins Zimmer.

Kapitel II

Sieben Jahre später, am 29. September, wachte Arch auf und blickte aus seinem Fenster auf den Garten. Er öffnete die Vorhänge.

»Ich zerfließe, ich zerfließe«, scherzte Sophia mit einer hexenartigen Stimme. Eben dämmerte der Morgen, und Sophia war gerade aufgewacht.

»Lass uns schnell frühstücken, Liebste, damit ich arbeiten gehen kann«, sagte er. »Ich habe so ein Gefühl, dass dies ein wunderbarer Tag werden wird.« Arch streckte seine Arme aus wie ein Luchs, der sich behaglich räkelt, und schaute wieder aus dem Fenster. Der Tau, der das Gras bedeckte, war noch nicht durch die Wärme der Sonne verdunstet. Der typische frische Geruch lag in der Luft, fand seinen Weg durch die Ritzen des Fensters und lud ihn ein, tief einzuatmen. Er gab ihm das Gefühl, dass er das pure Leben einatmete. Ihr Garten stand in voller Blüte. Er konnte die Rosen und die Bougainvillea sehen. Doch seltsamerweise erschien der Anblick anders als sonst. »Sind nicht die Rosen, wo früher die

Bougainvillea standen, und umgekehrt?« Außerdem hätte er schwören können, dass statt Hibiskus nun Lavendel dort wuchs. Hummeln, Libellen und Schmetterlinge flogen geschäftig umher. Eine flackernde Reflexion des Sonnenlichtes blendete Arch. Als er erkannt hatte, woher die Spiegelung kam, bemerkte er, dass ein glitzernder weißer Schmetterling auf ihn zuflog.

»Schau, Liebste, ein Schmetterling kommt auf uns zu. Er ist wunderschön.«

Sophia, die noch im Bett lag, stand auf und ging zum Fenster hinüber. Sie war noch schläfrig, und ihre Haare fielen ihr ins Gesicht. »Ooooh«, hauchte sie, und ihr Gesicht leuchtete. Sie lächelte und ihr Herz füllte sich mit Glück. Denn immer, wenn sie einen Schmetterling sahen, erinnerte er sie an Ophelia, weil sie nie aufgehört hatten, zu glauben, dass sie weitergelebt hatte und Ophelia von Zeit zu Zeit in Form eines Schmetterlings besuchen würde. Der Schmetterling landete und setzte sich mit geschlossenen Flügeln ans Fenster.

Als Sophia sanft mit ihrem Zeigefinger das Fenster berührte, um die Stelle zu streicheln, an der der Schmetterling sich ausruhte, schlug das Tier einmal langsam mit den Flügeln. Sophia und Arch sahen, dass die Oberfläche der Flügel aus sehr dünnem Blattgold zu bestehen schien. Sie betrachteten den Schmetterling und schauten sich an. »Hast Du jemals einen Schmetterling wie diesen gesehen?« fragte Arch Sophia.

»Nein, Liebster. Nicht, dass ich wüsste«, gab sie zurück. Sie waren erstaunt.

»Du denkst doch nicht... Aber ... Nein, unmöglich. Oder ...?«

»Doch«, sagte Sophia. »Das denke ich wirklich. Ich bin mir nicht sicher, ob es als Schmetterling oder in irgendeiner anderen Form ist, aber ich kann unsere Tochter überall um uns herum fühlen.«

Sie sahen auf, und der Schmetterling war weg. Sophias Augen suchten, konnten ihn aber nicht finden. Sie richtete den Blick auf die vertrauten Tummelplätze der Falter, nur um festzustellen, dass sie alle verschwunden waren.

Arch streichelte Sophias Haare. Seit dem Tag, an dem Ophelia gestorben war, waren sie im Handumdrehen grau geworden. »Komm schon, Liebste, lass uns frühstücken, bevor ich noch anfange, dich anzuknabbern«, raunte er. Sie erwachte aus ihrem erstarrten Blick, küsste ihn auf die Wange und nahm seine Hand, um mit ihm in die Küche zu gehen.

Nach dem Frühstück schlug Arch den Weg durch die Hintertür ein, über den Garten, der sich am Ende im Wald verlor. Er hatte seinen Klappstuhl mit eingebautem Tisch dabei. Er bog rechts ab, er bog links ab, wieder rechts und noch einmal rechts, und nach etwa 400 Metern erreichte er den Eingang. Er atmete tief ein und schaute nach oben. »Johannis-Friedhof«, stand dort.

»Heute wird ein wunderbarer Tag«, bemerkte er laut; »wirklich ein ganz wunderbarer Tag«, und er betrat den Friedhof.

Ophelias Grab war klein und bescheiden; durchaus planvoll angelegt, und doch lud es zum Verweilen ein. Es war mit hübschen bunten Blumen bedeckt, die alle im Laufe der Jahre miteinander verwachsen waren. Der Grabstein war flach und aus Travertin. Der Regen verwusch den Kalk an der Oberfläche des Steins, der daher weiß strahlte.

OPHELIA MARGARET GEORGE.

Er entfaltete den Klappstuhl mitsamt dem Tisch. Er hatte ihn selbst gebaut, damit er ortsunabhängig bleiben und zugleich an seinem Buch arbeiten konnte. Er setzte sich und öffnete die integrierte Schublade. Darin lag ein Notizbuch, eine Schreibfeder, ein Bleistift und ein Radierer. Arch hatte sich selbst beigebracht, alles zuerst mit einem Bleistift zu notieren, um Fehler ausbessern zu können, um es dann, wenn er sicher war, alles richtig formuliert zu haben, mit der Feder festzuhalten.

Als er gerade angefangen hatte zu schreiben, hörte er einen lauten Knall, der ihn zusammenfahren ließ. Er klang weit entfernt und doch sehr nah, wie in unmittelbarer Nähe seines Ohres. Er sah sich um, nur um festzustellen, dass niemand da war. ›Ich sollte lieber mit der Arbeit anfangen‹, dachte er betreten und machte sich ans Werk.

An diesem Tag schrieb er, wie er noch nie zuvor geschrieben hatte. Sein Schreiben manifestierte sich jedoch zunächst nicht in Worten. Vielmehr hinterließ die Tinte, die aus seiner Feder floss, trübe Flecken, die sich, als sie trockneten, zu Worte formten. Es war fast so, als ob die Tinte sich selbst schriebe. Er schrieb und -schrieb und – schrieb und – schrieb. Er wurde weder hungrig noch müde. Es war, als sei er nicht da und doch anwesend. Im Handumdrehen hatte er sein Buch fertig gestellt. Er fühlte sich mit seiner Leistung zufrieden. Es war ein Meisterwerk, das mit Abstand beste Buch, das er je verfasst hatte. Angesichts der Tatsache, dass er 22 Monate gebraucht hatte, um die ersten beiden Seiten zu schreiben, hatte er es nun in ein paar Stunden vollendet. Er blätterte durch die Seiten und bemerkte, dass die Worte, die er geschrieben hatte, nichts mit dem Buch zu tun hatten, das er im Sinn gehabt hatte.

»Ich sollte den Text noch einmal prüfen. Ich kann mich gar nicht daran erinnern, dies geschrieben zu haben«, überlegte Arch. Erschüttert von dem, was gerade geschehen war, öffnete er die erste Seite, die er an diesem Tag zu Papier gebracht hatte, aber während er sie las, begannen seine

Gedanken zu wandern. Ihm wurde klar, dass er schon lange auf dem Friedhof gewesen sein musste. »Wie spät ist es wohl?«, fragte er sich. Er sah sich um, und tatsächlich ging die Sonne schon unter. Er beschloss, seine Schreibwerkzeuge einzusammeln und nach Hause zurückzukehren. Sophia würde sich schon schreckliche Sorgen machen. Doch bevor er noch alles zusammengepackt hatte, war der Himmel pechschwarz geworden. Er blickte auf und sah weder Mond noch Sterne.

Arch begann in Richtung Ausgang zu gehen, aber obwohl er den Friedhof wie seine Westentasche kannte, konnte er in der Dunkelheit die Wege nicht erkennen. Es begann zu regnen und zu gewittern, und Arch hatte sich vollkommen verirrt. Er konnte keinen einzigen Gegenstand deutlich erkennen. Wie in einem Nebel begann Arch zu laufen, gegen Gräber und Büsche zu taumeln und über Steinkanten zu stolpern, und er hatte Angst. Es blitzte, begleitet von einem Donnergrollen, und er hätte schwören können, dass er die Spiegelung eines riesigen Herrenhauses in der Ferne erblickt hatte. Doch als er beim nächsten Blitz genau in dieselbe Richtung spähte, sah er es nicht mehr. Er schaute nach links – und da war wieder Ophelias Grab: Er war genau an der Stelle gelandet, von der aus er aufgebrochen war. Der Donner und Regen wurden immer heftiger.

»Komm hierher. Hier bist du sicher«, hörte er da die Stimme eines Mädchens.

Verwirrt wandte er sich um. »Wohin soll ich kommen?«, fragte er.

»Nach hier drüben. Ich werde dich in Sicherheit bringen.«

Es kam aus Ophelias Grab. Langsam ging er hinüber, legte seine Jacke auf den Boden, um sich zu setzen, und öffnete den Klappstuhl mit dem eingebauten Tisch, um sich darunter zu verstecken. Er lugte hervor und sah, wie ein großer Ast von einem Baum abbrach und in Richtung des Tisches stürzte. Einen Steinwurf von Arch entfernt zersplitterte der Ast, aber leider prallte ein großes Stück vom Boden zurück und traf seinen Kopf. Schmerz schoss durch Archs Schädel und ließ seinen Blick verschwimmen. Durch seine halbgeschlossenen Augen sah er einen kompletten Baum, der entwurzelt worden war und mit torpedoartiger Geschwindigkeit auf ihn zuschoss. Arch verlor das Bewusstsein.

Als Arch seine Augen wieder öffnete, schien die Sonne. Der Morgen dämmerte. Sonnenstrahlen fanden ihren Weg zwischen den Zweigen und schienen ihm ins Gesicht, ein warmes, friedliches Gefühl. Er hob den Kopf und stieß gegen den unteren Teil des Tisches. »Autsch!« Arch rieb sich den Kopf. Als er sich umsah, bemerkte er, dass die Pflanzen und Blumen, die Ophelias Grab bedeckten, in der Nacht über den ganzen Tisch gewachsen waren. Er zog die Pflanzen beiseite und kam unter ihnen hervor. Er schaute sich gründlich um und atmete die frische Morgenluft ein. Sie beschwingte ihn, doch sie roch anders als andere Morgen – sie trug ein Geheimnis, das Geheimnis, das vor Jahren gepflanzt worden war welches kurz davor stand, sich zu entwirren. Und dies durchaus im wörtlichen Sinn: Denn vor Arch wuchsen aus einem schwebenden Samen in schlangenartigen Bewegungen Wurzeln. Aus den Wurzeln wuchsen Dornen, und aus den Dornen wuchsen mehr Dornen. Als die Wurzeln aufhörten zu wachsen, entfaltete sich ein Stiel in Form eines Schneckenhauses und fing an zu wachsen. Und schließlich öffnete sich eine lila Blume. »Unmöglich«, seufzte Arch überwältigt. Als er nach der Blume griff und sie berührte, stach er sich. Der durchdringende Schmerz verschwand so schnell, wie er gekommen war. Arch schaute auf seine Hände und berührte sein Gesicht. Lebte er überhaupt noch? ›Was ist nur passiert?‹, dachte er.

Arch besah sich prüfend den Friedhof, der, obwohl ihn das Morgenlicht so anders erschien, genau wie immer dalag. Als er die Blume wieder anschauen wollte, war sie verschwunden. »Eigenartig. In der Tat, sehr eigenartig«, murmelte er und beschloss, seine Sachen zu packen und so schnell wie möglich nach Hause zu gehen. Es war immerhin bereits der nächste Morgen und Sophia musste sich schlimmste Sorgen um ihren Mann gemacht haben, aber dennoch ertappte er sich dabei, wie sein Schritt sich verlangsamte. Feine, bisher unentdeckte Besonderheiten und verborgene Einzelheiten des Friedhofs erschlossen sich plötzlich seinem Blick. Er war tausendmal dort gewesen, aber nie hatte er wahrgenommen, wie eindrucksvoll er war. Anstatt wie üblich in die gleiche Richtung zurück zu gehen, marschierte er in die andere Richtung. Ophelias Grab war das dritte von links.

Das erste Grab war das von Spring und Summer Beesworth. Obwohl offensichtlich war, dass es von Zeit zu Zeit jemand besuchte, war es nicht sehr gut gepflegt. Es hatte einen Grabstein aus altem grauen Sandstein mit einem Engel darauf, der über die Gräber wachte. Der Engel hatte ein gewisses Lächeln, das schwer zu beschreiben war; es sprach gewissermaßen laut und schwieg dabei zugleich. Das Grab war komplett mit kleinen, weißen, roten und lachsfarbenen Rosensträuchern bedeckt und seine steinerne Einfassung war mit Efeu bedeckt, der wild aus dem Boden wucherte. Doch gerade an der Grenze, die das Beesworth-Grab mit dem mittleren Grab verband, wuchs der Efeu horizontal in einer geraden Linie mit chirurgischer Präzision, als ob er sich an einer unsichtbaren Wand entlangrankte.

Das mittlere Grab war das von Roger Cleanbottom. Wie Sie sich wahrscheinlich denken können, hat dieser Name die Cleanbottoms in einige unangenehme Situationen gebracht, aber ich werde mir diese Geschichten für einen anderen Moment aufheben. Das Cleanbottom-Grab war jedenfalls sehr aufgeräumt, mit weißen Kieselsteinen und einem perfekt getrimmten kreisförmigen Labyrinth aus Buchsbaum. Arch sah eine Wespe über den Buchsbaum fliegen. Plötzlich umfing der Buchsbaum das Insekt, sog es ein und verschluckte es. »Wie merkwürdig«, entfuhr es Arch erneut.

Überall auf dem Friedhof bemerkte Arch nun, wie schön dieser eigentlich war. Ein Grab mit ungezähmtem Efeu und natürlichen Wildblumen, die ein verwittertes Holzkreuz umwucherten, fiel ihm ins Auge. MARTHA, stand dort. Nur MARTHA. Er schloss die Augen und musste daran denken, wie er gestern Morgen mit Sofia durch das Fenster geschaut hatte. Er erschrak und schimpfte mit sich: ›Ich muss wirklich gehen. Sie muss ja ganz außer sich sein.‹

Er begann wieder zu laufen, diesmal in einem viel schnelleren Tempo, aber wie zuvor wurde er langsamer und langsamer. Es war, als ob ihn der Friedhof verzaubert hätte. Jeder Schritt wurde kleiner und, in dem Maße, wie der Zauber, den der Friedhof ausübte, Arch in seinen Bann schlug, auch zögerlicher.

An einer Kreuzung irgendwo in der Mitte des Friedhofs fiel ihm eine besonders düstere Grabstätte ins Auge. Von seinem Aussehen her musste der Grabstein mindestens tausend Jahre alt sein und erinnerte an einen längst verlassenen, verfallenen römischen Tempel. Drei Männer bewachten ihn; einer war lang und schlaksig, einer klein mit auffällig viel Hüftspeck. Der in der Mitte war sehr muskulös und groß mit langen Haaren und einem ebensolchen Bart. Seine Fäuste waren geballt und seine Arme angewinkelt. Er neigte sich leicht nach vorne, als ob er jederzeit bereit sei, anzugreifen. Er glich mehr einem Tier als einem Mann.

›Wie außergewöhnlich; tatsächlich ganz außergewöhnlich‹, dachte Arch. Eine finstere Aura, umgab das Grab, und alles schien zu signalisieren: VERSCHWINDE! Auf dem Giebel hieß es:

»HIER LIEGET DER LEIB VON ADERITUS CORNELIUS PERTINAX, DER AM 7. JULI DES JAHRES 777 VERSTARB. ER WAR DER REICHSTE, ZIELSTREBIGSTE MANN, DER JE AUF DIESER ERDE WANDELTE.«

»Muss ja ein großartiger Kerl gewesen sein«, murmelte Arch.

Nachdem er sich die Grabstätte von Aderitus Cornelius Pertinax angesehen hatte, wählte Arch einen der Wege, um in Richtung Ausgang zu gehen, und dort, in einer Ecke, war es. Es war riesig. Man könnte es nicht einmal als Grab bezeichnen. Selbst, es ein Mausoleum zu nennen, wäre noch eine Untertreibung: Dies war ein Herrenhaus. Am Eingang des Grundstücks war ein zweiflügeliges Eisentor mit einer perfekt gestrichenen grünen Oberfläche. Anstatt mit einem Steinzaun war das Grundstück von einer Hecke, die Arch bis zum Kinn reichte, umgeben. Er ergriff zwei Stäbe des Tores und drückte seinen Kopf dagegen, so fest er konnte, um eine bessere Sicht zu bekommen. Schöne hohe Buchsbaumsträucher wuchsen vor dem Herrenhaus, und genau in der Mitte der Grabstätte stand ein Brunnen. Als Arch versuchte, sein Gewicht nach vorn zu verlagern, schwang das Tor auf, wodurch Arch sein Gleichgewicht verlor und auf die Kiessteine schlug. Als er aufstand, spürte er, wie sein Knie pochte. Er klopfte seine Hose ab und schaute sich das Gelände an. Er fühlte sich, als sei er ein Eindringling.

»Ich sollte nicht hier sein«, dämmerte es Arch, aber obwohl ihm seine Umgebung bedrohlich vorkam, spürte er, wie ihn das Herrenhaus anzog.

Seine Angst wich einem Gefühl von Vertrautheit, und er humpelte zum Brunnen hinüber. Als er sich auf den Rand gesetzt hatte, zog er sich seinen Hut vom Kopf, um zu prüfen, ob er vom Sturz staubig geworden war. Er schaute von links nach rechts und bemerkte, dass es auf jeder Seite des Gartens eine Bank in Form eines Halbkreises gab, mit jeweils einer Statue in Form eines Mannes, der auf ihnen saß. Die Männer befanden sich einander genau gegenüber.

»Die Bänke wurden «Exedra« genannt«, erinnerte sich Arch.

Er wandte sich dem Mausoleum zu und näherte sich ihm allmählich. Diesmal ging er nicht etwa langsam, weil er aus dem Staunen nicht mehr herauskam, sondern einfach, weil sein Knie nach dem Sturz noch schmerzte. Als er schließlich davorstand, konnte er das ganze Mausoleum viel deutlicher erkennen als zuvor durch das Tor. Auf dem Westflügel konnte er die Namen auf den drei Stockwerken sehen. Von oben nach unten las er:

›Julia Antonia Oetker,
Eduardus Siegfried Oetker,
Victor Florentin Oetker.‹

Es war, als hätte jede Person ein Stockwerk für sich selbst. Auf dem Ostflügel stand, von oben nach unten gesehen:

›Eduardus Sebastian Oetker,
Victoria Oetker,
Paul Christian Oetker.‹

Um das Mausoleum zu betreten, musste Arch drei Stufen erklimmen, die mit Efeu bewachsen waren. Da sein Knie immer noch weh tat, machte er vorsichtig einen Schritt nach dem anderen. Auf der dritten Stufe, kurz bevor er einen Fuß neben den anderen setzen wollte, fiel er direkt durch den Boden. Er stürzte und fiel und fiel und fiel durch einen Schacht, der aus Efeu zu bestehen schien, bis er plötzlich genau an derselben Stelle aufkam, wo er durch den Boden gebrochen war. Er lag in Embryo-Haltung auf der Seite, wobei seine Arme den Kopf schützten; dann sprang er auf und nahm eine Kampfstellung ein, mit erhobenen Händen und den Fäusten vor dem Gesicht, bereit, sich zu schützen. Er führe sogar einen Boxhieb in die Luft aus, weil er überzeugt war, dass er angegriffen wurde. Als er merkte, dass niemand da war, schämte er sich. Arch errötete und schaute sich um, um zu sehen, ob ihn jemand beobachtet hatte. Dabei bemerkte er, dass keine Statuen mehr auf den Exedra saßen.

›Das ist eigenartig‹, dachte er. Er kniff die Augen zusammen und schaute noch einmal.

»Da ist niemand. Ich muss geträumt haben«, stellte er mit Erstaunen in der Stimme fest.

Als er sich wieder frontal vor das Mausoleum stellte und sah, dass es eine Tür gab, wo sich vorher ein offener Raum befunden hatte, verspürte er den starken Drang, hineinzugehen. Es war, als ob ihn etwas nach innen zöge und auf seine Ankunft wartete. Und obwohl es ihn zu Beginn große Überwindung kostete, beschloss er, die Tür zu öffnen. Sie war verschlossen. Er versuchte, den Knauf zu drehen, er drückte und zog – aber egal, was er tat, er bekam sie nicht auf. Nicht einmal mit all seiner Kraft. Als er nach rechts schaute, sah er dort eine Glocke hängen. »Hat die vorhin schon da gehangen?«, fragte er sich. Er klingelte und wartete. Nichts passierte. Nachdem er so eine Weile ausgeharrt hatte, klingelte er wieder. Er wurde ungeduldig und fing an, mit der Fußspitze auf den Boden zu tippen. Tip, tip, tip, tip.

»Hallo, irgendjemand da?«, rief er. Niemand antwortete. Tip, tip, tip, tip. ›Ok, noch einmal Läuten und dann gehe ich.‹

Er schnappte sich wieder das Glockenseil, doch bevor er noch klingeln konnte, begann der Boden, auf dem er stand, vom Mausoleum wegzugleiten, als wäre er ein Teil auf einem Fließband. Als er nach vorn sah, dorthin, wo sich das Mausoleum befand, sah er zunächst nichts. Dann bildete sich ein Krater im Boden. Arch ließ sich zu Boden fallen, als suche er Deckung vor einer Sprengladung. Als er keine Explosion hörte, schaute er auf. Ein Ziegelstein schoss aus dem Krater. Er flog hoch in der Luft, um in perfekter Flugbahn weit links von dem Loch auf dem Boden zu landen. Dann war für kurze Zeit wieder Ruhe. Arch stand auf und klopfte den Staub von seiner Hose, als ein weiterer Ziegel herausgewirbelt wurde. Arch folgte ihm mit den Augen: Der Stein landete genau neben dem anderen Ziegel. Arch neigte ungläubig den Kopf zur Seite. Dann passierte erst einmal wieder nichts. Es war, als ob der nächste Ziegel Zweifel hege, ebenfalls aus dem Loch zu springen. Dennoch schoss er schließlich heraus und landete akkurat auf den anderen beiden Steinen. Der nächste Ziegel folgte kurz darauf, und dann ein weiterer und noch einer. Die Ziegel wurden herauskatapultiert, flogen zu beiden Seiten und stapelten sich säuberlich übereinander, Ziegel für Ziegel und schneller und schneller. Es war, als ob eine magische Kraft ein Haus baue. Nachdem so die Mauern vollständig errichtet worden waren, wurde die Fassade von selbst weiß, und schließlich thronte ein Schlafsaal mit einer Kuppel in der Mitte des neuen Herrenhaus. Dort stand es in all seiner Pracht. Es war riesig, das größte Herrenhaus, das Arch je gesehen hatte.

Die Haustür des gerade erst fertiggestellten Gebäudes öffnete sich langsam.

»Wie kann ich dir helfen?«, fragte eine Kinderstimme.

»Hey, kleines Mädchen«, antwortete Arch, »Siehst du nicht schön aus?« »Oh, vielen Dank, mein Herr«, gab sie sie mit gespielt förmlicher Stimme zurück. Arch erwiderte: »Es gibt schon eine Sache, mit der du mir helfen könntest. Ich scheine ein wenig durcheinander zu sein. Könntest Du mir bitte sagen, wo wir sind?«

»Wir sind zu Hause«, antwortete sie und lächelte. Ihre Vorderzähne fehlten.

»Und wo ist das, zu Hause?« erkundigte sich Arch.

»Na, hier, Dummkopf«, kicherte das Mädchen.

Überrascht, aber amüsiert von ihrer Antwort schmunzelte Arch: »Bist du nicht ein freches Teufelchen? Weißt Du, ich habe eine Tochter, die jetzt etwas jünger wäre als du.»

»Wirklich?«, fragte das Mädchen. »Aber du weißt doch gar nicht, wie alt ich bin, oder?«

»Das stimmt«, gab er zu.

Das Mädchen schien etwa zehn Jahre alt zu sein und hatte sehr lange, rote Haare und viele Sommersprossen. Ihre Augen waren haselnussbraun und glänzten so, dass man sich in ihnen spiegeln konnte.

»Ich habe eine Freundin«, sagte sie. »Sie ist ein sehr schlaues und sehr niedliches Mädchen.« »Ja, wirklich?« erkundigte sich Arch. »Ja«, fuhr sie fort, »und sie sieht aus wie du.«

Archs Lächeln wich einem ernsten Ausdruck.

»Wie heißt sie?«, wollte er wissen.

»Julia«, sagte eine Frauenstimme, als sie die Treppe hinunterkam, »sei nicht so ungezogen. Lade unseren Gast ein. Sie werden meine Nichte entschuldigen müssen. Sie ist nicht an Besucher gewöhnt. Bitte kommen Sie herein. Edward, wir haben einen Gast!«, rief sie. »Mein Name ist Victoria. Ich freue mich, Sie zu treffen.«

›Victoria? Julia?‹ Arch überlegte. Er hätte schwören können, dass er diese Namen gerade auf den Gräbern gelesen hatte. Aber er erinnerte sich nicht daran, den Namen Edward dort gesehen zu haben.

»Eduardus Sebastian Oetker, hast du mich gehört?«, wiederholte sie.

Archs Gesicht wurde blass. Victoria sah ihn an und fragte, ob es ihm gut gehe. Seine Knie wurden weich. Victoria packte seinen Arm, legte ihn über ihre Schulter und ging mit ihm die Treppe hinauf. Edward kam zu ihnen herüber.

»Mein Gott«, sagte er, während er Arch stützte, indem er seinen anderen Arm nahm.

»Sieht aus, als hätten wir hier einen Notfall. Schaffen wir ihn in einen bequemen Sessel.«

Sie setzten ihn hin. Edward hockte sich vor Arch und wies ihn an, in ruhigen, tiefen Zügen zu atmen, während Victoria über Archs Rücken strich, um ihn zu beruhigen.

»Na, na,« sagte sie. »Alles wird gut«.

»Wo bin ich?« wollte Arch wissen. »Was ist dies für ein Ort? Sind Sie ...? Bin ich...?«

»Wollen Sie fragen, ob wir tot sind?« kam Edward zuvor.

Er fuhr fort: »Ich weiß es nicht, um ehrlich zu sein. Ich kann Ihnen sagen, dass wir, ganz wörtlich gesprochen, hinüber, also auf der anderen Seite sind. Aber tot? Ich weiß es wirklich nicht.«

»Möchten Sie eine Tasse Tee? Kamille kann sehr beruhigend sein«, sagte Victoria.

»Ja bitte«, nickte Arch.

Sie goss den Tee ein und gab ihn Arch. Dann füllte sie eine zweite Tasse. Edward lächelte und streckte seine Hand aus, um sie entgegenzunehmen. Ohne ihm Aufmerksamkeit zu schenken, leerte Victoria den Tee in einem Zug selbst. Arch versuchte auch, einen Schluck zu nehmen, aber der Tee war glühend heiß.

»Machen Sie sich keine Sorgen, mein Lieber«, tröstete sie ihn. »Sie werden den Dreh schon noch rausbekommen.«

»Welchen Dreh?«, fragte er.

Victoria lächelte.

»Können Sie mir bitte antworten?« beharrte Arch.

»Wir werden Ihnen alles sagen, was Sie wissen müssen, aber zuerst müssen Sie sich ausruhen. Ich werde Ihnen den Gästezimmern zeigen«, gab Victoria unbeirrt zurück.

»Aber ich muss nach Hause«, protestierte er. »Ich kann meine Frau nicht allein lassen. Das kann ich wirklich nicht«, rief er verzweifelt. »Sie braucht mich. Und ich brauche sie!«

»Alles wird gut. Wir sind hier, um Ihnen zu helfen«, versuchte Victoria wieder, ihn zu beruhigen.

Überwältigt von der Erkenntnis, dass er nicht mehr unter den Lebenden war, verlor Arch erneut das Bewusstsein.

Das Läuten einer Dinnerglocke weckte Arch auf. Er lag in einem bequemen, extrabreiten Doppelbett. Die Wände waren burgunderfarben, und überall hingen geschmackvolle Gemälde. Er stand auf und bemerkte, dass er Schlafkleidung trug. In der Hoffnung, ein paar Kleider zu finden, ging er auf die Kommode zu. Er war im Begriff, die oberste Schublade zu öffnen, als er bemerkte, dass neben der Tür ein Smoking hing. Er schaute sich den Smoking an und bemerkte dann seine Reflexion im Spiegel. Als er in den Spiegel schaute, sah er, dass er durch irgendeinen Zauber bereits in dem Smoking steckte. Er war sauber rasiert und sah mindestens fünfzehn Jahre jünger aus. Jemand klopfte an die Tür. Als er öffnete, war niemand da.

Der Flur war komplett dunkel und zwei Kerzen, eine auf jeder Seite des Korridors, brannten. Sie waren weiß und sehr dick und befanden sich in kupferfarbenen Kerzenhaltern. Als er auf den Lichtschein zuging, leuchteten die nächsten beiden Kerzen auf, während die ersten beiden Flammen erloschen. So wurde er zur Treppe geleitet, die er hinabstieg.

Arch hörte eine lebhafte Diskussion hinter einer Tür unter der Treppe. Er ging darauf zu und wollte die Tür öffnen, aber stattdessen drang seine Hand direkt durch die Tür. Er folgte seiner Hand. Auf der anderen Seite war ein riesiger Speisesaal mit einem großen Tisch.

»Ich bin mir sicher, dass er es ist. Aber ich werde es Dir nicht noch einmal sagen, Paul«, sagte Edward.

»Oh Arch, sehen Sie schneidig aus!« rief Victoria laut als Zeichen für die anderen, die Unterhaltung zu beenden.

Edward schüttelte den Kopf und schaute Arch an. Auf seinem zunächst erschrockenen Gesicht erschien ein Lächeln.

»Tatsächlich, sehr schneidig. Wenn Sie etwas besser aussähen, könnte man Sie für meinen Zwillingsbruder halten«, sagte er, während er einen Bissen zu sich nahm. Er zeigte mit seiner Gabel auf einen freien Stuhl und sagte: »Setzen Sie sich und essen und trinken Sie. Fühlen Sie sich wie zu Hause, mein Lieber.«

Paul verließ sofort den Raum und stieß auf dem Weg nach draußen gegen Archs Schulter. »Passen Sie doch auf!«, schimpfte er verächtlich und stürmte davon.

»Bitte entschuldigen Sie meinen jüngeren Bruder«, sagte Edward. »Er hat sich noch nicht auf dieses Leben eingestellt, oder wie auch immer Sie es nennen mögen.«

›Jüngerer Bruder? Er sieht doppelt so alt aus wie Edward‹, dachte Arch.

»Ich kann mir das schon vorstellen. Es ist keine Kleinigkeit, dies alles zu begreifen«, erwiderte Arch, während er sich hinsetzte. »Ich habe übrigens vorhin zufällig gehört, dass Sie gesagt haben: ›Ich bin sicher, das ist er‹, fuhr er fort. »Haben Sie da über mich gesprochen?«

Edward sah Arch prüfend an.

»Ja, da ging es um Sie«, gestand er schließlich. »Es gab einige Zweifel bezüglich Ihrer Identität, aber die sind ausgeräumt. Es wird alles gut werden.«

»Was für Zweifel?« fragte Arch.

»Es ist in Ordnung, Arch, es ist nichts, wirklich.«

Julia saß auch am Tisch. »Hallo, mein Herr«, kicherte sie.

»Milady«, antwortete Arch. »Und wer ist dieser gutaussehende Gentleman?", fragte Arch einen Jungen, der Julia gegenübersaß. Er hatte dicke rote Haare mit klaren Haselnussaugen wie seine Schwester. Sein Kinn war sehr kräftig und für einen Jungen in seinem Alter schien er ausgesprochen muskulös zu sein.

»Eddie«, sagte er und schwieg wieder.

»Julia, hast du nicht gesagt, dass du eine Freundin hast, die aussieht wie ich?«, erinnerte sich Arch.

»Ja, die habe ich.«

»Kannst Du mir sagen, wo sie ist?«

»Ich habe keine Ahnung«, entgegnete Julia.

»Wie alt ist sie?«

»Ich weiß es nicht. Sie ist älter als ich, denke ich«, antwortete sie.

Edward sagte: »Auf dieser Seite gilt ein anderes Prinzip beim Altern, Arch. Wir haben Studien dazu, und wir lernen ständig dazu, jeden Tag. Wir erforschen unablässig, wie dieser Ort funktioniert. Aber Du kannst darüber mehr an der Akademie erfahren.«

›Die haben eine Akademie. Was ist dies bloß für ein Ort?‹, fragte sich Arch.

Sein Gedanken begannen abzuschweifen, aber er versuchte, sich auf das zu konzentrieren, was Julia ihm hoffentlich verraten würde. »Wie heißt deine Freundin?«, setzte er wieder an.

»Ihr Name ist Ophelia.«

Archs Herz schien für einen Moment stillzustehen, als er ihren Namen hörte.

»Julia! Eddie! Wir möchten Arch unter vier Augen sprechen.«

Die Kinder verließen folgsam den Raum.

»Sie brauchen das nicht zu hören«, fuhr Edward fort. »Arch, es gibt Dinge, die wir immer noch nicht über diese Seite wissen, aber es gibt auch eine Menge, was uns bekannt ist. In gewisser Weise ist es meine Schuld. Wir hatten die Verantwortung für ihr Wohlbefinden an diesem Abend. Ophelia sollte die Nacht hier verbringen, bevor man sie wegnahm.«

Archs Augen weiteten sich. »Wo ist sie? Woher kennen Sie meine Tochter?«, drängte er. »Wer hat sie ›weggenommen‹? Bitte sagen Sie es mir! Ich muss es wissen.«

Victoria stand auf und kam herüber, strich ihm wieder über den Rücken und bat ihn, sich zu beruhigen: »Wir werden Ihnen alles erzählen, was Sie wissen müssen.«

Er machte eine abwehrende Bewegung mit den Schultern. »Fassen Sie mich nicht an!«, rief er. Victoria erhob ihre Hände.

»Wir versuchen nur zu helfen, aber Sie müssen sich beruhigen.«

»Ich muss gar nichts. Mein Kind ist offenbar in Gefahr. Ich muss es retten.« Arch zitterte; er war wütend, wusste aber nicht, auf wen er seinen Zorn richten sollte. Er hatte Angst vor einem Feind, den er nicht kannte, aber vor allem war er traurig, denn ihm fehlten seine Frau und seine Tochter.

»Wir werden sie retten, Arch«, versprach Edward. Victoria setzte sich wieder auf ihren Stuhl.

»Wir hätten sie beschützen sollen«, klagte Edward, während er vor sich hinstarrte. »Es ging alles so schnell, und wir wurden überrascht. Es geschah in der Nacht, bevor sie hinübergekommen sind, Arch. Ich hatte gerade Ophelia abgeholt. Sie sollte über Nacht bleiben, weil wir früh mit dem Training anfangen wollten. Nachts hörte ich im Schlaf einen lauten Knall und Schreie aus ihrem Zimmer. Ich rannte hin und sah eine Gestalt in einem Kapuzenumhang, die sie am Arm gepackt hatte und sie zwang, mit ihm zu kommen. Sie schaffte es sogar, sich aus dem Griff zu befreien, und lief auf mich zu. Aber als sie schon auf halbem Weg war, ergriff er sie wieder und floh mit ihr.«

»Wer ist *er*?«, wollte Arch wissen.

»Wir haben Grund zu der Annahme, dass Aderitus Cornelius Pertinax sie entführt hat. Sehen Sie, in dieser Welt können wir uns auf unterschiedliche Weise fortbewegen. In erster Linie gehen wir zu Fuß, weil unsere Vorstellung uns auf das Gehen beschränkt hat, wie wir es in unserem vorherigen Dasein getan haben, aber wir können auch schweben und uns teleportieren. Einige von uns sind auch in der Lage, andere Objekte schweben zu lassen und zu teleportieren.«

In Arch brodelte es, die verschiedensten Gefühle kochten in ihm und erzeugten einen so gewaltigen Druck, dass er glaubte, explodieren zu müssen, und sich gleichzeitig vollkommen betäubt fühlte. Er spürte, wie sich seine Augen unkontrolliert in ihren Höhlen bewegten und versuchte, das Gehörte zu verstehen. Als er einen Anfall von Panik aufkommen spürte, die ihm den Verstand zu rauben drohte, ermahnte er sich: »Ich muss mich konzentrieren. Alles, was zählt, ist die Rettung meiner Tochter.« Er erkannte, dass es, wenn er Ophelia helfen wollte, einige Grundlagen gab, die er über diese Welt wissen musste. »Was bedeutet das genau, sich zu teleportieren?«, fragte Arch also, während er versuchte, seine Gedanken neu zu sortieren.

»Es bedeutet, dass Sie sich, oder irgendein Objekt, telekinetisch blitzschnell von einem Ort zum anderen versetzen können. Alle Definitionen von Zeit und Raum sind hier anders; das ist auch meistens der Grund, warum die Mehrheit von uns in einem anderen Alter zu sein scheint, als es die jeweilige Anzahl von Lebensjahren zum Zeitpunkt unseres Hinübergehens vermuten lassen würde«.

»Kann ich mich auch teleportieren?«, erkundigte sich Arch.

»Ich kann mir nicht vorstellen, dass Sie das können. Zumindest noch nicht«, sagte Edward trocken. »Wir werden versuchen, Sie morgen einzuweisen. Victoria ist eine Meisterin der Teleportation und eine der besten Lehrerinnen. Ophelia ist allerdings auch nicht schlecht.«

»Zeigen Sie mir, wie es geht«, flehte Arch.

Edward lächelte. »Solange wir auf dem Grund und Boden von jemandem sind, und sei es auf unserem eigenen, können wir uns nicht teleportieren. Wir haben ein Zimmer auf der Rückseite des Hauses, wo es funktioniert, weil es außerhalb der Grenzen unseres Grundstückes angelegt worden ist. Wir haben daraus einen Schulungsraum gemacht. Sehen Sie, Arch – man könnte sagen, dass der Friedhof wie ein Dorf ist und jede Grabstelle quasi die Residenz der Personen oder Familien, die dort begraben sind. Wenn Sie in eine Grabstelle eintreten, präsentiert sich Ihnen das jeweilige Haus in der Form, die es auf dieser Seite hat. Wir sagen dann, dass ein Grab *ungegriffelt* ist. Aber normalerweise sehen die Gräber aus, wie sie auf der anderen Seite eben aussehen. Dann nennen wir die Grabstelle *gegriffelt*.«

All diese Informationen verwirrten Arch gründlich. »Und wie sieht die Welt außerhalb des Friedhofes aus?«

»Sie sieht so aus, wie das in Daear der Fall ist – so nennen wir die Welt, in der wir gelebt haben, bevor wir hinübergekommen sind. Als Ymaerol bezeichnen wir die Welt, in der wir uns jetzt befinden. In seltenen Fällen können wir die Menschen sehen, die in Daear leben, aber nur zufällig. Wir sehen sie als Schimmer, fast so, als wären sie unter Wasser. Manchmal denke ich, dass sie uns auch sehen können, weil einige Leute uns direkt anstarren. Aber sie reagieren kaum, und selbst wenn sie es tun würden, können wir sie nicht hören. Aber wir wissen, dass Ophelia dich gesehen hat und dass du und deine Frau auf sie reagiert haben.«

Arch dachte darüber nach, was Edward gerade ausgeführt hatte. ›Wenn das so ist, dann ist es wahr, dass Ophelia uns in Form eines Schmetterlings besucht hat.‹

»Wegen ihres Talents bilden wir Ophelia auch gezielt weiter aus, auch wenn sie gerade in der Teleportation nur noch etwas Feinschliff benötigt«, fuhr Edward fort. »Das heißt, das haben wir getan – bis sie uns weggenommen wurde.«

»Warum hat dieser Pertinax meine Tochter entführt?«

»Wir wissen es nicht genau. Aber wir denken, dass sie unbewusst etwas über den Wechsel zwischen beiden Welten ahnte, das Pertinax erfahren wollte. Oder vielleicht wollte er sie einfach entführen, bevor sie und ihre Kräfte zu stark geworden wären.«

»Woher wissen Sie, dass es dieser Pertinax war? Und wie konnte er Ophelia auf Ihrem Grundstück teleportieren?«

»Pertinax ist seit Jahren ein Staatsfeind und er ist wahrscheinlich, zusammen mit Victoria und dem Präsidenten der Universität, die mit Abstand sachkundigste und älteste Person in ganz Ymaerol. Es gibt Bücher, die viele Lebensalter zurückreichen, die er uns und anderen wohlhabenden Familien gestohlen hat. Er wurde sogar dabei erwischt, wie er einen Angriff gegen uns plante, um die Welten zu stürzen. Als er gefangen genommen wurde, wurde er vor Gericht gestellt, aber vor dem Urteil konnte er fliehen und flüchtete in seine Residenz, aus der er nie wieder herausgekommen ist. Das heißt, bis er Ophelia entführt hat natürlich. Nur eine Handvoll Leute unserer Generation haben ihn je gesehen oder wissen überhaupt, wie er aussieht, weil alles so lange her ist. Und selbst ihnen würden es schwerfallen, ihn zu erkennen, denn er ist ein Meister der Verkleidung. Ich kann mir einfach nicht vorstellen, dass jemand anderes mächtig genug ist, um sich in unseren Räumlichkeiten zu teleportieren.«

Arch spürte die Verzweiflung zurückkehren. »Wir müssen sie holen. Warum haben Sie keinen Trupp zusammengestellt, um in seine Residenz einzumarschieren?«, fragte er vorwurfsvoll.

»Wenn das nur möglich wäre. Seine Festung ist unzerstörbar und uneinnehmbar. Die Behörden haben es bei vielen Gelegenheiten versucht, und seit Jahrhunderten hat es niemand mehr geschafft, seine Residenz auch nur zu betreten. Der einzige Weg, um hineinzukommen, ist herauszufinden, wie man die geheimen Schutzmechanismen der Festung knackt. Viele Häuser haben sie, aber keine sind so widerstandsfähig wie die von Pertinax'.«

»Wir müssen es eben versuchen, nicht wahr?«, beharrte Arch. »Wann brechen wir auf, um Ophelia zu retten?«

»Bald«, sagte Edward, »Sehr bald. Wir müssen Ihnen zuerst beibringen, wie Sie sich schützen können. So sind Sie nicht sicher da draußen. Pertinax' Spione könnten uns in diesem Moment beobachten und werden wahrscheinlich mit allen Mitteln versuchen, auch Sie zu entführen, sobald sie herausfinden, dass der Vater von Ophelia George hinübergekommen ist.«

»Ich kann mich doch schützen«, behauptete Arch. Edward grinste. »Wenn Sie so sind wie Ihre Tochter, bin ich ganz sicher, dass Sie das können. Gehen wir morgen früh in den Schulungsraum. Wenn alles gut geht, können wir sehr bald losziehen, um sie zu finden.«

»Sagen Sie mir, Arch«, erkundigte sich Edward, während er an der Innenseite seiner Wange kaute, »manchmal, bevor die Leute hinüberkommen, sind sie in einem Zustand der Trance und sie beginnen, Dinge aufzuschreiben oder Zeichnungen zu machen. Ist Ihnen etwas Ähnliches passiert?«

Arch dachte nach und kam zunächst zu dem Schluss: »Nicht, dass ich wüsste.«

»Es ist wichtig, dass Sie scharf nachdenken, Arch.«

»Hmm. Nein,« sagte Arch. »Ich bin ein paarmal bewusstlos geworden, aber das war auf dieser Seite. Auf der anderen Seite allerdings ...«

»Sind Sie sicher, Arch?«, hakte Victoria nach. »Was haben Sie gestern gemacht?«

»Ich habe mein Buch fertig gestellt.«

»Aha! Worum geht es in dem Buch?«

»Nun, es geht um... Oh. Ich kann mich nicht erinnern.«

»Woran erinnern Sie sich?«

»Nur daran, dass ich nach Hause gehen wollte, als mein Buch fertig geworden war.«

»Das ist es. Das Buch kann uns helfen, die geheimen Sicherungsmechanismen an der Festung des Pertinax zu knacken!«, triumphierte Edward. »Was geschah danach, Arch?«

»Draußen wurde es schnell dunkel, auch früher als gewöhnlich, wenn man die Jahreszeit bedenkt«, fuhr Arch fort.

»Außerdem regnete und donnerte es heftig. Ich entfernte mich von Ophelias Grab, aber irgendwie bin ich wieder dort gelandet. Ich versteckte mich unter meinem Tisch. Ich weiß es nicht... Es erscheint alles wie ein schlechter Traum. Sie werden es wahrscheinlich nicht glauben, aber ich sah den Ast eines Baumes auf mich zufliegen und danach wurde ich bewusstlos. Als nächstes wusste ich, es war Morgendämmerung.«

»Wo ist das Buch, das Sie geschrieben haben, Arch?«

Arch überlegte für einen kurzen Moment. »Es muss im eingebauten Fach meines Tischs am Grab von Ophelia sein. Habe ich es mitgenommen? Ich weiß es nicht.«

»Nun, wir werden es finden, Arch«, versicherte Edward. »Wir werden es noch heute Abend finden.«

»Heute Abend? Ich dachte, ich sollte das Grundstück nicht vor dem Training verlassen.«

»Ich werde Sie schützen. Wir können das schon wagen, aber damit Sie wirklich in Sicherheit sind, müssen Sie meinen Anweisungen genau folgen. Wir können nicht riskieren, auch noch Sie zu verlieren. Ist das klar, Arch?«

Arch nickte. »Wann brechen wir auf?«

Arch ging in seiner Kammer, um sich umzuziehen. Als er die oberste Stufe der Treppe erreicht hatte, flammten, wie schon zuvor, die Kerzen auf. Diesmal aber ging er nicht in der Mitte des Flurs, sondern hielt sich seitlich. Im Flackern des Kerzenscheins erahnte Arch Gemälde und die Köpfe ausgestopfter Tiere, die vor sich hinzustieren schienen, als ob sie mit aller Macht versuchten, seinem Blick auszuweichen. Wie zuvor lenkten ihn die Kerzen durch den Flur. Sobald er auf den einen Lichtschein zuging, leuchteten die nächsten beiden Kerzen auf und diejenigen, die er passiert hatte, erloschen. Doch nun gingen die Kerzen plötzlich vollständig aus und es wurde so dunkel im Flur, dass er nicht einmal die Finger vor seinen Augen sehen konnte. Arch schnappte nach Luft und konnte nicht atmen. Er wendete seinen Kopf schnell hin und her, um den Raum zu erfassen. Das Gefühl, dass dort etwas im Dunkeln war, was langsam auf ihn zuzukommen schien, ließ ihm das Blut in den Adern gefrieren. Er glaubte, er müsse ersticken. Die unheimliche Präsenz kam näher und näher. Doch in dem Moment, als sie Arch erreicht hatte, flammte eine der Kerzen wieder auf. Er schaute sich hektisch im Flur um. Er hätte schwören können, dass er eine Hand auf seiner Schulter gespürt hatte. »Nichts. Niemand da«, flüsterte er erleichtert. Er versuchte festzustellen, aus welcher Richtung die Hand gekommen war, und bemerkte ein Bild von einer Gruppe von Menschen. Er schaute sich noch einmal an, um sicherzugehen, dass der Flur wirklich leer war, und ging langsam auf das Bild zu. In der unteren Reihe saßen drei ältere Männer auf einer Bank. Edward und Victoria standen in der Mitte der obersten Reihe. Auf Edwards rechter Seite befanden sich Eddie und Julia. Paul erblickte er ganz außen. Auf Victorias linker Seite war ein junger Mann zu sehen, der Arch noch nicht begegnet war. Arch ahnte, dass dies der Träger des letzten Namens sein würde, den er auf dem Grab gelesen hatte. »Victor Florentin Oetker«, erinnerte er sich. Die drei Männer waren Gottfried, Herman und Henry Oetker. Warum waren ihm ihre Namen auf den Gräbern des Friedhofs entgangen? Er wusste, dass Herman und Henry verstorben waren, weil die Familie Oetker eine der reichsten und bekanntesten Familien der Welt war. Vielleicht waren sie woanders begraben worden. Gottfried war im Alter von 111 Jahren noch am Leben. Die Oetker-Brüder hatten ein Firmenimperium in der Tintenindustrie erschaffen. Überall auf der Welt kauften die

Menschen ihre Produkte. Ihre Tinte war einfach die beste und langlebigste, und sie ließ sich am einfachsten handhaben. Daher war sie auch Archs Lieblingstinte. Selbst in einem Regenguss würde sie halten. Als er sich umwandte, um zu gehen, bemerkte er eine Silhouette im Bild. Arch hielt an, drehte sich langsam um und betrachtete das Familienfoto erneut, um einen genaueren Blick auf das zu werfen, was er da gerade gesehen hatte.

›Habe ich mir das etwa eingebildet‹, zweifelte er. Die Silhouette war weg. ›Ich sollte besser in mein Zimmer zurückkehren.‹ Doch auch bei seinem nächsten Versuch, sich zu entfernen, tauchte die Silhouette wieder am Rand seines Blickfeldes auf. Er hielt abermals inne, und obwohl er sie nicht klar sehen konnte, dachte er, es sei die Gestalt einer blonden Frau, die zwischen Edward und Victoria stand. Schnell drehte er sich zu dem Bild um – und schwuppdiwupp war sie wieder verschwunden. Es gähnte nur einen leere Stelle zwischen Bruder und Schwester. Es war ausgesprochen merkwürdig. Er wandte den Kopf zur Seite und näherte sich so dem Bild. Die Silhouette erschien und wurde klarer und klarer. Fast konnte er das Gesicht erkennen ...

»Arch, sind Sie soweit?«, rief Edward.

Arch fuhr heftig zusammen. Nachdem er sich gesammelt hatte, antwortete er: »Ich komme!«. Er setzte eilig den Weg zu seiner Kammer fort, um endlich seine Kleidung zu wechseln. Die Sachen, in denen er hergekommen war, lagen ordentlich zusammengefaltet auf der Kommode. Er erwartete, dass sie sich ihm von selbst anziehen würden, wie es der Smoking getan hatte; er starrte sie also durchdringend an und versuchte, sie herbeizuwünschen, aber es funktionierte nicht. Er unternahm einen weiteren Versuch, aber dieses Mal mit geschlossenen Augen, die er fest zukniff, und wünschte sich mit aller Macht die Kleider an den Körper. Er öffnete die Augen und musste einsehen, dass es so nicht funktionierte. Entmutigt beschloss er, sich schnell auf gewohnte Art anzuziehen und sich bereitzumachen für das, was kommen sollte.

Kapitel III

»Sind Sie bereit?« Erkundigte sich Edward bei Arch. Sie standen vor dem Herrenhaus. Es war nebelig, und die Dunkelheit war über den Friedhof hereingebrochen.

»Ich bin bereit«, versicherte Arch.

»Und, wissen Sie nun, wo Sie Ihr Buch gelassen haben?«

Arch sog an seiner Unterlippe. Das war ein für ihn ganz typisches Zeichen dafür, dass er versuchte, sich zu konzentrieren oder sich an Dinge zu erinnern; manchmal spielte er dann auch mit seinem Ehering. Auch jetzt glitten sein Daumen und sein kleiner Finger seinen linken Ringfinger entlang, doch sein Ehering war nicht da. In einem Anfall von Panik griff er in seine Taschen und hoffte, dass er ihn dort finden würde. Als er jedoch nun auf seine Hand blickte, sah er, dass der Ring aus dem Nichts auf seinem Finger erschien. Erleichtert atmete er auf und hielt den Ring ganz fest. Edward hatte nichts mitbekommen. »Haben Sie das gesehen?«, fragte Arch ihn deshalb.

»Was gesehen?«, erkundigte sich Edward.

»Ach, nichts.«

»Arch, wenn jemand uns angreifen sollte, verstecken Sie sich einfach hinter mir, und ich werde Sie schützen. Haben Sie das verstanden?«

»Ja, habe ich.«

»Also, haben Sie eine Ahnung, wo das Buch sein könnte?«

»Nein«, räumte Arch ein, »es muss im Fach in meinem Tisch sein, aber ich weiß wirklich nicht mehr genau, wo ich den gelassen habe.«

»Keine Sorge. Wir werden es finden«, beruhigte ihn Edward.

»Gehst du auf einen Mitternachtsspaziergang?«, ließen sich plötzlich zwei Stimmen gleichzeitig vernehmen. Die beiden dazugehörigen Männer saßen auf je einer der zu jeder Seite des Brunnens als symmetrisches Paar angelegenen Bänke. Allerdings erschien jetzt der Raum zwischen dem Brunnen und den Bänken viel größer als zuvor.

»Onkel Herman, Onkel Henry«, grüßte Edward.

»Können wir uns Euch anschließen?«, kam die synchrone Frage.

Nun verstand Arch, warum ihre Namen nicht auf den Gräbern standen: ›Sie sind auf den Exedrae zu finden‹, stellte er für sich fest.

»Meine lieben Onkel, ihr habt das Grundstück schon lange nicht mehr verlassen. Belassen wir es vorerst dabei. Außerdem stellt ihr ständig irgendwelche Fragen, die ich während unseres nächtlichen Spaziergangs nicht beantworten kann. Wir würden alle aufwecken.«

»Och, komm schon, Junge. Ich stelle gar nicht viele Fragen. Vielleicht hast du auch vergessen, dass ich deine winzige, verschnupfte Rotznase abgewischt habe, als du noch ein Baby warst.«

»Ich bin mir eigentlich ziemlich sicher, dass du das nicht getan hast, Herman«, lächelte Edward.

»Ich bin mir auch ziemlich sicher«, bestätigte Henry.

»Ach, sei still, Henry! Du würdest doch auch gerne mitkommen, nicht wahr?«

»Ich sage euch was, liebe Onkel. Wir wollen unter anderem Vögel beobachten. Also, wenn ihr schnell reingeht und Eure Tarnumhänge holt, warten Arch und ich hier auf Euch.«

»Oh, prima!«, freuten sich Herman und Henry und verschwanden nach drinnen.

»Kommen Sie, Arch. Lassen Sie uns gehen.«

»Müssen wir nicht auf Ihre Onkel warten?«, zögerte Arch.

»Nein, die werden ohnehin alles vergessen haben, sobald sie das Haus betreten. Sie sind manchmal ziemlich verwirrt.« Edward schloss die vorderen Tore hinter ihnen, und Arch drehte sich um, um noch einmal das Herrenhaus zu betrachten. Es begann in der Tat, sich zu »griffeln«. Zuerst schien die Kuppel von der Erde eingesogen zu werden, gefolgt von den Ziegeln und damit den Mauern, die zerbröckelten und ebenfalls im Boden verschwanden, als ob das Gebäude eingestürzt wäre; sie hinterließen nichts als eine dicke Staubwolke. Als diese sich lichtete, blieb nur das Mausoleum übrig, das im Vergleich zum Herrenhaus winzig wirkte.

»Ganz erstaunlich«, murmelte Arch.

»Hier, ziehen Sie das an.« Edward reichte Arch einen Kapuzenmantel. Arch tat, wie ihm geheißen, und sie begannen ihre Suche.

Sie entschieden sich, die verschiedenen Wege von links nach rechts zu durchkämmen. So hofften sie, dass es ihnen nicht schwerfallen würde, das Buch im in den Stuhl integrierten Tisch zu finden. Es war vollkommen dunkel. Kein Mond und keine Sterne zeigten sich am Himmel. Das Einzige, was den Weg erhellte, war eine schwebende Laterne, die Edward mitgebracht hatte. Sie wies den Weg, und jedes Mal, wenn Edward einen genaueren Blick auf etwas werfen wollte, dirigierte er die Laterne näher an das Objekt seines Interesses. Die meisten Gräber auf dieser Seite des Friedhofs waren offenbar im Besitz wohlhabender Menschen oder Familien. Es fiel auf, dass die Grabparzellen viel größer waren, die Grabsteine aus teuren Materialien gefertigt waren und eher Kunstwerken glichen. Säulen mit Engeln, Wasserspiele und Statuen der Familienoberhäupter schmückten die Gräber auf dieser Seite.

Während der Suche erkundigte sich Arch nach dem Familienbild. Er war neugierig, wer die jüngeren und älteren Personen auf dem Bild waren. Eigentlich interessierte er sich am meisten dafür, um wen es sich bei der blonden Frau handelte, aber aus irgendeinem Grund wagte er nicht, seine Frage laut auszusprechen.

»Welches Familienbild?«, wunderte sich Edward.

»Na, das mit Ihren Onkeln und den Kindern darauf. Wer sind die jüngeren und die älteren Männer, die drauf zu sehen sind?«

»Wo haben Sie dieses Foto gesehen, Arch?«

»Es hing an der Wand im Flur.«

»Unmöglich«, sagte Edward. »Das Foto, von dem Sie sprechen, ist längst irgendwo im Kuppelgeschoss eingelagert worden.«

»Aber ich habe es dort gesehen; bestimmt«, bekräftigte Arch.

»Und ich bin mir absolut sicher, dass dieses Bild in der Kuppel verwahrt wird. Was haben Sie dort gemacht, Arch? Schnüffeln Sie etwa herum?« Edwards Ton wurde schärfer.

»Ich war nicht in der Kuppel. Ich bin nie höher gewesen als im ersten Stock, und ganz bestimmt nicht in der Kuppel. Es hing an der Wand im Flur,« beharrte er.

Edward überlegte kurz und gab schließlich nach: »Nun gut. Der jüngere Mann ist mein Sohn Victor. Er kommt nicht viel nach draußen. Er bleibt lieber für sich. Das hat er immer getan, auch, als wir noch lebten.«

Arch horchte dem Wort nach – lebendig. Er fühlte sich nicht tot. Es ließ sich für ihn kaum ein Unterschied zwischen seinem jetzigen Ich und dem vergangenen feststellen.

»Der andere Mann ist sozusagen der Nagel in meinem Sarg. Er ist ein Mann, der nur eine einzige Absicht verfolgt – und zwar die, mich zu ruinieren. Er ist mein Vater.« Edward lächelte, als er das sagte, als wolle er deutlich machen, dass er scherzte; doch zugleich wirkte er ernst.

»Dieser Weg sieht vertraut aus«, erinnerte sich da Arch. »Aber ich kann nichts sehen. Vielleicht liegt es an einer der Abzweigungen zwischen Pertinax' und Ophelias Grabstellen.«

»Fantastisch«, frohlockte Edward. »Ja, das ist ganz fantastisch«.

Sie passierten Pertinax' Grab. »Lassen Sie uns besser Abstand halten. Man weiß nie, wer einen beobachtet. Es ist überaus wichtig, dass wir uns von hier an so unauffällig und ruhig wie möglich verhalten.«

Arch nickte. Sie wandten sich nach links und gingen in Richtung Kapellvorplatz. Dieser war umsäumt von geschlossenen Geschäften. »Oh, was hat es denn damit auf sich?«, gab Arch seiner Überraschung laut Ausdruck.

»Psssst, still«, zischte Edward und ging weiter.

Arch versuchte, sich die Gegend so gründlich wie möglich einzuprägen. Es gab dort nur einen Ort, an dem Lichter brannten: Es schien sich dabei um ein sehr vornehmes Restaurant mit fein gearbeiteten Holzstühlen und Tischen mit blitzsauberen weißen Tischdecken zu handeln. Auf jedem Tisch stand eine bauchige Lampe, die aussah wie die Kristallkugel eines Wahrsagers und ein warmes gelbliches Licht verströmte. Das Restaurant übte eine starke Anziehungskraft auf Arch aus; er konnte seine Augen nicht davon abwenden. Lange, nachdem sie es passiert hatten, schaute er sich immer noch um, bis er schließlich über einen Felsen stolperte. Edward grinste. In dem Moment, als sie die Wege erreichten, die zu Ophelias Grab führten, begann Arch plötzlich, sich an die Ereignisse der Nacht zuvor zu erinnern.

»Dort drüben«, rief er, während er auf die Büsche zeigte. »Da ist mein Tisch.« Er rannte darauf zu. Er kniete sich hin und griff sich das Buch. »Oh nein«, flüsterte er nach ein paar Momenten entsetzt. »Verloren. Es ist alles verloren.«

Edward, der ihm zunächst langsam folgte, schob sich dicht hinter ihn. »Was meinen Sie?«

»Der Regen hat alles weggespült.« Arch blätterte durch die Seiten. Alle Schriftzeichen waren zu Tintenflecken in allen möglichen Gestalten und Formen zerflossen. ›So viel zur Widerstandsfähigkeit der Oetker-Tinte‹, dachte Arch.

Was beiden entging, war, dass ein paar Meter hinter ihnen eine schemenhafte Silhouette in Regenmantel und Hut hinter einem Baum lauerte.

Während Arch weiter das Buch durchsah, fiel ihm eine verschmierte Zeichnung von Pertinax' Mausoleum ins Auge.

»Ich erinnere mich. Ich erinnere mich, was ich geschrieben habe. Ich weiß, wie man die rätselhaften Sicherungsmechanismen auf dem Grundstück des Pertinax löst!«

»Wunderbar, Arch wunderbar!« Plötzlich hörten sie ein dumpfes Grollen in den Büschen. »Wir müssen gehen«, mahnte Edward. Als sie in die Richtung sahen, woher das drohende Geräusch kam, bemerkten sie die schattenhafte Gestalt, die sich sehr langsam bewegte, als unvermittelt ein hölzerner Speer auf Archs Kopf zuflog. Gerade noch rechtzeitig schaffte Edward es, Arch aus dem Weg zu stoßen.

»Sie haben mich gerettet«, bemerkte Arch anerkennend. »Danke.«

»Kommen Sie, halten Sie sich fest«, drängte Edward. Ein weiterer Speer sauste dicht vorbei, gefolgt von noch einem und noch einem. Edward legte seinen Umhang um Arch, und sie begannen, zu laufen. Hölzerne Speere zischten weiter um ihre Ohren, als sie sich abwechselnd teleportierten und zwischendurch immer wieder kurze Strecken rannten, um ihre Angreifer zu verwirren. Als sie wieder am Restaurant vorbeikamen, diesmal in einiger Entfernung, konnte Arch die Umrisse einer Frau erkennen, die sie direkt anzusehen schien. Sie hielten jedoch erst inne, als sie wieder auf dem Oetker-Grundstück angelangt waren. Sowohl Edward als auch Arch standen vornübergebeugt, mit den Händen auf den Knien, und versuchten so gleichmäßig wie möglich Luft zu holen, um ihre wild schlagenden Herzen unter Kontrolle zu bekommen. Allmählich kamen sie wieder zu Atem und drehten sich zum Mausoleum um, welches prompt begann, sich zu entgriffeln. Der Anblick verursachte bei Arch eine Gänsehaut von den Schultern bis zu den Fingerspitzen, und seine Arme wurden kalt und taub. Obwohl er schon einmal Zeuge dieses Vorganges geworden war, wurde Arch nun schlagartig klar, dass es ihn an einen mystischen Ort verschlagen hatte, der voll von Wundern, aber auch großen Gefahren war.

Edward, der Archs Erstaunen bemerkte, starrte ebenfalls unverwandt auf das Herrenhaus. »An diesem Anblick werde ich mich nie sattsehen können«, schwärmte er.

Die Tür öffnete sich sofort. »Arch, sind Sie in Ordnung?«, rief Victoria besorgt.

»Hallo, liebste Schwester, Danke der Nachfrage«, sagte Edward. Sie packte derweil Archs Kopf mit beiden Händen und drehte ihn von links nach rechts. »Öffnen Sie Ihren Mund, Arch.« Sie schaute hinein und begutachtete anschließend seine Augen. »Ja, Sie sind in Ordnung«, seufzte sie und umarmte ihn.

»Warum sollte ich nicht in Ordnung sein?«, wunderte sich Arch.

»Nun ja, Teleportierung ist eine Fähigkeit, die trainiert werden muss. Einige Leute, die seit Jahren hier sind, sind immer noch nicht in der Lage, sich zu bewegen. Und wenn sie sich mit jemandem im Tandem teleportieren, wird ihnen manchmal schlecht, oder sie verschwinden.«

»Verschwinden?«, hakte Arch nach. »Wohin?«

»Wir wissen es nicht. Wir wissen nur, dass sie verschwunden sind und auch nie wieder aufgetaucht sind. Wir gehen davon aus, dass sie tot sind.«

»Tot? Sind wir nicht tot?«

»Ich denke schon, aber anscheinend kann man noch einmal sterben«, sagte Edward. »Ich würde Ihnen gerne sagen, wohin sie gehen, aber leider gibt es nur einen Weg, um es herauszufinden.«

Victoria reagierte wieder einmal beunruhigt auf Edwards Bemerkung. »Ich denke, es ist Zeit, dass wir schlafen gehen.«

»Arch weiß, wie man Pertinax' Haus betritt«, versetzte Edward beiläufig.

Victorias Augen weiteten sich. »Wie denn?«

»Ich könnte es Ihnen zwar nicht wirklich beschreiben«, antwortete Arch, »aber ich bin sehr zuversichtlich, dass ich, wenn ich dort stehe, weiß, was zu tun ist. Im Trance habe ich es in mein Buch geschrieben.«

»Was benötigen Sie dazu?«

»Im Moment brauche ich etwas Schlaf. Ich bin ziemlich erschöpft.« Arch konnte kaum noch auf den Beinen stehen. Die Teleportierung hatte enorm viel seiner Energie beansprucht. Es war, als ob jeder Tropfen Kraft aus ihm herausgesaugt worden wäre. »Am Morgen müssen Sie mir dann zeigen, wie man sich teleportiert.«

»Ja, natürlich«, sagten Victoria und Edward beide.

Am nächsten Morgen öffnete Arch seine Augen. Er fühlte sich ausgeruht und enorm gestärkt. Er war gerade aus dem besten Schlaf erwacht, den er je gehabt hatte. Er stand auf und ging in Richtung des großen Speisesaals. Die beiden Onkel saßen dort. »Ist es nicht ein großartiger Morgen?«, strahlte Arch.

»Allerdings, allerdings«, nickte Henry.

»Verzeihung, aber sind wir uns schon einmal begegnet?«, fragte Herman.

»Natürlich haben wir ihn getroffen. Sei nicht so unhöflich.«

»Naja, ich kenne den Kerl nicht.«

»Er ist der Neffe von Königin Antonia.«

»Aber klar, jetzt sehe es auch«, rief Herman aus. »Wie geht es Ihrer Tante?«

Arch grinste. »Ihr geht es wunderbar. Wie aufmerksam von Ihnen, sich nach ihr zu erkundigen.« Arch hatte tatsächlich eine Tante, die Antoinette genannt wurde, aber diese war keineswegs eine Königin oder auch nur mit einer königlichen Familie verwandt oder anderweitig verbunden.

»Vor vielen Jahren habe ich eine Fete organisiert, bei der auch Ihre Tante eingeladen war«, sagte Herman. »Es war eine große Ehre, sie zu Gast zu haben. Sie hatte natürlich ihre Privatsekretärin dabei und zwei Nurmagomedovs als Leibwächter zu ihrem Schutz in Bereitschaft. Ich habe ein paar Cocktails zusammengemixt und beim Zitronenschneiden fragte mich eine junge Dame, wo die Badezimmer seien. »Hier entlang, meine Liebe«, antwortete ich und zeigte mit meinem Messer auf den Flur. Was jedoch niemand bemerkte, war, dass eine halbe Zitrone, die an meinem Messer klebte, durch die Luft flog und auf der hochtoupierten Frisur von Königin Antonia landete. Sie spürte etwas und wandte sich deshalb suchend nach links und rechts. Als sie nichts Besonderes entdecken konnte, ging sie einfach weiter. Können Sie sich die Szene ausmalen, wie sie sich in der Nacht bettfertig machte? Stellen Sie sich nur den Blick auf ihrem Gesicht vor, als diese Zitrone aus ihren Haaren kam.«

Victoria betrat den Raum. »Guten Morgen, Arch. Sind Sie bereit für Ihr Training?«, fragte sie.

»Ja, ich frühstücke eben noch zu Ende, und dann können wir loslegen.«

»Wir können jetzt sofort anfangen«, korrigierte sie ihn und verließ den Raum. Arch sah ihr mit offenem Mund nach, so dass ein Stück seiner Armen Ritter herausfiel. Hastig griff er danach und trank schnell seinen Orangensaft aus. Danach schnappte er sich so viel Essen wie möglich und rannte ihr hinterher.

»Ich habe Antonia nie wirklich gemocht«, flüsterte Herman Henry zu.

Als Arch den Trainingsraum betrat, stand Victoria in der Mitte, mit dem Rücken zu ihm. Doch plötzlich war sie direkt neben ihm, nur um sich im Handumdrehen wieder mitten in den Raum zu versetzen, wobei sie nun allerdings seinen Armen Ritter in der Hand hielt und davon abbiss. Sie sah Arch unverwandt an und ging langsam auf ihn zu. »Sehen Sie, Arch, die Sache beim Teleportieren ist – es ist reine Willenskraft. Man muss sich konzentrieren können und wollen.« Sie hielt ihm ein Stück seines Armen Ritter hin. Als er jedoch versuchte, hineinzubeißen, zog sie es ihm unter der Nase weg. Sie drehte sich um, und während sie sich entfernte, setzte sie ihre Erläuterungen fort.

»Man muss es tief drinnen spüren. Sie werden sich des Brennens in Ihrem Inneren bewusst und fragen sich, was Sie wirklich wollen. Was ist IHR Wunsch, Arch? Was wollen Sie wirklich?«

Gerade wollte sie wieder von seinem Toast abbeißen, als Arch sich direkt vor sie projizierte und seinen Armer Ritter zurückstibitzte. »Arme Ritter«, konstatierte er. »Ich will Arme Ritter.«

Victorias Mund öffnete sich. Ungläubig hakte sie nach: »Wie haben Sie das angestellt?«

»Ich lerne schnell«, stellte Arch trocken fest.

»Anscheinend. Wie auch immer.« Als Arch zufrieden zubeißen wollte, verschwand der Toast allerdings aus seiner Hand, und nichts als Luft befand sich zwischen seinen Zähnen. »Versuchen Sie nun also, ein Objekt wie dieses zu teleportieren«, fuhr Victoria ungerührt fort. Arch sah sich um. Der Schulungsraum war sehr gut ausgestattet, mit Gymnastikringen und zwei Pauschenpferden, Wandstangen und Kletterseilen. Er konzentrierte sich auf die Pauschenpferde und teleportierte sodann tatsächlich beide gleichzeitig auf je gegenüberliegende Seiten des Raumes.

»Ich habe Jahre gebraucht, bis mir das gelungen ist. Sie sind bemerkenswert, Arch!« Sie ging langsam auf ihn zu; er bemerkte ein gefährliches Funkeln in ihren Augen. »Arch, haben wir uns schon einmal getroffen?«

»Nicht, dass ich wüsste«, versetzte Arch eilig.

»Sie wirken auf mich vertraut. Es ist, als ob ich Sie seit Jahren kenne; als ob ich Sie sehr gut kenne sogar.«

Victoria war ganz in Weiß gekleidet, und ihr blondes, kurzes, nach hinten gekämmtes Haar unterstrich eindrucksvoll ihr starkes Kinn und ihre grünen, durchdringenden Augen. Mit jedem Schritt, den sie näherkam, wurde Arch ein wenig nervöser. Ihre Aura wurde mit jedem Schritt stärker. Ein Kraftfeld wuchs um sie herum, drängte Arch zurück und nahm ihm zugleich die Bewegungskraft. Eine Erdbeere tauchte in ihrer Hand auf, doch anstatt sie einfach zu verspeisen, hielt sie inne und raunte sie Arch zu: »Hättest Du gern eine Erdbeere?« Nachdem sie die Frucht mit anzüglicher Lippenbewegung langsam in den Mund genommen hatte, beugte sie sich über Arch und brachte ihr Gesicht ganz nah an seines. Arch schluckte, und ein unbeholfener Laut entrang sich ihm.

»Ich bin verheiratet.«

Sie schluckte die Erdbeere hinunter und gab unbekümmert zurück: »Essen verheiratete Männer keine Erdbeeren?« Victorias offensichtliche Manipulationsversuche erzürnten Arch.

»Nicht aus dem Munde anderer Menschen, nein.«

»Sie haben hier ein neues Leben, Arch.«

»Sehen Sie, es ist ganz einfach. Meine Frau ist für immer meine Frau. Es ist mir egal, ob Leben oder Tod oder wie auch immer Sie es nennen mögen zwischen uns stehen. Und selbst wenn… Sie bedeuten mir in dieser Hinsicht nichts. Lassen Sie uns das sofort klären.«

»Sie sind ein echter Langweiler, Arch. Leben Sie ein wenig«, sagte sie mit einem ironischen Lächeln. Arch stürmte aus dem Raum und stieß auf Edward.

»Was ist los? Stimmt etwas nicht?«

»Nichts... Alles... Wir haben Ophelia immer noch nicht gefunden und ich bin schon seit drei Tagen hier.«

»Arch, Sie sind seit zwei Wochen und einem Tag hier. Nach der ersten Nacht haben Sie zwei Wochen geschlafen.«

»Was? Wie ist das möglich?«

»Wenn Sie so viel Energie verbrauchen, müssen Sie sich erholen. Die Teleportierung hat Ihnen eindeutig zugesetzt«.

»Aber wie habe ich gegessen?«

»Ähnlich wie das Konzept der Zeit sind auch unsere Bedürfnisse hier anders. Hier wird Ihr Körper weder müde noch hungrig. Es ist Ihre Essenz, Ihr Geist oder was auch immer Sie es nennen mögen, der oder die hungrig oder müde wird. Wenn Menschen hinübergehen, nehmen sie zwar dieselben Bedürfnisse mit, die sie in ihrem früheren Leben hatten, aber diese sind nur ein Spiegelbild der vorherigen Ansprüche. Wie geht es Ihnen jetzt?«

»Ich fühle mich wohl.«

»Das liegt daran, dass sich Ihr Geist schnell anpasst. Konzentrieren wir uns nun darauf, Ihre Tochter wiederzubekommen. Treffen Sie mich unten, vor dem Morgengrauen. Wir gehen zu Pertinax' Haus und verschaffen uns Zutritt. Ich bin sicher, dass wir Ophelia dort finden werden.«

»Sehr gut«, freute sich Arch, und zog sich in seine Kammer zurück.

Es war kurz vor dem Morgengrauen und Arch ging die Treppe hinunter, wie ausgemacht. Diesmal war Edward jedoch nicht allein. Victoria und Victor sowie Herman und Henry waren auch dabei. Zehn andere Männer, die praktisch alle gleich aussahen, begleiteten sie ebenfalls. »Das ist ein Teil unserer Sicherheitseskorte«, erklärte Edward. Sie alle absolvierten das Eliteprogramm der Nurmagomedovs, unserer ortsansässigen Behörde.« Die Zwillingsonkel waren identisch in blauen Armee-Outfits mit goldenen Knöpfen gekleidet. Draußen stiegen sie in einen offenen Holzwagen, der ebenfalls in dunklem Blau bemalt und mit goldfarbenen Schnitzereien verziert war. Die Kutsche hatte keine Räder, keine Pferde und auch keinen Motor. Stattdessen wurden zwei Antennen mit Laternen mit der Steuereinheit verbunden; in seiner Gesamtheit betrachtet, fühlte sich Arch bei dem seltsamen Gefährt an eine Schnecke erinnert. Die Onkel schnappten sich die Zügel, ganz als wollten sie ein Pferd lenken. Die Riemen liefen jedoch ins Leere; sie hingen einfach aus dem Wagen. ›Das muss ich mir ansehen‹, dachte sich Arch. Sobald die Zügel angezogen wurden, begann die Kutsche, über dem Boden zu schweben.

»Wunderbar« sagte Arch; »wirklich ganz wunderbar«. Er deutete einen Applaus an, aber er ließ schnell davon ab, als er sah, dass niemand sonst sich davon beeindruckt zeigte, was gerade geschehen war.

»Meine lieben Onkel«, hob Edward an. »Würdet Ihr so freundlich sein, mir einen Gefallen zu tun und die Musketen aus dem Arsenal zu holen?«

»Na klar«, nickte Herman; die Zwillinge begannen, sich aus ihren Sitzen zu erheben. Dann jedoch hielt Herman inne und klammerte sich an Henry fest.

»Ooooh nein«, protestierte er. »Soweit waren wir schon einmal. Ich bin nicht auf den Kopf gefallen. Sobald wir im Haus sind, fahrt Ihr ohne uns los. Auf keinen Fall. Wir bleiben bei Euch.«

»Lasst uns diesen Pertinax schnappen«, fiel Henry ein und zwinkerte Edward verdächtig an.

»Wie Ihr wollt«, meinte Edward achselzuckend, und sie setzten sich in Bewegung.

Auf der Fahrt zur Festung von Pertinax waren alle mucksmäuschenstill. Die Anspannung der Gruppe war unbewusst eine perfekte Spiegelung ihrer Umgebung, denn die Morgendämmerung ließ die unruhig gestreuten Strahlen der noch nicht aufgegangenen Sonne erahnen, die jedoch in Verbindung mit dem dichten, undurchsichtigen Nebel, der sie umgab, eine graue, bedrohliche Atmosphäre erzeugten. Die Schwaden waren dabei so dicht, dass Arch manchmal nicht einmal erkennen konnte, wer eigentlich neben ihm ging. Immer wieder stolperten sie und liefen vor Bäume oder gerieten auf die Gräber.

Plötzlich hörten sie einen lauten Schrei, gefolgt von einem Schuss in ihrer Mitte, und alle begannen, aufgeregt durcheinander zu rennen und den Weg hinauf- und hinunterzulaufen.

»Was ist passiert, was ist passiert?«, rief jemand.

»Alle herhören, beruhigt Euch und formiert Euch neu«, erhob sich Victorias ruhige Stimme. »Ihr wollt doch schließlich die Elite der Elite sein. Was für ein armseliges Schauspiel ... Also, wer hat geschrien?«

»Ich war das«, meldete sich Henry.

»Hast Du auch den Schuss abgefeuert?«

»Ja, das war ich auch, aber ich habe in die Luft geschossen.«

»Was in aller Welt hat dich dazu verleitet, zu schreien und dein Gewehr abzufeuern?«

»Nun, ich war überzeugt, wir würden angegriffen. Irgendetwas ist mir am Ohr entlanggestrichen.«

»Etwas ist Dir am Ohr entlanggestrichen?« wiederholte Victoria ungehalten. Henry wurde kleinlaut und begann zu stottern. Wie ein Tiger, der seine Beute fixiert, hielt sie auf den Wagen zu. »IRGENDETWAS IST DIR AM OHR ENTLANGGESTRICHEN?«, polterte sie. Sie hob ihren Arm, und durch den Nebel sah Arch, dass sich ein violettes Kraftfeld in ihrer Hand zusammenzog.

»Schaut mal!«, schrie Arch da mit aller Kraft. »Da, am Ende des Weges, ist das Grab von Pertinax!« Victoria hielt inne und schaute in die angegebene Richtung.

»Lasst uns gehen«, versetzte sie knapp. Sie warf Henry einen grimmigen Blick zu. »Zu dir komme ich später.« Mit jedem Schritt, den sie in Richtung der Gruft von Pertinax taten, verschwand der Nebel, bis alles, was übrigblieb, dünne, dehnbare Streifen waren, die sie umschwebten. Die zehn Männer bildeten als Spähposten einen weiten Halbkreis um die Vorderseite der Gruft. Darin befanden sich Herman und Heinrich in ihrem Wagen und hielten ihre Gewehre in den Händen. Neben ihnen stand Victor. Am vorderen Tor bezog Arch mit Edward Position auf der linken Seite, mit Victoria zur Rechten. Arch wollte schon hineingehen, als Edward ihn zurückhielt.

»Oh, richtig. Wahrscheinlich kann ich ja gar nicht einfach hinein«, besann sich Arch. Edward erblickte einen großen Felsen und teleportierte ihn zur Probe kurz hinter den Eingang. Der Untergrund begann zu erzittern, als ob ein Erdbeben aufkäme und sich der Boden auftäte. In der Tat verschlang die Erde den Stein und kehrte sogleich zu ihrer ursprünglichen Form zurück. Arch schaute Edward entschlossen an, versicherte mit lauter und fester Stimme: »Ich komme ohne böse Absichten« und trat ein.

Diesmal blieb alles ruhig, der Boden bewegte sich nicht. Edward schaute auf einen der Sicherheitsleute, wies mit dem Kopf auf die Gruft und befahl ihm, Arch zu folgen. Der

Mann wiederholte die Worte, die Arch gesprochen hatte, und betrat die Gruft ebenfalls, ohne dass etwas geschah. Er drehte sich um und grinste den Oetkers triumphierend zu, als plötzlich der Untergrund wieder zu zittern begann und ihn verschluckte. Arch, der sich überwältigt die Gruft von Pertinax besah, bemerkte nicht einmal, was hinter ihm vor sich ging. Er ging schnurstracks auf den Eingang zu und war gerade dabei, den ersten Schritt auf die Treppe vor dem Eingang des Tempels zu setzen, als er bemerkte, wie die drei Wachen sich zu rühren begannen: Sie bereiteten sich auf den Angriff vor. Er machte zwei Schritte rückwärts, und sie nahmen ihre ursprüngliche Haltung ein.

Victoria, die ebenfalls die Wachen bemerkt hatte, winkte einem ihrer Sicherheitsleute zu und befahl ihm, heranzukommen. Dann hielt sie ihm die Handfläche entgegen, um ihn zum Stehen zu bringen. Sie zeigte auf den dicken kurzen Mann, der den rechten Eingang des Hauses bewachte. Der Sicherheitsmann hob seinen Speer und zielte auf ihn.

»Nein! Was tun Sie da?« rief Arch. Victoria antwortete nicht. »Victoria, nein! Hören Sie auf!« Victoria deutete eine Wurfgeste in Richtung der dicken Wache an, worauf der Sicherheitsmann seinen Speer warf. »Nein!« Arch schrie auf und rannte beherzt direkt in die Flugbahn des Speeres, um diesen auf seinem Weg noch aufzuhalten. Das Geschoss zischte durch die Luft, doch kurz bevor es den dicken, stämmigen Mann treffen konnte, änderte es seine Flugbahn und traf den Sicherheitsmann, der ihn geworfen hatte, in sein eigenes Hinterteil.

Arch lief zurück zum Zaun und schimpfte: »Haben Sie völlig Ihren Verstand verloren? Warum wollten Sie diesen Mann angreifen? Ich komme jetzt heraus«.

»Nein, das werden Sie nicht tun. Sie werden das vollenden, was Sie begonnen haben«, entgegnete Victoria kühl. »Wir müssen da hinein und Ophelia retten. Sie wollen sie doch retten, nicht wahr?«

»Natürlich möchte ich sie retten.«

»Dann machen Sie weiter! Das heißt, immer vorausgesetzt, dass Sie auch wirklich derjenige sind, der Sie vorgeben, zu sein.«

»Was soll das bedeuten?« wollte Arch wissen.

Edward sah Arch an und wollte wissen: »Wie kommt es, dass Sie so gut teleportieren können, Arch? Und warum sind ausgerechnet Sie in der Lage, die geheimen Sicherungen zu überwinden und Pertinax' Gruft zu betreten? Das ist seit Jahrhunderten niemandem mehr gelungen. Warum offenbaren Sie nicht einfach Ihre wahre Natur?«

Arch wurde nervös. Er sah sich um und erkannte, dass er eingekesselt war.

»Arch, wenn Ophelia nicht da drin sein sollte, befindet sich doch der Schlüssel dazu, sie zu finden, dort. Also, warum helfen Sie uns nicht, und damit sich selbst?!« beharrte Edward.

Arch dachte einen Moment nach. »Nein, ich komme jetzt auf jeden Fall raus«, wiederholte er.

Victoria hob ihre rechte Hand, und alle Sicherheitsleute drehten sich um 180 Grad, um Arch entgegenzutreten. »Zwingen Sie mich nicht dazu«, zischte sie. Arch machte einen Schritt in Richtung des Zauns, worauf sich die Sicherheitsleute direkt gegen ihn wandten und ihre Speere hoben.

«Bleib ruhig, Victoria«, mahnte Edward. »Arch ist unser Freund, nicht wahr, Arch?«

»Ich bin hier gerade niemandes Freund. Ich will nur meine Tochter finden.«

»Das bezweifle ich«, höhnte Victoria.

»Sie sind nicht sehr kooperativ, Arch. Oder was auch immer Ihr richtiger Name ist.«

»Was genau fürchten Sie denn? Dass ich ein Betrüger bin? Sie wollen Ophelia offenbar gar nicht finden«, erwiderte Arch. »Sie wollen mich doch nur benutzen, um in Pertinax' Mausoleum zu gelangen. Warum wollen Sie das tun? Wo ist meine Tochter?«

»Pertinax hat sie«, wiederholte Victoria, »und wenn Sie sich weigern, uns beim Betreten seiner Festung zu helfen, sind Sie eben ein Komplize.«

»Ich glaube Ihnen nicht! Ich glaube nichts mehr, was Sie sagen. Sie haben diesen Wächter einfach angegriffen, ohne nachvollziehbaren Grund.«

»Sie wissen nichts über meine Gründe, Arch. Sie haben keine Ahnung, wer Pertinax ist und wozu er fähig ist. Nun, ich werde Sie zum letzten Mal fragen. Wer sind Sie?«

»Mein Name ist Archibald George, und ich bin Ophelias Vater!«

Victoria winkte in Archs Richtung, und die Sicherheitsleute warfen ihre Speere auf ihn. Gerade noch rechtzeitig schaffte es Arch, sich aus ihrer Flugbahn zu teleportieren. Er tauchte direkt neben Herman auf, der seinerseits versuchte, ihm einen Faustschlag zu versetzen, doch er verfehlte Arch und traf stattdessen Henry genau am Kopf. »AU!« beschwerte sich Henry lautstark und hielt sich seinen Kopf.

Arch befand sich jetzt hinter der Kette von Sicherheitsleuten. Ein Netz fiel direkt über seinem Kopf vom Himmel herab, doch wieder schaffte er es, sich gerade noch rechtzeitig vom Fleck zu teleportieren. Er tauchte tiefer im Wald wieder auf und versuchte, abwechselnd zu laufen und sich von links nach rechts zu teleportieren, um die Oetkers und ihre Sicherheitsmannschaft möglichst auszumanövrieren. Er sah einen großen Baum und versteckte sich dahinter. Vorsichtig lugte er dahinter hervor, um zu sehen, ob seine Verfolger näher herangekommen waren. Als er sich umdrehte, mit dem Rücken zum Baum, flog ein Seil auf ihn zu und fesselte ihn an den Stamm. Victor erschien und ging auf ihn zu, während er ein Messer aus dem Hosenbund nahm.

Plötzlich sprang der Schatten in Regenmantel und Hut hinter einem Baum hervor, landete hinter Victor und schlug ihm einen Knüppel über den Kopf. Arch seufzte erleichtert auf. Der Schatten kam, den Blick nach unten gerichtet, auf ihn zu, so dass Arch sein Gesicht nicht erkennen konnte. »Danke«, brachte Arch gerade noch hervor, bevor der Schatten auch ihm den Knüppel über den Kopf hieb. Arch verlor das Bewusstsein.

Kapitel IV

»Wo hast du ihn gefunden?« fragte der Bürgermeister. Arch lag gefesselt und bewusstlos auf dem Esstisch im Haus der Grimsbys.

»Er lag auf der Türschwelle, das arme Ding«, antwortete Mrs. Grimsby.

»Hast du eine Ahnung, wer ihn hergebracht hat oder wer er ist?«

»Ich habe nicht die leiseste Ahnung. In dieser Stadt passieren eine Menge merkwürdiger Dinge, das kann ich dir sagen. Erst der ohrenbetäubende laute Knall, dann wird die liebe Ophelia entführt, und jetzt finden wir diesen Mann bewusstlos vor unserer Tür. Dabei wird nichts Gutes herauskommen. Das steht fest.« Mrs. Grimsby, die sich um alle elternlosen Kinder kümmerte, die in Ymaerol ankamen, war mollig und streitlustig – und sehr zäh. Sie sah aus, als könnte sie es mit der ganzen Welt aufnehmen, während sie gleichzeitig einen Eintopf kochte.

»Ich glaube, er ist ein guter Mann«, sagte Spring. »Er hat ein freundliches Gesicht.«

»Wo ist Summer?«, fragte Mrs. Grimsby.

»Sie ist zu Hause, Mrs. Grimsby. Sie ist mit dem Aufräumen des Hauses dran.«

»War sie nicht schon letzte Woche dran?«

Spring kicherte. »Ja, das war sie, aber ich habe sie bei einer Partie Unarddeg geschlagen. Wir hatten eine Wette abgeschlossen.«

»Und in der Woche davor? »Hat sie da nicht auch das Haus geputzt?«

Spring kicherte wieder. »Naja, ich bin eine ausgezeichnete Unarddeg-Spielerin.«

Mrs. Grimsby schaute über ihre Brille und hob die Augenbrauen, als wollte sie sagen: »Du frecher Schlingel«.

»Können wir uns bitte auf die Sache konzentrieren?«, drängte Herr Grimsby. »Wir haben hier immerhin einen Mann vor uns, von dem niemand weiß, wer er ist.«

»Glaubst du, dass er mit jemandem in der Stadt verwandt ist?« fragte Roger.

Es läutete an der Tür.

Es war Mr. James. Mr. James war der Postbote. Er war allerdings kein gewöhnlicher Postbote. Immer, wenn jemand auf dem Friedhof einen Verwandten oder einen Freund hatte, der sterben würde, brachte er ihm oder ihr einen Brief. Der Verwandte oder Freund konnte dann die verstorbene Person begrüßen und ihm oder ihr den Weg in die andere Welt weisen.

»John, schön, dass Sie zu uns kommen«, hieß der Bürgermeister ihn willkommen.

Herr James nahm bescheiden seine Mütze ab und hielt sie mit beiden Händen vor seine Brust. »Es ist immer ein Vergnügen, zu helfen, Bürgermeister Deely.«

»Wir würden es begrüßen, wenn das, was hier besprochen wird, unter uns bleibt, John. Können wir auf Sie zählen?« Der Bürgermeister sah John direkt an.

»Immer, Sir. Ich treffe viele Leute, aber ich weiß, wie man ein Geheimnis bewahrt. Ich habe zum Beispiel nie jemandem von Rogers kleinem Zwischenfall unter der Brücke erzählt.« Der Postbote zwinkerte Roger zu.

Roger wurde rot und schaute auf den Boden. »Na, vielen Dank auch.«

»Haben Sie in den letzten Wochen irgendwelche Briefe an Ophelia zugestellt?«, fragte der Bürgermeister.

»Nein, Sir, das habe ich nicht.«

»Haben Sie überhaupt irgendwelche Briefe zugestellt, die den Tod von jemandem betreffen?« fuhr Mrs. Grimsby fort.

»Nein, Miss«, antwortete Mr. James.

»Also ist er mit niemandem hier verwandt?«

»Ich glaube nicht, nein.«

»Haben Sie eine Ahnung, wer dieser Mann sein könnte?«, fragte der Bürgermeister. Er deutete auf Arch.

»Nein, Sir, habe ich nicht.«

»Das bringt doch nichts«, beschwerte sich Spring. »Wenn wir wissen wollen, wer er ist, müssen wir ihn nur fragen. «Sie schnappte sich einen Eimer mit Wasser. »Spring, wag es nicht«, sagte Mrs. Grimsby. Ihr Versuch, Spring aufzuhalten, war allerdings vergeblich, denn Spring schüttete schon den Inhalt des Eimers über Arch aus. Dieser schnellte hoch. »Wer sind Sie?«, fragte sie selbstbewusst. Arch schnappte nach Luft. Sie schüttete den Rest des Wassers über ihn und fragte erneut: »Wer sind Sie? Sind Sie ein Verbrecher? Jetzt haben wir Sie. Sagen Sie es uns!«

»Mein Name ist Archibald George.« In dem Moment, in dem er seine Identität preisgab, wurde es im ganzen Raum still. Niemand rührte sich.

»Warum sagen Sie mir nicht, wer Sie sind?« fragte Arch, während er immer noch hustete und prustete. »Und wenn Sie schon dabei sind, wo ist meine Tochter?«

Spring ging eilig zu Arch hinüber und befreite ihn von den Fesseln. »Hol ihm etwas Wasser«, befahl Mrs. Grimsby.

»Nein danke«, lehnte Arch ab und wischte sich das Wasser aus den Augen. »Ich hatte genug.«

Es gab überhaupt keinen Zweifel daran, wer dieser Mann war. Die Wangenknochen, die Form seiner Augen, die Nase – die Ähnlichkeit war frappierend. Das war Ophelias Vater.

»Aber wie ... » fragte Roger. »Ich verstehe das nicht.«

»Können Sie uns sagen, wie Sie hierhergekommen sind?«, erkundigte sich Mrs. Grimsby.

»Ich habe keine Ahnung. Ich bin bei den Oetkers untergekommen, und plötzlich haben sie sich gegen mich gewandt, als wir versuchten, Pertinax' Festung einzunehmen.«

Alle im Raum sahen sich an. Ihre Blicke trafen sich voller Erstaunen.

»Arch, können Sie uns erklären, wie Sie zu den Oetkers gekommen sind?«, wollte der Bürgermeister nun wissen.

»Also ... » setzte Arch an. »Doch, ja, das könnte ich schon. Aber bevor ich damit anfange, sollten Sie mir vielleicht erst einmal sagen, wer Sie sind. Ich weiß nichts über Sie, außer, dass Sie Leute fesseln und mit Wasser übergießen.«

»Natürlich, Sie haben sicher auch etliche Fragen. Ich muss mich entschuldigen. Ich bin Konstantin Deely, der Bürgermeister dieser Stadt. Das sind Thelema und Jules Grimsby, die im Rat tätig sind. Das ist Spring und das ist Roger. Sie sind zwei von Ophelias besten Freunden. Anscheinend wurden Sie von einem Unbekannten bewusstlos vor der Haustür der Grimsbys abgesetzt.«

»Hören Sie, Sie scheinen alle anständige Leute zu sein, aber die letzten Menschen, denen ich hier vertraut hatte, haben mich dann angegriffen. Wenn es Ihnen nichts ausmacht, werde ich jetzt gehen und meine Tochter suchen.«

»Archibald, ich würde vorschlagen, dass Sie sich erst einmal ausruhen. Die Nurmagomedovs haben die Suche nach Ophelia begonnen«, sagte der Bürgermeister.

»Die Oetkers haben mich gerade durch die Nurmagomedovs mit Speeren bewerfen lassen.«

»Das sind Ex-Nurmagomedovs, private Auftragnehmer. Sie haben keine Handlungsbefugnis. Vielleicht ist es das Beste, wenn Sie zuerst mit den echten Behörden sprechen. Das könnte helfen, Ophelia schneller zu finden«, antwortete der Bürgermeister.

Arch war mit seinen Gedanken allerdings ganz woanders, denn er befand sich in einer Zwickmühle, weil er nicht mehr wusste, wem er vertrauen konnte.

»Ich habe Sie schon einmal gesehen«, meldete sich Spring zu Wort, »aber ich konnte Sie nicht wirklich erkennen. Wenn wir Menschen von der anderen Seite sehen, sehen wir nur Schimmer. Es sieht fast so aus, als wären sie...«

»Unter Wasser«, beendete Arch ihren Satz.

»Das stimmt«, staunte Spring.

»Ich weiß, wer ihr seid«, antwortete Arch. »Spring und Summer Beesworth. Ich kenne eure Namen von eurem Grab.«

»Summer ist meine Schwester«, bestätigte Spring. »Sie putzt jetzt das Haus, weil ich sie in Unnarddeg geschlagen habe.«

Ein Gefühl der Verzweiflung überkam Arch. Er hinterfragte sich mehr und mehr; seine Instinkte hatten ihn immerhin schon einmal im Stich gelassen. Entnervt stand er auf.

»Ich muss gehen«, stieß er hervor er und stürmte zur Tür hinaus.

»Gehen Sie nur nicht zur ...« Spring rief Arch hinterher, aber er war schon weg. Die Tür schloss sich. »...Straßenbahnhaltestelle«, beendete sie gedehnt.

Kapitel V

Das einzige Geräusch in den Straßen war der Klang von Archs Schritten. Es war dunkel und die Straßen waren vollkommen leer. Einige Gräber waren noch gegriffelt, aber größtenteils sah der Friedhof eher wie eine Kleinstadt aus. Die Lichter in den Häusern brannten, und Arch konnte hinter den Fenstern sich bewegende Silhouetten erkennen.

›Wohin soll ich jetzt gehen?‹, überlegte er. ›Soll ich zum Haus der Grimsbys zurückkehren? Oder soll ich lieber versuchen, selbst in Pertinax' Haus einzudringen?‹ Er dachte über die geheimen Sicherungen nach. ›Ich glaube nicht, dass ich sehr weit kommen würde. Das erste habe ich ja noch gelöst, aber ich habe keine Ahnung, wie ich durch die anderen kommen soll. Irgendwie ist es seltsam, dass ich das in einem Buch aufgezeichnet habe. Ich meine, wenn ich einer der Oetkers wäre, würde ich mir auch nicht trauen. Aber das gibt ihnen noch lange nicht das Recht, mich anzugreifen. Ich kann auch nichts dafür, dass ich das geschrieben habe. Vielleicht sollte ich ihnen doch helfen, hineinzukommen.‹

Arch schaute auf seine Füße, wie er es immer tat, wenn er ging, während er in Gedanken versunken war.

Mehr als einmal hatte seine Mutter ihn gewarnt: »Wenn du nicht aufpasst, wo du hingehst, tust du dir am Ende noch weh, du kleiner Träumer.«

Arch blickte auf. Wo war er? Er war einen kleinen Hügel hinaufgegangen. Alle Gräber waren hier gegriffelt und wurden von großen Bäumen umsäumt. Was an ein Dorf erinnert hatte, sah jetzt wieder wie ein Friedhof aus.

Plötzlich begann Musik zu spielen und vor Arch erhob sich langsam ein kleines, ovales Häuschen aus dem Boden. Arch kniff die Augen zusammen, denn er konnte nicht glauben, was er da sah. Es sah aus wie ein alter Straßenbahnschuppen. Der Verschlag, auf den kleine weiße Kreuze gemalt waren, beherbergte eine Bar, ein paar Tische und Hunderte von winzigen warmweißen Glühbirnen.

Arch trat ein. Es war ziemlich voll, und der Barkeeper polierte gerade einen Becher. »Was darf's sein?«

»Ich hätte gerne einen Drink.«

»Wir haben eine Menge Drinks, mein Sohn. Da müssen Sie schon etwas genauer sein.«

»Ich nehme etwas Buttermilch.«

»Whiskey also«, sagte der Barkeeper und schenkte ihm ein Glas ein.

»Was führt Sie hierher?«

»Ich weiß es nicht. Ich bin vor einer Weile vorbeigekommen und jetzt bin ich hier.«

»Bei wem wohnen Sie denn?«

»Bei niemandem. Ich habe hier keine Wohnung.«

»Das ist seltsam. Hier hat doch jeder eine Wohnung.«

»Nun, ich nicht. Gibt es hier so etwas wie eine Herberge?«

»Nein, gibt es nicht. Wie, sagten Sie, war Ihr Name?«

»Habe ich noch gar nicht gesagt.« Arch blickte zu dem Barkeeper auf. »Aber ich heiße Arch.«

»Arch, hey?! Nun, Arch, willkommen im Old Tram Shelter. Warten Sie einen Moment. Ich muss eben nach unten gehen.«

Ein alter Mann kam von seinem Tisch herüber und setzte sich neben Arch an die Bar. »Wie geht es Ihnen?«, fragte er.

»Es tut mir sehr leid, aber mir ist jetzt wirklich nicht nach Reden zumute«, antwortete Arch.

»Harte Nacht, ja?«

»Eher harte Wochen?«

»Okay, Archibald, ich lasse Sie schon in Ruhe.« Der Mann stand auf und wollte zu seinem Tisch gehen.

»Hey, warten Sie mal. Woher kennen Sie meinen Namen? Wer sind Sie?«

»Da stellen Sie die falsche Frage. Die richtige Frage ist: Warum habe ich mich neben Sie gesetzt?«

»Und, warum haben Sie?«

»Nächstes Mal.« Der alte Mann ging zurück zu seinem Platz.

»Pfff«, seufzte Arch. »Ich habe die Schnauze voll von diesem Ort.«

Der Mann blieb stehen und kehrte zurück. »Also gut, was ist Ihr Problem?«

»Meine Tochter ist entführt worden; ich bin schon seit Wochen hier, und ich bin immer noch keinen Schritt näher daran, sie zu finden. Ich weiß nicht, wo sie ist. Ich weiß nicht, wohin ich gehen soll, und ich weiß nicht, wem ich vertrauen kann.«

»Ich sage Ihnen was. Wenn Sie mir Ihre Jacke geben, werde ich Ihnen verraten, wem Sie in dieser Stadt vertrauen können.«

»Und woher soll ich wissen, dass ich Ihnen vertrauen kann? Außerdem ist es eiskalt draußen.«

»Es ist eiskalt, nicht wahr? Aber ich sage Ihnen noch was. Ich verspreche Ihnen, dass Sie bis zum Ende der Nacht eine andere Jacke haben werden.«

Arch versuchte, den alten Mann einzuschätzen. Dann zog er weine Jacke aus und gab sie ihm.

»Danke.«

»Und?«

»Und was?«

»Wem kann ich vertrauen?«

»Ach ja«, erinnerte sich der alte Mann. »Die Antwort darauf kennen Sie bereits.«

»Was meinen Sie?«

»Ein weiser Mann hat einmal gesagt: *Das einzig wirklich Wertvolle ist die Intuition*. Schauen Sie in sich hinein, Junge.«

»Na, ein Zitat von Albert Einstein hätte ich auch bringen können«, erwiderte Arch, während er einen Schluck von seinem Getränk nahm. Er sah zu dem Mann auf. Er war verschwunden! Arch ließ sein Gesicht in seine Hände fallen. »Oh nein.« Er stand auf und wollte gehen.

»Warten Sie«, rief der Barkeeper. »Das müssen Sie bezahlen, und für den alten Mann auch.« Arch blickte zu dem Tisch hinüber, an dem der Alte gesessen hatte. Dort war alles zugestellt mit leeren Flaschen und Gläsern.

»Hören Sie, ich habe gerade meine Jacke verschenkt, und mein Portemonnaie war da drin. Außerdem wusste ich nicht, dass wir hier bezahlen sollten. Kann ich ein anderes Mal bezahlen?«

»Wenn ich für jeden, der abhaut und nicht bezahlt, eine Münze bekäme, wäre ich ein reicher Mann«, beschwerte sich der Barkeeper. »Außerdem werden Sie mich so oder so bezahlen.«

»Aber ich habe kein Geld. Was soll ich denn jetzt machen?«

»Sie können in Ynni bezahlen.«

»Was ist das?«

»Das ist wie Energie. Jeder hat sie, und Sie können damit bezahlen. Sehen Sie sich Jack dort in der Ecke an. Er zahlt mit Ynni.« Jack hob sein Glas.

»Und wie soll ich das machen?«

»Wir können unten eine Überweisung machen. Kommen Sie einfach mit mir mit.«

Arch ging hinter die Bar, wo der Barkeeper eine Luke öffnete, durch die man die Treppe hinuntergehen konnte.

»Nach Ihnen«, gestikulierte der Barkeeper.

Als Arch am oberen Ende der Treppe angekommen war, beschlich ihn ein mulmiges Gefühl. ›Vertraue auf deine Intuition‹, besann er sich. Als Arch sich umdrehte, um zu gehen, schlang sich ein Lasso von unten um seinen Knöchel und zog ihn hinunter. Die Bemühungen, sich an der Treppe festzuhalten, waren vergeblich, denn die Zugkraft war zu stark. Er blickte nach unten: Es war ein Stuhl, der ihn in sich hineinzog. ›Ok, atme, Arch, atme!‹ Er schloss die Augen und teleportierte sich die Treppe hinauf. Als der Barkeeper ihn am Arm packen wollte, befreite sich Arch heftig und stürmte so schnell er konnte davon.

»Ich krieg dich schon. Du Dieb«, schrie der Barkeeper mit erhobener Faust.

Als er in sicherer Entfernung war. hörte Arch auf zu rennen und begann, langsamer zu gehen. ›Und was mache ich jetzt?‹ Wie zuvor waren die einzigen Geräusche, die er hörte, die seiner eigenen Schritte. Die Straßen waren so still, dass man eine Stecknadel auf den Boden hätte fallen hören können. ›Ich habe das Gefühl, dass ich den Grimsbys vertrauen kann, ebenso wie Spring und Roger. Es dürfte das Beste sein, wenn ich dorthin zurückkehre.‹ Arch blieb stehen, aber die Geräusche seiner Schritte waren weiterhin zu hören. Er blickte sich um: Es war nichts zu sehen. Er ging weiter und stoppte dann abrupt, um zu prüfen, ob die Schrittgeräusche sich fortsetzen würden – und das taten sie. »Hallo! Ist da jemand?« Keine Antwort. Während er sich wieder in Bewegung setzte, stellte Arch fest, dass es nicht nur seine Schritte waren, die auf dem kalten, nassen Bürgersteig zu hören waren. Jemand war ihm gefolgt. Er beschleunigte seinen Schritt und schaute über seine Schulter zurück. Es war wieder der Schatten mit der Jacke und dem Hut. Arch begann zu laufen, sein Verfolger dicht auf seinen Fersen. ›Ok, wo muss ich hin?‹ Vor ihm erhob sich eine hohe Steinmauer mit einer schwarzen Stahltür. ›Wenn ich da durchkomme und die Tür verbarrikadieren kann, bin ich in Sicherheit.‹

Arch erreichte die Tür und rüttelte am Griff. Sie war verschlossen. Während er sich noch damit abmühte, hineinzukommen, sah er den Schatten mit der Jacke und dem Hut auf sich zukommen. Als der Schatten versuchte, Arch mit zwei Armen zu packen, wich Arch zurück und versuchte seinerseits, den Schatten zu ergreifen. Arch schaute auf seine Arme. Der Schatten war zurückgewichen. Nichts als die leere Jacke hielt Arch in den Händen.

Er zog die Jacke an und beschloss, sich sogleich wieder zu den Grimsbys aufzumachen. ›Der alte Mann hatte Recht‹, lächelte er.

Kapitel VI

»Oh, ich hoffe, Arch kommt zurück«, seufzte Spring. »Es ist da draußen nicht sicher. Ich bin schon ganz krank vor Sorge.«

»Ich auch«, bestätigte Roger. »Vielleicht sollte ich nach ihm suchen gehen.«

»Du wirst nichts dergleichen tun. Es ist viel zu gefährlich«, protestierte Mrs. Grimsby. »Lieber, gehe du und suche ihn«, wandte sie sich an Herrn Grimsby.

»Aber du hast doch gerade selbst gesagt, dass es gefährlich ist, Liebes«, erwiderte Herr Grimsby.

»Wenn du nicht aufrecht dastehen würdest, hätte ich ernsthafte Zweifel, dass du überhaupt ein Rückgrat hast. Gut, dann werde ich ihn selbst suchen gehen. Roger, gib mir meine Jacke.«

»Ich komme mit«, versetzte Roger gut gelaunt.

»Klopf, klopf, klopf«, ertönte es da an der Tür. »Es ist Arch!« Spring sprang auf und lief zur Tür, um sie zu öffnen. »Oh, ich bin so froh, dass du zurück bist. Wir haben uns schon große Sorgen gemacht.«

»Ich muss mich entschuldigen«, räumte Arch ein. »Ich habe einfach nicht richtig nachgedacht.«

Später, im Wohnzimmer, bei einer Tasse Tee, sagte Arch: »Ich werde euch alles erzählen, was ich weiß, auch, wie ich hierhergekommen bin, aber ich weiß nicht, ob es überhaupt irgendwie hilfreich ist.«

»Jede Information kann helfen«, versicherte der Bürgermeister.

Alle setzten sich also und Arch berichtete, so gut er sich eben erinnern konnte. Er erzählte ihnen von seinem entfesselten Schreibschub und von dem Donner. Er erzählte ihnen, wie er unter den Tisch kroch und was geschah, als er aufwachte und bei der Grabstelle der Oetkers landete; wie er durch das Loch fiel und an der gleichen Stelle wieder aufkam und wie er zuerst empfangen wurde. Er erzählte ihnen auch von seiner Trainingssitzung, aber er war dann doch zu bescheiden, um zu sagen, dass er schon ziemlich gut im Teleportieren war. Und schließlich erzählte er ihnen von ihrem Aufbruch zu Pertinax' Wohnsitz und von seinem Streit mit Victoria.

Ringgggggg! Es läutete an der Tür.

Es war Summer. »Habe ich etwas verpasst?«, fragte sie.

Spring verdrehte die Augen. »Nein! Du hast nichts verpasst«, spottete sie sarkastisch.

»Summer, wir möchten dir Ophelias Vater vorstellen«, warf Mrs. Grimsby ein.

Summer war verblüfft. Sie kam zu Arch hinüber und umarmte ihn sofort. »Ich bin so froh, dich zu sehen! Ich vermisse Ophelia so sehr. Sie ist unsere beste Freundin.«

Arch hielt sie fest im Arm und versprach: »Wir werden sie finden.«

»Wie bist du hergekommen?« wollte Summer wissen. »Bitte erzähl es mir.«

»Er hat gerade die ganze Geschichte erzählt, und ich bin sicher, dass Herr George sehr müde ist«, sagte Mrs. Grimsby.

»Mir geht es eigentlich ganz gut. Ich meine, es macht mir nichts aus, das alles zu berichten.«

»Sehr gut«, nickte Herr Grimsby. »Roger, warum holst du nicht Martha her, damit sie die Geschichte auch hören kann?«

»Ich kann mir schon vorstellen, dass Arch Martha gerne kennenlernen würde.«

»Warum das?«

»Martha ist Ophelias Vormund. Sie hat sich um sie gekümmert, nachdem sie gestorben war. Wenn jemand stirbt, bringt der Postbote der Familie und den Freunden des Verstorbenen zwar einen Brief, aber niemand hier kannte deine Familie. In so einem Fall geht der Brief an Professor Leary, den Präsidenten der Universität.«

»Wie die meisten Kinder von noch nicht verstorbenen Eltern blieb Ophelia zunächst bei uns«, fuhr Mrs. Grimsby fort. »Sie weinte Tag und Nacht. Es war zu viel für sie an diesem Ort. Martha starb am selben Tag wie Ophelia, und genau wie Ophelia hatte auch sie keine Familie oder Freunde hier. Eines Abends kam Martha vorbei, um uns dabei zu helfen, für alle zu kochen. Als sie Ophelia wieder weinen hörte, ging sie einfach zu ihr und nahm sie in die Arme. Sie fing an, ein Lied für Ophelia zu singen, und das war es. Das Weinen hörte auf.«

»Es war ein Wunder«, bestätigte Herr Grimsby. »Es war das erste Mal, dass Ophelia aufhörte zu weinen, seit sie hergekommen war. Martha sagte zu, sie würde sich um Ophelia kümmern und fragte, ob wir ihr vielleicht etwas über diese Welt beibringen könnten. Bis dahin hatte sie nichts über diese Welt gewusst. Oder über irgendeine andere Welt, um genau zu sein. Martha ist nicht in der Lage, sich an irgendetwas aus ihrem Leben vor ihrem Tod zu erinnern. Sie konnte sich nicht einmal an ihren eigenen Namen erinnern. Es war Ophelia, die sie Martha nannte, seit sie ein Baby war. Das waren ihre ersten Worte, wenn ich mich nicht irre.«

Arch fühlte sich glücklich und traurig zugleich. All die Dinge, die Sophia und er für Ophelia hatten tun wollen; all die Dinge, die sie ihr hatten zeigen wollen. Es war seine Verantwortung gewesen, sich um sie zu kümmern, und nun hatte es jemand anderes getan. Andererseits war er natürlich froh, dass Ophelia Fürsorge erfahren hatte.

Roger kam mit übereinander gestapelten Töpfen und Pfannen herein.

»Wir haben was zu essen mitgebracht«, verkündete er stolz, als hätte er es zubereitet.

»Stell es auf den Esstisch«, befahl Martha, während sie geradewegs in die Küche ging. Arch warf ihr einen prüfenden Blick zu. Er spürte, wie eine gewisse Ruhe über ihn kam. Er verstand sofort, warum Ophelia ihre Gegenwart besänftigte. Obwohl er spürte, dass sie ein guter Mensch sein musste, fühlte er sich allerdings von Marthas Ausstrahlung völlig eingeschüchtert. Zögernd streckte er dennoch seine Hand aus und stellte sich vor.

Sie ergriff sie und sagte voller Mitleid: »Archibald, ich kann mir nicht vorstellen, wie die letzten Jahre für Sie gewesen sein müssen. Eines kann ich Ihnen aber mit Sicherheit verraten – nämlich, dass Ophelia jeden Tag bei euch beiden gewesen ist. Wann immer ihr Euch laut unterhalten oder eine Geschichte erzählt oder über die Dinge gesprochen habt, die ihr ihr beibringen wolltet, war sie dabei. Ich weiß das, weil sie es mir gesagt hat. Die Verbindung zwischen euch dreien ist so stark, dass sie jede Grenze, jede Linie und jede

Form, auf die sich Menschen oft beschränken, überschreitet. Ophelia liebt Sie und Sophia und weiß, dass Sie immer für sie da sein werden, wenn sie Sie brauchen.«

Arch sank auf die Knie. »Der Schmetterling«, flüsterte er. »Wir wussten es. Wir haben es gespürt. Es war Ophelia, die ganze Zeit.« Alle im Raum sahen zu Boden und schwiegen. Durch die Stille hindurch konnte jeder das Schniefen von Roger hören, der jetzt versuchte, die Luft anzuhalten, um die Tränen zu unterdrücken. Gerade jedoch, als er sie nicht mehr zurückhalten konnte und anfing zu weinen, entfuhr ihm ein lauter Pups. Ertappt und ehrlich überrascht schaute er auf. Alle sahen sich ungläubig um, und der ganze Raum brach in Gelächter aus.

Später, am Esstisch, erzählte Arch seine Geschichte noch einmal, diesmal allerdings mit mehr Details.

»Wenn ich das richtig verstanden habe«, hakte der Bürgermeister nach, als Arch geendet hatte, »wissen Sie, wie man in Pertinax' Residenz kommt?«

»Ja«, bestätigte Arch.

»Woher wissen Sie das denn?«

»Na, ich habe es in mein Buch geschrieben.«

Die Bürgermeisterin sah auf. »Jaja, das verstehe ich schon; aber woher wussten Sie, was Sie aufschreiben sollten? Kannten Sie Pertinax? Wie sind Sie zu dieser Information gekommen?«

»Das weiß ich nicht. Ich weiß auch nicht, was ich im Einzelnen aufgeschrieben habe; ich erinnere mich nur, dass ich es aufgeschrieben habe. Es ist mir einfach zugeflogen. Ich kann es nicht erklären, und ich denke, dass auch Edward aus diesem Grund mir gegenüber misstrauisch ist.«

»Ziemlich interessant«, grübelte der Bürgermeister.

Arch jedoch fielen die Augen zu. Jetzt machte sich die Müdigkeit bemerkbar.

»Oh je«, bemerkte Mrs. Grimsby. »Arch, warum schlafen Sie nicht hier?«

»Mir geht's gut«, erwiderte er. »Ich will mich jetzt auf die Suche nach Ophelia machen.«

»Ich glaube nicht, dass das eine gute Idee ist, Arch«, widersprach Mrs. Grimsby. »Der Grund, warum Sie so oft zwischen wahnsinnig energiegeladen und vollkommen erschöpft schwanken, ist, dass wir in dieser Welt aus Energie bestehen. Wir nennen sie Ynni.«

›Ynni‹, dachte Arch. Das hatte er schon einmal in der Haltestelle gehört.

»Wenn man sich zu sehr verausgabt, kann das sehr gefährlich sein. Sie müssen noch lernen, Ihre Energie zu regulieren. Wenn Sie das beherrschen, können Sie Dinge tun, die Sie sich jetzt noch nicht vorstellen können«, fuhr Mrs. Grimsby fort.

»So wie Ophelia«, bestätigte Summer.

»Wie bitte?« wurde Arch hellhörig.

Summer sah zu Boden, als sei sie vorlaut gewesen und hätte sich verplappert.

»Das ist schon in Ordnung, Summer«, tröstete sie der Bürgermeister. »Du kannst weitersprechen. Ich glaube, Herr George wäre sehr stolz, wenn er das über seine Tochter hören würde.«

»Was hören?« wurde Arch ungeduldig. »Sag es mir!«

»Ophelia ist die talentierteste Teleportiermeisterin aller Zeiten.« Summer hüpfte aufgeregt auf und ab, während sie das erzählte. »Es kann sogar sein, dass sie die beste ist, die es je gegeben hat. Sie kann sich über unglaubliche Entfernungen hinweg bewegen, während die meisten sich nur an einen Ort in der Nähe versetzen können. Außerdem kann sie Gegenstände verschieben, wie ich es noch nie zuvor bei irgendjemandem gesehen habe. Schwere Gegenstände. Sie ist in der Lage gewesen, Dinge zu zerbrechen, und sie hat sogar Fliegen gelernt. Sie konnte Daear klarer und öfter sehen als jeder andere. Sie ist die Einzige, die jemals in der Lage war, sich tatsächlich nach Daear zu teleportieren.«

»Also, sie ist mit Sicherheit eine gute Teleportiermeisterin«, warf Bürgermeister Deely ein. »Eine ganz großartige Teleportiermeisterin sogar. Die einzige andere Person allerdings, von der wir wissen, dass sie ebenso gut teleportieren kann, ist Victoria Oetker und wahrscheinlich Aderitus Pertinax. Aber niemand hat jemals eine so starke Verbindung zu Daear gehabt. Wir haben auch keine Aufzeichnungen darüber, dass jemals jemand nach Daear und zurück gewechselt ist. Das heißt, mit Ausnahme von Ophelia. Stimmt's, Martha?«

»Ja, sie hat sich mehrmals nach Daear versetzt, seit sie ein Baby war. Einmal hat sie sich hin- und wieder zurückversetzt und sagte: »Vater. Nicht Papa, wie jedes andere Kind es sagen würde. Sondern Vater...«

Arch spürte in der Tat Stolz und Zuneigung. »Danke«, murmelte er, während er darum kämpfte, seine Augen offen zu halten.

»Ok, das reicht für den Moment«, beschloss der Bürgermeister. »Darf ich Euch daran erinnern, dass, was in diesem Raum besprochen wurde, absolut vertraulich ist? Alle Angelegenheiten, die Arch und die Oetkers betreffen, werden auf der nächsten Ratssitzung diskutiert, und wir werden der Sache auf den Grund gehen.«

»Ich werde noch einen kleinen Spaziergang um den Block machen. Ich muss alles noch einmal Revue passieren lassen, damit ich richtig schlafen kann.«

»Ich werde dich begleiten«, meldete sich Roger. »Also, los geht's, Arch!«

Kapitel VII

Es war zwei Wochen und zwei Tage her, dass Ophelia im Spiegelsaal aufwachte. Sie starrte in einen der Spiegel. Im reflektierten Bild sah sie, dass das Zimmer wunderschön war und ein Bett, einen Schrank, Bilder, eine Tür und den Kopf eines Hirsches enthielt, der über einem brennenden Kamin hing.

Als sie auf den Seitenspiegel zuging, sah sie, dass die Wand langsam von ihr wegglitt. Die Wand war nur eine Illusion. Es war lediglich die Reflexion einer Wand, die sie im Spiegel sah: Sie konnte also den Spiegel erreichen, aber niemals die Wand. Sie versuchte, durch den Spiegel zu schauen, und es war, als ob sie in ein anderes Zimmer blicken würde, wo sie die Wand erkannte, die gerade von ihr weggeglitten war. Sie ging langsam rückwärts und sah in der Spiegelung nun das Bett hinter sich. Sie bewegte sich weiter im Krebsgang zurück.

Als sie das Bett erreichte, ließ sie sich entmutigt darauf fallen, nur um festzustellen, dass es in Wirklichkeit das Bett ebenfalls nicht gab. Sie war mit dem Rücken auf den kalten, verspiegelten Boden gefallen. Sie blickte auf und sah das Spiegelbild des Bettes unter ihr, obwohl sie nicht wirklich darauf lag. Sie drehte sich mit dem Gesicht zum Bodenspiegel und sah gespiegelt die Unterseite des Bettes. Als sie versuchte, auch durch diesen Spiegel zu sehen, nahm sie den Teppich wahr, als befände er sich in einem anderen Raum unter dem Zimmer, in dem sie sich aufhielt. Ähnlich wie die Seitenwand konnte sie den Teppich nicht erreichen, sondern nur den Spiegel, der ihn reflektierte. Sie stand auf und sah immer noch die Unterseite des Bettes in der Reflexion des unteren Spiegels. Sie versuchte, so hoch wie möglich zu springen und streckte sich mehrmals aus, in der Hoffnung, den Boden des Bettes zu berühren, aber alle ihre Versuche schlugen fehl. Egal, in welche Richtung sie schaute, das Bett war immer in ihrem Rücken.

Sie stellte fest, dass das Spiegelkabinett, obwohl es komplett möbliert aussah, in Wirklichkeit völlig leer war. Sie versuchte alles, was in ihrer Macht stand, um aus dem Zimmer zu kommen. Ophelia nahm ihre ganze Kraft zusammen und versuchte, die Spiegel auf beiden Seiten des Raumes mit Gewalt zu durchbrechen. Sie versuchte auch, langsam durch sie hindurchzugehen. Nichts funktionierte. Sie versuchte stundenlang, vom Spiegel aus rückwärts zu gehen, um wenigstens das Bett zu erreichen. Aber egal, wie lange sie lief, bis zum Bett kam sie nie. Der Raum war faszinierend und deprimierend zugleich. Sie betrachtete sich im Spiegel. Obwohl sie in Daear erst sieben Jahre alt gewesen wäre, sah sie hier aus, als wäre sie 14.

Ophelia hatte braunes, lockiges Haar mit blonden Spitzen. Ihre Haut war gebräunt. Ihre Augen waren groß, mandelförmig und haselnussbraun, und aus der Nähe betrachtet sahen sie durchsichtig aus, fast wie Glas. Sie trug eine blau-weiß gestreifte Latzhose, weil ihre Mutter Nadelstreifen liebte; ein weißes Shirt mit hochgekrempelten Ärmeln und eine karierte Wollmütze, weil ihr Vater gerne Mützen und Hüte trug. Die Spitzen ihres lockigen Haars sprangen unter der Mütze wild an den Seiten hoch.

Die nächsten Tage waren abwechselnd geprägt von Fluchtversuchen, Hilfeschreien und Schlafen.

Eines Tages wachte sie auf. Ihr war eiskalt. Sie schloss für eine Weile die Augen und atmete tief ein, um ihre Gedanken unter Kontrolle zu bekommen. Plötzlich spürte sie, wie eine gewisse Wärme von ihr Besitz ergriff. Es fühlte sich an, als stünde sie in einem kalten Schatten, der immer weiter wegglitt, weil die Neugierde der Sonne dieser dazu brachte, ihr Licht in jeden nur möglichen Winkel zu schicken. Zuerst spürte sie die Wärme auf ihrer Nase, dann breitete sie sich sanft über ihr Gesicht auf ihre Schultern aus, bis hin zu ihrem Rücken, sie dabei wie eine Decke einhüllend, bis hin zu ihren Zehen.

Als sie ihre Augen öffnete, befand sie sich im Garten ihrer Eltern. Sie sah ihre Mutter, die gerade die Rosen schnitt. Sophia drehte sich um und lächelte Ophelia an. Ophelia rannte auf sie zu, sprang sie stürmisch an und schlang ihre Arme um sie. »Wie ist es dir ergangen, Munchkin?« erkundigte sich Sophia zärtlich. »Mami hat dich sehr vermisst. Ich liebe dich und ich denke jeden Tag an dich. Du lebst in meinem Herzen und ich lebe in deinem. An dem Tag, als du gestorben bist, ist auch ein Teil von mir gestorben. Aber ich bin so froh, dass du uns von Zeit zu Zeit besuchst. Ich danke dir. Dein Vater besucht dich im Moment, aber ich bin sicher, dass wir bald alle zusammen sein werden.« Erstaunt über das, was sie gerade gehört hatte, fragte Ophelia nach: »Was hast du gesagt,

Mutter? Ist Vater gestorben? Er hat versprochen, Vater zu verschonen, wenn ich mit ihm gehen würde. Ich hätte ihm nicht trauen dürfen.« Sophia konnte Ophelia nicht verstehen.

Ein Mann betrat den Garten und sah Sophia, die mit einem Schmetterling sprach. Sophia bemerkte den Mann aus dem Augenwinkel heraus. »Frau George, es tut mir leid, Sie wieder zu stören. Wenn es Ihnen nichts ausmacht, habe ich noch einige Fragen zu Ihrem Ehegatten.« Sie sah den Mann an. Er war mittelgroß, hatte dichtes, pechschwarzes, langes Haar, das er zu einem Knoten gebunden trug, und war, abgesehen von seinem Schnurr- und Spitzbart, glattrasiert. Obwohl es draußen warm war, trug er eine graue Hose und eine Weste aus demselben Stoff, darunter einen schwarzen Rollkragenpullover. Er ging auf Sophia zu. »Was könnte ich Ihnen denn sagen, was ich Ihnen nicht schon berichtet habe, Herr Inspektor?« lautete Sophias rhetorische Frage. Sie blickte wieder zu Ophelia, nur um festzustellen, dass diese verschwunden war.

Ophelia war wieder im Spiegelkabinett. Sie schloss erneut die Augen, versuchte, sich so gut wie möglich zu konzentrieren, und strengte sich mit aller Kraft an, um sich wieder zu Sophia zu versetzen. Doch dieses Mal klappte es nicht. Sie bemühte und bemühte und bemühte sich ... Doch sie begann auch darüber nachzudenken, was ihre Mutter damit wohl gemeint hatte, dass ihr Vater sie besuchen würde. ›Ist Vater wirklich gestorben? Wo ist er? Ich muss ihn finden. Ich hoffe, es geht ihm gut und er ist in besten Händen.‹

Sie schloss wieder die Augen und dachte an die Zeit, als sie zufällig an die Klippen an der Bucht von Marwolaeth gekommen war. Damals war sie noch nicht auf die Akademie gegangen, um zu lernen, wie man richtig teleportiert. Sie versetzte sich einfach nach dem Zufallsprinzip an andere

Orte, was ziemlich ungewöhnlich war, wenn man bedenkt, dass fast jeder zur Akademie ging, um Teleportation zu lernen, und nicht nur, um seine bereits vorhandenen Kenntnisse in diesem Bereich unter Kontrolle zu bekommen. Zu diesem Zeitpunkt war Ophelia zwei Jahre alt, sah aber aus, als wäre sie 7. Sie war zu Hause und bereitete zusammen mit Martha eine leckere Mahlzeit zu. Martha bat sie, noch etwas Mehl aus dem Keller zu holen, und Ophelia rannte los, um es zu holen.

»Sei vorsichtig auf der Treppe, denn das Licht funktioniert nicht«, rief Martha Ophelia nach, woraufhin diese langsamer wurde. Ophelia beschloss, die Tür offenzulassen, damit das Licht von oben den Keller gerade soweit erhellen konnte, dass die dort gelagerten Dinge dem Umriss nach zu erkennen sein würden. Vorsichtig öffnete sie also die quietschende Tür und ging die Treppe hinunter. Ophelia kannte sich im Keller sehr gut aus. Sie wusste sogar, welche Stufen quietschten und welche nicht. Die zweite, die fünfte und die siebte quietschten, die anderen nicht. Sie nahm die erste Stufe. ›Kein Quietschen‹, grinste sie stolz. Dann nahm sie eine weitere Stufe, die aber ebenfalls nicht quietschte. ›Hmmm, das ist komisch‹, dachte sie bei sich. Enttäuscht machte sie den dritten Schritt ganz langsam. Es quietschte. Obwohl sie sich versicherte, dass so etwas passieren kann und dass das nichts Ungewöhnliches sei, überkam sie ein Gefühl der Beklemmung. Es fühlte sich an, als ob ein kalter Luftzug von ihren Füßen bis zu ihren Schultern aufstieg. Sie wählte die nächste Stufe und wieder quietschte es. ›Die Chancen stehen gut, dass die fünfte Stufe nicht mehr quietscht‹, dachte sie. Allein, sie tat es.

Als sie einen Blick in den Raum warf, sah sie, dass das Mehl nicht, wie erwartet, direkt vor ihr stand, sondern sich ganz hinten befand. Martha hatte es wahrscheinlich dorthin gestellt, damit sie nicht darüber stolperte. Sie starrte auf das Mehl und sah, wie ein staubdurchdrungenes grünes Licht daraus hervorging. Zuerst formte es sich zu einer Blütenknospe, die größer wurde und sich öffnete, was ein Lächeln auf ihr Gesicht zauberte. Sie ging näher an das grüne, pudrige Licht heran. Die Blume wuchs und wuchs und nahm schließlich eine Kugelform an. Voller Ehrfurcht vor dem, was sie sah, setzte sie zögernd einen Fuß vor den anderen und neigte den Kopf, um besser sehen zu können. Die Kugel verwandelte sich in ein wütendes Gesicht, das seinen Mund weit öffnete und einen ohrenbetäubenden Schrei ausstieß. Ophelia sprang auf und rannte eilig die Treppe hinauf; doch noch bevor sie oben ankam, fiel sie durch die zweite Stufe. Sie fiel durch einen langen Schacht hindurch, der aus Efeu bestand. Sie fiel und fiel und fiel und fiel, bis sie auf genau der gleichen Treppe landete, durch die sie zuvor gefallen war. Sie landete in einer sitzenden Position. Sie schaute nach links und nach rechts und stand auf.

Mit dem nächsten Schritt, den sie machte, wurde sie an den Rand der Klippen von Marwolaeth versetzt. Ophelia konnte ihren Drang nach vorn nicht kontrollieren, fiel hin und kippte über den Vorsprung. Die Zeit schien sich plötzlich auszudehnen, und obwohl sie mit ganz normaler Geschwindigkeit gestürzt war, fühlte es sich fast so an, als würde sie schweben. Ihr Blick auf den grauen Horizont vor ihr machte allmählich der Aussicht auf den wilden Ozean unter ihr, der im Kampf um mehr Entfaltungsspielraum wild gegen die steinernen Klippen schlug, Platz. Das Wasser des Ozeans klatschte so heftig und so hoch an die Felsen, dass Ophelia, obwohl sie sich immer noch auf der Spitze der Klippe befand, das Wasser auf ihren Wangen spüren konnte. Sie schloss die Augen und machte sich mit der Tatsache vertraut, dass sie bald eins mit der Natur sein würde, als eine Hand nach ihr griff und sie resolut zurück auf die Klippe zog.

»Nicht so stürmisch, meine Liebe«, keuchte außer Atem ein Junge. Erschrocken über das, was gerade passiert war, sah Ophelia den Jungen an. »Wo bin ich?«, wollte sie wissen. »Du bist an den Klippen von Marwolaeth. Die unbarmherzigsten Klippen auf Ymaerol.« Der Junge war mit zwei Mädchen unterwegs. »Wir müssen schnell gehen«, sagte er. »Dies ist kein sicherer Ort.« Sie liefen davon, so rasch sie konnten. Als Ophelia zu den Klippen zurückblickte, sah sie einen Schatten auf dem Felsvorsprung stehen, der sie anzustarren schien. Sie war inzwischen zu weit weg, um ein Gesicht zu erkennen, aber sie hätte schwören können, dass es das Antlitz war, das vorhin aus dem grün fluoreszierenden Mehl in ihrem Keller aufgetaucht war.

Nachdem sie langsamer geworden und eine Weile weitergegangen waren, blieben sie schließlich stehen. Bis zu diesem Zeitpunkt hatte niemand etwas gesagt. Hinter dem Jungen lugten die beiden Mädchen hervor, die Ophelia äußerst besorgt ansahen.

»Ist alles in Ordnung mit dir?«, fragten sie. »Was hast du dort gemacht? Das ist ein sehr gefährlicher Ort.«

»Das könnte ich euch auch fragen, oder?« erwiderte Ophelia. Der Junge schaute auf seine Zehen hinunter.

»Ich habe dir doch gesagt, dass das keine gute Idee ist«, zischte eines der Mädchen dem anderen zu.

»Na, wenn ihr nicht mitmachen wolltet, dann hättet ihr die Wette mit mir gar nicht erst eingehen sollen«, zuckte das andere Mädchen mit den Schultern. »Außerdem haben wir ihr das Leben gerettet, oder etwa nicht?«

»Ja, ich, um genau zu sein«, korrigierte der Junge.

Spring stellte sich einfach vor den Jungen und streckte Ophelia ihre Hand hin. »Mein Name ist Spring. Ich freue mich sehr, dich kennenzulernen. Wie heißt du?«

Ophelia ergriff ihre Hand und sagte: »Mein Name ist Ophelia Margaret George.«

»Mein Name ist Ophelia Margaret George«, äffte der Junge sie nach und streckte seine Nase hoch in die Luft.

Das andere Mädchen gab ihm einen Klaps in die Magengegend. »Wo sind deine Manieren, Roger?« Er zuckte zusammen und fasste sich an den Bauch.

»Das war ja auch nur ein Scherz«, murmelte er.

»Na ja, nicht gerade ein lustiger. Schon gar nicht mit einem Nachnamen wie Cleanbottom. ›Sauberpo‹, haha ... Mein Name ist Summer«, wandte sie sich wieder an Ophelia.

»Schön, dich kennenzulernen, Summer. Was für ein Zufall, Spring und Summer – Frühling und Sommer. Was für ein unglaublicher Zufall, dass ihr befreundet seid und auch noch so ähnliche Namen habt!«

»Das ist kein Zufall«, stellte Spring richtig, »und wir sind ganz bestimmt keine Freundinnen«, fuhr sie trocken fort.

»Wir sind Schwestern«, klärte Summer Ophelia auf.

Spring rollte mit den Augen und sagte: »Zwillinge, um genau zu sein.«

»Zwillinge sind auch Schwestern, oder nicht?«

»Was du nicht sagst, vielen Dank. Und jetzt hör BITTE auf, zu sticheln, Summer!«

»Ich spreche nur das Offensichtliche aus«, fuhr Summer unbeirrt fort. Spring seufzte.

Ophelia schaute die beiden Mädchen prüfend an, besah sich dann Spring noch einmal genauer und schließlich wieder Summer.

»Stimmt irgendetwas nicht?«, fragte Spring irritiert.

»Nein, es ist nichts«, beschwichtigte Ophelia; sie wusste nicht, ob sie wirklich sagen sollte, was ihr aufgefallen war. Die Mädchen sahen sich überhaupt nicht ähnlich. Summer hatte dunkle Haut und wunderschönes, langes Haar im Afro-Stil. Ihr Gesicht war schlank, und sie hatte stark ausgeprägte Wangenknochen. Ihre großen Augen waren so dunkel, dass man kaum erkennen konnte, wo die Pupille endete und die Iris begann. Spring dagegen hatte eine braungebrannte, milchkaffeefarbene Haut mit Sommersprossen und extrem glattes, dichtes schwarzes Haar. Ihr Gesicht war fast so breit wie lang und ihre Augen waren dunkelgrün. Kurz gesagt: Die Zwillinge hatten so viel Ähnlichkeit miteinander wie eine Palme mit einer Eiche.

»Abgesehen von der Tatsache, dass es absolut keine äußeren Ähnlichkeiten zwischen euch beiden gibt«, rief Roger Spring ins Ohr.

»Ich werde diese Bemerkung einfach ignorieren. Nicht, dass Du Dir wieder wehtust«, frotzelte Spring. »Warum stellst du dich nicht vor, Roger?«

»Mein Name ist Roger«, kam er prompt der Aufforderung nach und streckte seine Hand aus.

»Vor- und Nachname Roger«, kicherte Summer. Roger war die Bemerkung sichtlich peinlich.

»Nun, Roger, ich denke, du solltest dir nicht zu viele Gedanken über deinen Namen machen. Stell dir vor, wie dein Nachname lauten würde, wenn deine Vorfahren kein Klopapier benutzt hätten«, grinste Ophelia.

Das hatte gesessen. Die Mädchen lachten. Roger lächelte gezwungen durch die Zähne mit und wurde rot. Er hatte glattes, blondes, ungekämmtes Haar, das im Wind umherwehte. Seine Augen waren grün und seine weiße, sommersprossige Haut sah gebräunt aus, was seine grünen Augen noch mehr hervorstechen ließ. Die drei Freunde trugen Schuluniformen, bestehend aus grauen, abgetragenen Hosen für Roger und grauen Röcken für die Schwestern, und ein weißes Hemd. Sie trugen alle dieselbe Krawatte, auf der ein Wappen mit goldenen Fäden aufgestickt war. Roger hatte eine verblichene dunkelblaue Jacke um die Taille geschlungen; die Mädchen hatten die gleichen Jacketts an.

»Danke, dass du mich gerettet hast, Roger«, versicherte Ophelia ihn höflich ihrer Anerkennung. »Es tut mir leid, dass ich einen Scherz über deinen Nachnamen gemacht habe.«

»Ich habe dich gerettet, nicht wahr?« bestätigte Roger stolz. »Ich bin ein Held.«

»Ja, das bist du, Roger.«

»Schon in Ordnung«, sagte Roger. »Den Spruch mit meinem Namen habe ich natürlich auch noch nie gehört. Er ist ziemlich originell.«

»Warte mal einen Moment«, meldete sich Summer zu Wort. »Ophelia Margaret George? Ihre Grabstelle liegt direkt neben unserer. Du bist das Mädchen, das bei Martha wohnt, nicht wahr? Das letzte Mal, als wir dich gesehen haben, warst du noch ein Baby.«

»Ja, das bin ich. Ich meine, kein Baby, aber ich bin die Ophelia, die Ihr meint.«

»Ich wusste ja, dass manche Leute hier schnell wachsen. Aber das ist absurd. Du bist doch erst seit ...« – Summer begann auf ihren Händen zu rechnen – ... »zwei Daear-Jahren hier.«

»Zwei Daear-Jahre?« rief Roger ungläubig aus. »Du siehst aus, als wärst du sieben Jahre alt. Mindestens«, fügte er hinzu. »Wie ist das passiert?«

»Ich habe keine Ahnung«, antwortete Ophelia. »Es ist einfach passiert.«

»Ophelia, ich mag dich«, erklärte Roger.

»Ja, Roger, ich mag dich auch. Willst du mit mir befreundet sein?«

»Ja«, antwortete er nur. Ophelia legte ihren Arm um seine Schultern, und er legte seinen Arm um ihre, und so umschlungen gingen sie nach Hause zurück.

Kapitel VIII

»Und so habe ich Ophelia kennengelernt«, schloss Roger und sah Arch an.

»Aber wie ist sie an die Klippe gekommen? Hat sie sich zufällig dorthin versetzt?«

»Ich vermute, ja. Ich kann mich erinnern, dass sie davon sprach, dass es anders war als sonst und dass sie durch einen Tunnel aus Efeu gefallen ist. Danach haben wir das Thema nie wieder angeschnitten. Ich dachte, sie sei vielleicht schlafgewandelt.«

Arch blieb stehen. »Ein Tunnel aus Efeu«, wiederholte er langsam. »Ich bin durch einen Tunnel aus Efeu gefallen, als ich hier ankam.«

»Wir nennen ihn Ymaerol«, sagte Roger.

»Was nennt ihr Ymaerol?«

»Na, hier. Diese Welt, in der wir leben. Es könnte aber auch sein, dass Sie und Ophelia einfach die gleichen Träume haben. Ihr seid schließlich eng verwandt.«

»Nein, das ist es nicht. Ich hatte diesen Traum noch nie. Und wir sind beide durch ihn hindurchgefallen und wieder am Ausgangsort gelandet. Was ist passiert, als sie nach Hause kam?«

»Ich habe nicht die leiseste Ahnung«, antwortete Roger. »Sie ging allein hinein, und die Mädchen und ich kehrten in die Akademie zurück. Da müssen Sie Martha fragen.«

Sie kamen wieder bei den Grimsbys an.

»Roger, hast du morgen Unterricht?« wollte Arch wissen.

»Nicht unbedingt«, log Roger. Arch sah ihn mit einem durchdringenden Blick an, wie es nur Eltern oder Lehrer können. »Naja, eigentlich schon, aber es fällt mir schwer, mich auf den Stoff zu konzentrieren, solange Ophelia weg ist.«

»Das wirst du wohl müssen«, stellte Arch streng fest. »Weißt du was? Ich begleite dich morgen zur Akademie. Ich würde gerne mehr über Ophelias Umgebung erfahren, und vielleicht bekommen wir ein paar Hinweise darauf, wo sie sein könnte.«

»Zu Fuß?« fragte Roger. »Das wäre ein ganz schön langer Spaziergang. Wir können den Schulbus nehmen. Ich bin sicher, dass sie für Ophelias Vater eine Ausnahme machen werden.«

»Klingt nach einem guten Plan«, nickte Arch. »Ich hole dich morgen früh ab. Kannst du jetzt allein nach Hause gehen?«

»Ja, klar, kein Problem. Das mache ich ständig.«

Arch lächelte. »Sehr gut, dann sehen wir uns morgen früh. Und danke«, rief er noch, als Roger sich schon umgedreht hatte, um zu gehen.

»Keine Ursache«, kam es von Roger zurück. »Für Ophelias Vater mache ich alles.«

»Ruhe da draußen! Es gibt Leute, die wollen nachts schlafen«, schrie einer der Nachbarn.

Kapitel IX

Am nächsten Morgen kam Arch in die Küche. Es herrschte ein totales Chaos, was vor allem an den Kindern lag, die überall herumsprangen und herumliefen. »Hey«, rief ein Junge. Mein Name ist Colin. Darf ich dir meine neuen Tanzschritte zeigen?«

»Aber sicher, Colin«, nickte Arch. Colin hob die Hände und war schon bereit, die Vorstellung seines Lebens zu geben, als ein milchgetränkter Pfannkuchen durch die Luft flog und Colin mitten ins Gesicht traf. Colin schaute sich um und erblickte seine kleine Schwester Diana, die ihn mit entsetzten Augen anstarrte und dann zu lachen begann.

»Warum hast du mich mit dem Ding beworfen?«

»Habe ich nicht«, beteuerte sie und kicherte weiter.

»Na warte! Ich sollte Dir wirklich ...« schnaubte Colin und rannte Diana hinterher.

Denny kam unter dem Tisch hervor, mit einer Schüssel voller milchtriefender Pfannkuchen, und lachte.

›Dieser freche Teufel‹, dachte Arch bei sich.

»Kinder, Kinder. Bitte beruhigt euch!« versuchte Herr Grimsby, sich Gehör zu verschaffen. Niemand achtete auf ihn. Er ließ sich verzweifelt auf seinen Stuhl fallen und seufzte; Arch hatte wirklich Mitleid mit ihm. Doch plötzlich verstummten alle. Das Einzige, was man hören konnte, war, wie jemand die Treppe hinunterkam. Es war Mrs. Grimsby. Alle Kinder setzten sich wie auf Kommando und begannen zu frühstücken. »Guten Morgen, alle zusammen«, grüßte sie, während sie sich hinsetzte.

»Guten Morgen, Mrs. Grimsby«, erwiderten alle im Chor.

»Haben Sie gut geschlafen, Arch?«

»Ich habe fantastisch geschlafen, aber ich habe ständig von Ophelia geträumt. Ich möchte heute in die Akademie gehen und mehr über Ophelias Umfeld erfahren. Roger nimmt mich mit.«

»Das klingt nach einer hervorragenden Idee, Arch.«

»Ich werde den Busfahrer überreden müssen, mich mitzunehmen«, wandte Arch ein.

»Das werde ich übernehmen«, versicherte Mrs. Grimsby.

»Um wie viel Uhr kommt der Bus denn?« fragte Arch, als sie an der Bushaltestelle warteten.

»Er kommt, wenn er kommt, Arch«, zuckte Roger mit den Schultern. »Die Zeit funktioniert hier anders. Wir haben keine Uhren, so wie in Daear.«

»Aber woher wisst ihr zum Beispiel, wann ihr den Bus nehmen müsst?«

»Wir wissen es einfach.«

Arch fand diese Antwort eher verwirrend.

»Aber vielleicht sollten Sie einen Schritt zurücktreten.«

»Warum?« wunderte sich Arch.

Der Boden begann zu beben, denn unter Arch tauchte die Karosserie eines Busses auf. So wie die Häuser aus der Erde auftauchten, vollzog sich dies nun auch mit dem Bus; nur befand Arch sich jetzt im Zentrum des Geschehens. Als sich das Dach öffnete, wurde Arch in die Luft geschleudert und landete rittlings auf dem Bus. Der Busfahrer steckte seinen Kopf aus dem Fenster.

»Das tut mir leid. Ich dachte, das wäre behoben.« Arch kletterte zurück auf den Bürgersteig. Der Bus war aus dunkelblauem Holz mit braunen Kontrastlinien. Er war sorgfältig poliert, und an der Seite stand *University of Gwybodaeth*, darunter das gleiche Wappen, womit Springs, Summers und Rogers Krawatten bestickt waren. Das Wappen war rautenförmig und in vier Teile unterteilt. Den oberen Teil zierte ein Schlüssel, den linken Teil ein Seil, den rechten Teil Pfeil und Bogen und den unteren Teil ein Hammer. Das Wappen wurde von zwei goldfarbenen Panthern mit großen Schwingen gehalten. Arch versuchte, in den Bus zu steigen.

»Moment mal, Junge«, sagte der Busfahrer. »Nur für Studenten. Ich kenne dich nicht, und ich kenne sonst jeden einzelnen Studenten.«

»Es tut mir leid«, sagte Arch. »Mein Name ist Archibald George, aber Sie können mich Arch nennen. Ich würde gerne mitfahren.«

»George, hm«, grübelte der Fahrer. »Ich kenne nur eine George und das ist Ophelia.«

»Richtig, ich bin ihr Vater«, bestätigte Arch. Der Busfahrer neigte den Kopf nach vorne, als ob er über seine Brille hinwegschauen würde, aber in Wirklichkeit trug er gar keine. Arch studierte sein Gesicht, welches ihm sehr merkwürdig erschien. Die Form seines Kopfes war ziemlich breit und oval und erinnerte Arch an einen waagerechten Rugbyball, der auf einen kurzen Hals gesetzt worden war. Seine Nase lief äußerst spitz zu und er hatte riesige Ohren, die bis über die

Augen emporragten. Seine Lippen waren schmal, und über seinem Mund sprossen nur wenige, wie zufällig gewachsene Schnurrbarthaare.

»Mag sein, Archibald George; die Regeln besagen aber, dass nur Studenten zugelassen sind.« Er deutete auf ein Schild mit der Aufschrift »Nur für Studenten«. »Egal, wessen Vater du bist.«

»Da können Sie doch sicher eine Ausnahme machen«, mischte sich Mrs. Grimsby von außerhalb des Busses ein. Der Busfahrer beugte sich nach vorne, um zu sehen, wer dort stand.

»Nein, gute Frau, heute gibt es keine Ausnahmen.«

»Sherman William Matthews, zwingen Sie mich nicht, Ihren Chef kommen zu lassen und ihm von dem kleinen Fehler zu erzählen, den Sie neulich auf Ihrer Route gemacht haben.« Der ganze Bus wurde still. Alle Kinder brannten geradezu darauf, einige Geschichten über Herrn Matthews zu hören. Er schaute sich im Bus um. »Kümmert Euch gar nicht um das hier, Kinder. Heute gibt es keinen Klatsch und Tratsch für eure kleinen neugierigen Ohren zu hören. – Na gut, von mir aus. Er kann neben mir sitzen.«

»Oh, vielen Dank, Sherman. Wie immer übertrifft Ihre Großzügigkeit alle Erwartungen«, bemerkte Mrs. Grimsby sarkastisch. Herr Matthews knurrte etwas zurück.

»Es tut mir leid, Sherman, ich verstehe Sie nicht. Gibt es etwas, das Sie mir sagen wollen?«

»Ganz und gar nicht, Mrs. Grimsby. Ganz und gar nicht. Setzen Sie sich«, herrschte Mr. Matthews Arch an. Er schloss die Tür und wandte sich an die Kinder. »Ihr wisst ja, was ihr zu tun habt, Kinder. Versucht euch dieses Mal zu konzentrieren.«

Arch sah die Kinder an. Von einem Moment auf den anderen wurden sie alle still und schlossen gleichzeitig ihre Augen.

Arch wurde unruhig. »Was ist los?«, wollte er wissen.

»Das wirst du bald merken«, antwortete Mr. Matthews. Der Bus begann zu zittern. Arch schaute aus dem vorderen Fenster und sah die Straße. Der Bus griffelte sich genauso mühelos, wie er sich zuvor entgriffelt hatte. Als würde er mit offenen Augen rückwärts fallen, sah Arch, wie sich die Straßen in den Himmel zu verwandeln schienen, und dann wurde es dunkel. Er spürte, wie der Bus fuhr, und hörte die Kinder reden, doch er konnte nichts sehen.

»Wir sind da, Kinder. Nächste Station. Ihr wisst, was ihr zu tun habt.« Arch fühlte, dass er flach am Boden lag, und sah den Himmel durch ein Fenster über sich. Als sich der Bus mit ihm darin entgriffelte, war es, als würde er von einer äußeren Kraft hochgehoben, und durch das Fenster sah er, wie der Himmel wieder in die Straße überging. Eine Gruppe von Kindern stieg in den Bus, und dieser fuhr wieder los. »Weiter geht's zum nächsten Haltepunkt«, rief Herr Matthews. Und alles wurde wieder dunkel.

»Letzte Haltestelle, alle aussteigen«, hörte man Herr Matthews Stimme.

Arch sah sich um, aber alles, was er erkennen konnte, war ein Wald mit einem See in der Mitte. Der See kam ihm sehr bekannt vor. Es war der Grüne See, ein Privatgrundstück im Wald von Chantborough. Er war schon einmal dort gewesen. Sie waren auf einem Schulausflug im Wald gewesen, als Arch und Sophia noch in der Grundschule waren. Sie hatten beschlossen, sich von der Gruppe abzusetzen und fanden ein Loch im Zaun, der das Privatgrundstück umgab. Frech, wie sie waren, betraten sie das Grundstück und liefen dort herum.

»Schau, es ist ein See«, bedeutete Sophia Arch aufgeregt. Die schönsten Bäume umstanden die Wasserfläche. Dazwischen wuchsen uralte Bänke, die teilweise mit Moos bedeckt waren. Es sah aus wie im Märchen.

»Wow«, zeigte Arch sich beeindruckt. »Das ist ja wunderschön. Lass uns schwimmen gehen.«

»Hey, was macht ihr Kinder denn da?«, rief eine Stimme. »Das ist ein Privatgrundstück.« Eine Frau kam auf sie zugelaufen. »Das ist ein Privatgrundstück«, wiederholte sie. »Habt ihr die Schilder nicht gesehen?«

»Nein, Madame«, log Sophia.

»Ich begleite euch Kinder hinaus. Wie seid ihr überhaupt hier hereingekommen?« Arch und Sophia antworteten nicht, und die Dame begleitete sie hinaus.

»Alle raus aus dem Bus«, forderte Mr. Matthews seine Fahrgäste erneut auf. Arch schüttelte die Erinnerungen ab und stand auf. Alle stiegen aus und gingen in Richtung See. Arch hielt sich an Spring, Summer und Roger.

»Ist es ein langer Weg zur Akademie?« fragte Arch Roger.

»Nein, wir sind schon da.« Arch schaute in die Richtung, in die sie liefen. Er sah nur den See mit den stattlichen Bäumen darum herum.

»Befindet sich die Akademie unter Wasser?«, fragte er weiter. Die Mädchen begannen zu kichern.

»Nein«, antwortete Roger. »Schauen Sie mal geradeaus.« Arch sah, wie die ersten Kinder das Wasser erreichten. Sie liefen darüber, als wäre es das Normalste der Welt. Nach ein paar Metern stiegen sie eine unsichtbare Treppe hinauf und verschwanden dann in der Luft. Arch war erstaunt.

»Dieser Ort ist ein absolutes Wunder. Ich wünschte, Sophia wäre hier, um das zu sehen.«

Er ging weiter, und als er in der Nähe des Sees war, sagte Summer: »Nicht zögern, wenn Sie das Wasser erreichen. Gehen Sie einfach drüber!«

Als sie ans Ufer kamen, setzte Arch nun willkürlich seinen rechten Fuß langsam auf das Wasser, um zu sehen, ob es ihn tragen würde. Er belastete ihn langsam und spürte, wie sein Schuh nass wurde.

»Ich kann da nicht drüber laufen«, beklagte er sich bei Roger. Doch Roger war ihm schon weit voraus. »Roger?«, rief er.

»Einfach immer weiter, Herr George. Nicht nachdenken, einfach machen«, gab Roger zurück und ging weiter.

Arch schaute hinunter und sah durch das klare Wasser, dass ein Wesen auf ihn zu schwamm. Es hatte die Züge eines Wals, aber mit einem runden, großen, offenen Maul, aus dem seine Zunge heraushing. Als es Arch erreichte, wartete es mit geöffnetem Maul, wie ein Welpe, der sich darauf freut, dass sein Herrchen nach Hause kommt. Jetzt hatte Arch noch mehr Angst, das Wasser zu überqueren.

›Vielleicht kann ich auch nicht hinüber, weil ich erwachsen bin‹, dachte er resigniert. Er blickte über den See und sah die geflügelten Panther aus dem Wappen auf beiden Seiten des Sees elegant aus dem Wasser springen. Sie waren riesig. Allein ihre Beine waren mindestens so lang wie er selbst. Nachdem sie sich erhoben hatten, flogen sie hoch auf und setzten sich schließlich in die Luft, als ob sie auf dem unsichtbaren Schulgebäude säßen. Dann verwandelten sie sich in Stein, bevor auch sie unsichtbar wurden. Plötzlich stieß jemand mit Arch zusammen und schubste ihn ins Wasser. Doch Arch ging nicht unter. Er drehte sich um und richtete dann den Blick nach unten. Es war ein Mädchen. Er lächelte sie an und sagte: »Danke, Miss.«

»Gern geschehen. Manchmal brauchen wir halt einen kleinen Schubs«, gab sie freundlich zurück. Arch ließ sich von der Kinderschar mittreiben und verlor das Mädchen aus den Augen. Vor sich sah er ein Kind nach dem anderen verschwinden, bis er selbst in der großen Eingangshalle der Akademie stand. Er blickte nach oben und sah die unglaublich hohen Decken des Gebäudes und großen Fenster aus Buntglas.

»Da sind wir, Herr George«, verkündete Spring. Arch ging zu der Gruppe hinüber.

»Dieser Ort ist erstaunlich, wirklich erstaunlich«, meinte er.

»Nicht wahr?« erwiderte Spring. »Und das ist nur der Eingangsbereich. Wir können Sie gerne herumführen.«

»Das würde ich gerne in Anspruch nehmen, aber ihr müsst ja jetzt in den Unterricht. Ich will euch nicht vom Unterricht abhalten. Warum zeigt ihr mir nicht in der Pause alles?«

»Ok, bis später«, stimmten die Mädchen zu und liefen Hand in Hand davon.

»Ich zeige dir die Räume des Direktors«, bot sich Roger an. »Ich habe noch etwas Zeit, bevor der Unterricht anfängt.«

»Guten Morgen, Mr. Levi. Wir sind hier, um Professor Leary zu sprechen.« Herr Levi, der die Papiere auf seinem Schreibtisch durchsah, war ein schlanker, hochgewachsener Mann mit einem auffallend langen Hals und einem länglichen Gesicht. Er trug eine große Brille und hatte langes, lockiges Haar mit einem krausen Pony, der eben auf der Höhe seiner Augenbrauen endete. Obwohl es draußen heiß war, trug er einen dunkelblauen Wollpullover mit einem zugeknöpften Hemd darunter.

»Guten Morgen, Mr. Cleanbottom. Wurden wir wieder aus der Klasse geschickt?«, fragte er, ohne aufzublicken.

»Nein, Sir«, murmelte Roger.

»Wie auch immer, der Professor ist beschäftigt.«

»Peter!«, rief eine forsche Stimme von hinten. »Wer ist da?« Herr Levi erschrak und gab ein quiekendes Geräusch von sich. Roger kicherte. Herr Levi eilte zur Bürotür.

»Es tut mir leid, Mr. Leary. Roger Cleanbottom ist hier in Begleitung von Mr…«

»Mr. George«, ergänzte Arch.

»Mr. George«, fuhr Mr. Levi fort und sah Arch erstaunt an.

»Schick ihn herein, Peter.«

Als Arch und Roger das Büro von Professor Leary betraten, teleportierten sie sich auf eine Grasfläche mit Blumen, die hohe, dünne Köpfe hatten. Der Wind streifte sie sanft, und es sah aus, als würden die Blumen schweben. Draußen war es dunkel, und der Mond beleuchtete das Feld. Dann teilten sich die Blumen vor ihnen, wichen nach links und nach rechts zurück und bildeten einen Weg, über den sie gehen konnten. Mit dem nächsten Schritt waren sie wieder in ihrem Büro.

»Guten Morgen«, sagte Professor Leary. »Was kann ich für Sie tun?«

»Mr. Leary, das ist Archibald George, Ophelias Vater. Er ist vor kurzem verstorben und würde gerne mehr über Ymaerol erfahren.«

»Um Hinweise auf Ophelias Verbleib zu finden, nehme ich an«, mutmaßte der Professor.

»Natürlich«, entgegnete Arch und streckte seine Hand zum Gruß aus. Professor Leary schüttelte sie.

»Es tut mir sehr leid, dass Ophelia verschwunden ist. Wir tun unser Bestes, um sie zu finden.«

»Vielleicht kann ich helfen.«

»Vielleicht, aber Sie sind erst seit kurzem hier, und bei der Suche nach Ophelia brauchen wir Leute, die sich auskennen.«

»Ich lerne schnell.«

Der Professor lächelte. »Ich sehe schon, woher Ophelia ihren Mut hat. Setzt euch!« Arch schaute sich um und sah keine Stühle.

»Wo?«, fragte er. Der Professor setzte sich und wie aus dem Nichts erschien ein Stuhl. Zögernd tat Arch dasselbe, und obwohl er gesehen hatte, wie der Stuhl unter dem Professor aufgetaucht war, war er doch erleichtert, auch auf einem zu sitzen. Zufrieden streichelte er die Armlehne und war erstaunt, wie weich sich der Samt anfühlte.

Als Roger sich setzten wollte, schlug er allerdings hart mit dem Po auf dem Boden auf.

»Autsch. Warum hat es bei mir denn nicht funktioniert?«, empörte er sich.

»Ich denke, Sie sollten in den Unterricht gehen, Mr. Cleanbottom.«

»Aber ...«

»Kein Aber, Mr. Cleanbottom. Ab mit Ihnen!«

Resigniert schlurfte Roger davon.

»Also, Mr. George, was kann ich für Sie tun?«

»Also, wie Roger schon sagte, würde ich Ymaerol gerne besser kennenlernen, um meine Tochter zu finden. Was können Sie mir über Ophelia sagen?«

»Was soll ich über Ophelia sagen? Ich habe noch nie jemanden wie sie getroffen. Nicht nur wegen des Teleportierens, sondern vielmehr wegen des Ursprungs dieser Versetzungskunst. Ihr Ynni-Level ist ausgesprochen hoch.«

»Was genau ist Ynni?«

»Das Wort Ynni ist nicht leicht zu erklären. Wir selbst kratzen nur an der Oberfläche dieses Themas, obwohl wir es seit Jahrhunderten erforschen. Man könnte sagen, dass Ynni alles ist. Ich meine das im wörtlichen Sinne. Sie und ich sind Ynni. Alles um uns herum ist Ynni. Sowohl Ymaerol als auch Daear sind aus Ynni gemacht. Wir sagen, dass jemandes Ynni-Level hoch ist, wenn er oder sie sehr stark in Kontakt mit den eigenen Sinnen und der eigenen Energie sowie dem Ynni der direkten und indirekten Umgebung ist. Der Grund, warum Ophelia so gut teleportieren kann, ist, dass ihr Ynni-Level immer schon erstaunlich hoch war. Wahrscheinlich ist es eines der höchsten, das ich je gesehen habe. Es entspricht dem von Victoria Oetker und Aderitus Pertinax, aber niemand hat Pertinax gesehen, seit er ein Teenager war, und das ist schon so lange her, dass ich einer der wenigen bin, die ihn überhaupt je getroffen haben.« Arch war stolz auf seine Tochter. »Es ist ein bemerkenswertes Phänomen, Ynni. Es ermöglicht es einem, große Dinge zu tun, wenn man es richtig einsetzt. Aber es kann auch viel Schaden anrichten. Pertinax zum Beispiel hat versucht, sein Ynni zu benutzen, um die Welten zu erobern. Victoria hingegen setzt ihr Ynni zum Wohle der Menschen ein.«

»Victoria?« erkundigte Arch sich ungläubig. »Sie scheint nicht unbedingt zum hilfsbereiten Schlag Menschen zu sein.«

»Die Dinge sind nicht immer so, wie sie zunächst scheinen. Sie hat viele Nachforschungen über Ymaerol und Ynni angestellt. Sie hat auch den Kreis der Sieben gegründet, der sich um den Schutz unserer Stadt und von ganz Ymaerol kümmert, wenn es darauf ankommt. Außerdem ist sie die Vertreterin unserer Stadt in der Versammlung von Ymaerol. Die Versammlung von Ymaerol ist für die Sicherheit und das Wohlergehen von ganz Ymaerol verantwortlich. Einfach gesprochen, könnten wir sogar sagen, dass Victoria und die Oetkers unsere Stadt auf die Weltkarte gebracht haben.«

»Sie erwähnten, dass der Kreis der Sieben sich um unseren Schutz kümmert. Wovor müssen wir denn geschützt werden?« fragte Arch.

»Na, vor jedem, der Ymaerol oder Daear beherrschen will. Wie zum Beispiel Pertinax.«

»Was hat er denn genau getan? Abgesehen von der Gründung der Akademie?«

»Woher wussten Sie, dass er die Lehranstalt gegründet hat?«

Arch hatte es vermutet, weil das Wappen der Akademie ja aus einem Schlüssel, einem Seil, Pfeil und Bogen und einem Hammer bestand, genau, wie er sie auf den Säulen auf Pertinax' Grabstelle gesehen hatte. Das konnte kein Zufall sein.

»Also, nach dem, was ich gehört habe, meine ich natürlich«, log Arch.

»Irgendwie habe ich den Eindruck, dass Sie viel mehr gehört haben, als Sie durchblicken lassen, Mr. George.« Arch blickte schuldbewusst zu Boden, wie es Studentinnen und Studenten in diesem Büro schon so oft getan hatten.

»Nun gut«, beendete der Professor das Gespräch und stand auf. Der Stuhl verschwand wieder. »Ich werde Ihnen alles über Pertinax erzählen und Ihnen gleichzeitig eine Führung durch die Akademie geben. Vielleicht haben Sie Lust, sich einzuschreiben, wenn alles geregelt ist und Ophelia zurück ist. Hoffentlich finden wir sie bald.«

»Ja, hoffentlich«, wiederholte Arch, stand ebenfalls auf und ging mit Professor Leary zur Tür. Seltsamerweise verschwand Archs Stuhl nicht. Beide blickten auf das Sitzmöbel, und plötzlich sah Arch sich selbst und den Professor an der Tür stehen, während er noch darauf saß. Arch schüttelte den Kopf und stand wieder an der Tür. Der Stuhl verschwand.

»Was ist denn da gerade passiert?«, fragte der Professor.

»Nichts. Mir ist nur etwas schwindelig, weil ich all die Informationen, die ich bekommen habe, erst verarbeiten muss.«

Der Professor schaute Arch skeptisch an. »Sie erinnern mich an jemanden. Ich kann es nur nicht genau zuordnen.«

»Ophelia?«

»Ja, die Ähnlichkeit ist geradezu unheimlich, aber die meine ich nicht.«

»Das hat mir Victoria auch schon gesagt«, gab Arch zu.

»Sehr merkwürdig«, stellte der Professor fest und setzte sich in Bewegung.

Kapitel X

Der Flur der Akademie hatte hohe Decken mit Säulen auf jeder Seite, die bis ganz nach oben unter die Decke reichten. An jeder Säule war ein Kerzenständer angebracht, auf dem dicke, cremefarbene Kerzen brannten. Hinter den Säulen befand sich ein Raum mit langen, rechteckigen Lesetischen, die sämtlich aus dunklem Eichenholz gefertigt waren. Bücherschränke aus demselben Material wie die Tische verdeckten die gesamte Wand. Und es schien, als wäre die Anzahl der vorhandenen Bücher unendlich groß.

»Das sind eine Menge Bücher«, staunte Arch. »Hat die Akademie nicht eine Bibliothek?«

»Doch, aber keine Bibliothek in ganz Ymaerol kann die Menge an Büchern aufnehmen, die wir hier haben.«

»Wurden diese Bücher in Daear oder in Ymaerol geschrieben?«

»Sie wurden sowohl in Daear als auch in Ymaerol und überall davor, danach und dazwischen geschrieben«, erklärte Professor Leary. »Sie enthält jedes Buch, das jemals geschrieben wurde, gerade geschrieben wird und sogar die, die nie fertiggestellt worden sind. Die Wand der Bücher ist die Vergegenständlichung jedes Gedankens, der in Buchform niedergeschrieben wurde.«

Arch ging auf die Wand zu. »Es stehen keine Namen auf den Büchern«, stellte er zu Professor Leary gewandt fest. Er nahm eines in die Hand und öffnete es, doch die Seiten waren leer.

»Warum denken Sie nicht an ein Buch, das Sie schon gelesen haben, und nehmen es sich noch einmal?« Arch tat, wie ihm geheißen, und dachte an sein Lieblingsbuch. Der Titel erschien auf dem Buch, und er ergriff es. Er schlug es auf. »Es hat geklappt«, teilte er freudig dem Professor mit.

Der Professor kam auf ihn zu. »Gute Wahl. Ich bin selbst ein großer Bewunderer von Platon.«

»Aber heißt das, dass ich das Buch bereits kennen muss, um es lesen zu können?«

»Nein, das müssen Sie nicht.«

»Oder muss ich zumindest den Titel wissen?«

»Nein, weder noch. Sie müssen nur in der Lage sein, die Stimmung des Buches auszudrücken.«

»Das heißt also, wenn ich an Liebe denke, füllt sich die ganze Akademie mit Büchern zu diesem Thema?«

Professor Leary lächelte. »Es gibt ja nun viele verschiedene Arten von Liebe. Es gibt die romantische Liebe. Es gibt die Liebe zur Familie oder zu Hobbys. Es gibt die Liebe zu einem selbst. Aber man kann auch ein bestimmtes Verhalten lieben oder einen Moment oder einen Geruch. Man kann bestimmte Worte oder einen Klang lieben. Man kann sogar etwas lieben, das man nicht liebt. Denken Sie darüber nach. Sie können auch die Erinnerung an etwas lieben oder ein ganz bestimmtes Gefühl. Man kann die Art und Weise lieben, wie man mit etwas umgegangen ist. Und es gibt noch viele andere Formen der Liebe. Unsere Worte decken nicht alles ab, was es gibt, aber Ynni tut es. Je geschulter Sie sind oder je höher Ihr Ynni-Level ist, desto zielsicherer können Sie Bücher finden, die Ihren Anliegen oder Interessen entsprechen. Wenn Studenten hier anfangen, sind es meist die Lehrer oder die Bibliothekare, die die Bücher ausgeben, es sei denn, die Studenten kennen den Titel. Denken Sie an etwas, das Sie wissen wollen, und das Buch, das zu Ihrem Ynni passt, wird sich Ihnen präsentieren. Auf Daear sagen viele Leute, dass man, wenn man sich etwas wünscht, sehr genau sein muss, sonst hilft einem das, was man bekommt, nicht wirklich. Nun, so ist es auch mit der *Wand der Bücher*.«

Arch schloss seine Augen und öffnete sie wieder. »*Die Geschichte der Akademie und Universität von Gwybodaeth*« erschien auf dem Buch.

Der Professor schaute über Archs Schulter. »Hmm, ich kenne das Buch, aber diese Version habe ich nicht gelesen. Wer hat es geschrieben?«

»Hier steht, geschrieben von R. A. de Suit.«

»Ich habe noch nie von ihm gehört. Darf ich mal sehen?«

»Aber sicher«, stimmte Arch zu und gab ihm das Buch.

Als der Professor es öffnete, waren alle Buchstaben verschwunden. »Ich sehe nur leere Seiten.« Er gab es Arch zurück. Als Arch das Buch öffnete, erschienen die Buchstaben wieder.

»Was bedeutet das?«, wollte er vom Professor wissen.

»Es bedeutet, dass dieses Buch nicht für mich bestimmt ist. Wissen Sie, Arch, unser Ynni schützt auch unsere Privatsphäre. Ein Buch kann nur gelesen werden, wenn derjenige, der es geschrieben hat, auch möchte, dass es gelesen wird. Und in diesem Fall will der Autor oder das Buch, dass es von Ihnen oder jemandem wie Ihnen gelesen wird.«

»Wie ich?« fragte Arch erstaunt. »Was soll das heißen, so wie ich?«

»Ich weiß es nicht, Arch, aber der Autor wollte, dass Sie es lesen.«

»Würden Sie mir erlauben, das Buch mitzunehmen?«

»Ja! Bücher verschwinden nie von der *Wand der Bücher*. Solange Sie das Buch lesen können, wird es bei Ihnen bleiben. Und wenn es verschwindet, können Sie zur Wand zurückkommen und versuchen, es wieder auszuleihen. Lassen Sie uns unseren Spaziergang fortsetzen. – Also, wo waren wir?«

»Sie wollten mir mehr über Pertinax erzählen.«

»Ah ja, Aderitus. Vor Jahrhunderten, in Daear, war Pertinax bereits ein äußerst intelligenter Junge. Als er acht Jahre alt war, hatte er eine Liste aller Dinge in Daear erstellt. Der Junge war wie eine wandelnde Enzyklopädie. Sein Vater, der General in der Armee war, war ebenso schlau. Für die einen war er ein Kriegsheld, für die anderen ein Kriegsverbrecher, je nachdem, auf welcher Seite die Leute standen. Er wollte natürlich, dass sein Sohn in die Armee eintritt, aber Aderitus hatte andere Pläne. Er wollte eine Universität mit dem größten Forschungszentrum der Welt gründen. Als er 12 Jahre alt war, wurde er von seinem Vater dazu gezwungen, in dessen Fußstapfen zu treten, wie viele andere Jungen auch. Als er 14 Jahre alt war, galt er als der rücksichtsloseste Angehörige der Armee, den es je gegeben hat. Während des Großen Krieges gewann er 22 Schlachten in einem Jahr. Er hat alle seine Feinde innerhalb und außerhalb der Armee überlistet und sie alle rücksichtslos beseitigt.«

»Sie meinen, er hat sie getötet?« fragte Arch.

»Das weiß niemand so genau. Es gibt keine Aufzeichnungen darüber, nur Gerüchte. Leider ist er in seiner letzten Schlacht im Alter von 18 Jahren im Schützengraben an einer Krankheit gestorben, kurz nachdem er Vater geworden war. Als er in Ymaerol ankam, wurde er sofort respektiert und teilweise auch geliebt. Er gründete die Akademie von Gwybodaeth und machte zusammen mit Victoria enorme Fortschritte bei der Erforschung von Ynni. Sie waren der Meinung, je mehr wir darüber wissen, desto besser, aber das ist noch nicht alles. Sie haben sich verliebt.«

»Wollen Sie damit sagen, dass Victoria und Pertinax ein Paar waren?«

»Ja, sehr innig sogar. Aber die Jahre in Daear lasteten schwer auf Pertinax, und mit der Zeit isolierte er sich mehr und mehr und forschte nur noch. Er begann auch, mehr in seinen eigenen Räumen zu forschen und nicht mehr an der Universität. Die Menschen begannen zu fragen, warum er sich so zurückzog und woran genau er forschte. Vor allem aber wollten die Leute wissen, warum er so geheimnisvoll tat. Die Fragen wurden beantwortet, als die Nurmagomedovs und die Cleanbottoms beauftragt wurden, sein privates Labor zu durchsuchen. Sie fanden von Pertinax erstellte Pläne, zwischen Daear und Ymaerol zu springen.«

»Sie meinen, er hat einen Weg gefunden, zwischen Leben und Tod zu wechseln?« hakte Arch ungläubig nach.

»Nun, wenn man das Leben hier als Tod betrachtet – ja!«

»Ist das denn möglich?«

»Wir wissen es nicht. Sie haben zwar einen Plan gefunden, wie es zu bewerkstelligen sei, aber niemand konnte ihn wirklich verstehen.«

»Und wäre ein Sprung zwischen den Welten etwas Schlechtes?«

»Auch das weiß ich nicht«, gab der Professor zu. »Aber es ist verboten. Ich glaube allerdings auch, dass das Gleichgewicht der beiden Welten nicht gestört werden darf. Und so wie die Menschen in Daear nichts über dieses Leben wissen, wissen wir nichts über das Jenseits. Es ist unsere Aufgabe, unser Leben voll auszuschöpfen, unabhängig davon, in welcher Welt wir leben. Wenn sich die Welten vermischen, verlieren wir unseren Lebenszweck und können keinen Beitrag zu Ynni leisten. Außerdem war das noch nicht das einzige, was sie fanden. Sie entdeckten ebenfalls ein Tagebuch in Pertinax' Handschrift, in dem er seinen Wunsch erklärte, Ynni so zu kontrollieren, dass er jeden und alles in Daear und Ymaerol nach seinem Willen manipulieren könne. Er wollte die Welten beherrschen. Als er gefasst und angeklagt wurde, waren die Beweise so überzeugend, dass er nicht einmal versuchte, sich zu verteidigen. Bevor er ins Gefängnis gebracht werden konnte, flüchtete er jedoch in sein Haus, und seitdem konnte ihn niemand mehr finden. Doch selbst, wenn er inhaftiert worden wäre, wäre es äußerst schwierig gewesen, ihn gefangen zu halten. Pertinax ist ein Experte der Teleportierkunst. Er kennt jede Technik, die es gibt, und im Gegensatz zu allen anderen ist er sogar in der Lage, auf den Grundstücken anderer Leute zu teleportieren. Er wäre also im Handumdrehen wieder draußen.«

»Das ist übrigens Mrs. Squeely«, informierte der Professor nun Arch. »Sie unterrichtet die hohe Kunst der Architektur und Infrastruktur und ist Ophelias Lieblingslehrerin. Sie ist wahrscheinlich die letzte Person, die mit ihr zusammen gewesen ist, bevor sie verschwand.«

»Schön, Sie kennenzulernen, Arch«, schaltete sich Mrs. Squeely ein. »Ich habe Ihre Tochter tatsächlich sehr gern.« Sie ergriff Archs Hand mit beiden Händen und schüttelte sie fest. Arch lächelte sie an.

»Ja, schön, Sie kennenzulernen.«

»Es tut mir so leid, dass sie verschwunden ist. Ich hoffe, dass sie bald gefunden wird.«

»Das hoffe ich auch«, seufzte Arch.

»Haben Sie irgendeinen Hinweis, wo sie sein könnte?«

»Nein, keinen. Ich habe mit den Nurmagomedovs gesprochen und wir sind jeden Schritt durchgegangen.«

»Können Sie mir kurz sagen, was Sie gemacht haben, bevor sie verschwunden ist?«

»Wir haben den Zusammenhang zwischen der Architektur eines Hauses und seines Grundstücks hier in Ymaerol und dem Grab, das jemand in Daear besitzt, besprochen.«

»Welcher Zusammenhang besteht denn zwischen ihnen?«

»Hmm, das ist ein zu schwieriges Thema, um eine kurze Antwort zu geben. Es ist wahr, dass die reicheren Familien größere Grundstücke besitzen und dass das Grab, das sie in Daear haben, viel Ähnlichkeit mit ihrer Residenz hier hat. Natürlich sind die Räumlichkeiten hier größer, aber die Architektur hängt auch mit der Ynni-Stufe der Familie oder der Person zusammen, der die Räumlichkeiten gehören.«

»Heißt das, dass Menschen oder Familien mit einem höheren Ynni-Level größere Grundstücke haben?«

»Nein, nicht unbedingt, aber Menschen mit einem höheren Ynni-Level können bewusst oder unbewusst ihre Residenzen nach den Bedürfnissen ihrer Umgebung und den eigenen Ansprüchen gestalten. Sehen Sie, Arch, jemand mit einem hohen Ynni-Level, hat ein besseres Verständnis für seinen oder ihren Platz in Ymaerol und im kollektiven Ynni im Allgemeinen. Das bedeutet nicht, dass man besser oder schlechter ist als andere Menschen. Man kann es auf jede Art und Weise nutzen, die man will oder braucht. Im Idealfall wird man auch verstehen, dass das, was man jeweils tut, gut oder schlecht ist oder irgendetwas dazwischen. Aber ich kann Ihnen eines sagen. Ophelia ist ein großartiger Mensch; sie hätte ihr Ynni auf jede beliebige Weise nutzen können, doch sie hat sich entschieden, es zum Wohle von Ymaerol einzusetzen.

»Wie das?«

»Nun, die Forschung, die sie betrieben hat...«

»Welche Forschung?«

»Es ging um...«

»Mrs. Squeely, das ist eine vertrauliche Information!«, unterbrach Professor Leary sie scharf.

»Wir können es doch wenigstens ihrem Vater sagen.«

»Zu gegebener Zeit, Mrs. Squeely; zu gegebener Zeit.«

»Einverstanden,« nickte sie. »Ich muss jetzt sowieso eine Stunde abhalten.«

»Aber ...«

Bevor Arch seinen Satz zu Ende bringen konnte, war die Klasse auch schon voll von lärmenden Studenten.

»Lassen Sie uns gehen«, drängte der Professor.

«Danke, Mrs. Squeely.«

Mrs. Squeely umarmte Arch. »Ich vermisse Ophelia wirklich. Ich hoffe, sie wird bald gefunden.«

Als sie zum Büro des Professors zurückgingen, wollte Arch noch wissen, welche Rolle die Nurmagomedovs und die Cleanbottoms in Ymaerol spielten. »Die Nurmagomedovs sind eine Familienlinie, die auf Sicherheit, Schutz und Ermittlungen spezialisiert ist«, antwortete der Professor. »In Daear waren die meisten Nurmagomedovs entweder in der Armee oder bei der Polizei in verschiedenen Rängen. Natürlich ist nicht jeder bei den Nurmagomedovs Teil der Familie, aber die meiste Zeit werden sie von einem Mitglied der Familie geführt. Die Cleanbottoms sind für Überprüfungen in verschiedenen Abteilungen zuständig. Sie sind von Beruf

Forscher. In Daear waren sie meist Rechnungsprüfer, Richter, Anwälte und Wissenschaftler.«

»Und Roger? Ist Roger mit ihnen verwandt?«

»Roger ist das, was man wohl ein schwarzes Schaf in der Familie nennen würde. Nicht wegen mangelnder Begabung, aber im Vergleich zu den anderen beurteilt er Situationen aufgrund von Gefühlen und Intuition. Er hat einen schöpferischen Geist, dieser Junge. Sehr untypisch für einen Cleanbottom, aber ich denke, das macht ihn besonders. Roger ist eine ganz bemerkenswerte Persönlichkeit, leider manchmal aber auch zu impulsiv. Mit der richtigen Führung wird er jedoch gut zurechtkommen, wenn er sie annimmt. Roger ist nämlich eher ein rebellischer Typ. In Ymaerol wohnen alle auf dem Grabplatz, auf dem er oder sie beerdigt wurden. Alle außer Roger, heißt das. Er hat sich entschieden, nicht auf dem Familiengrundstück zu bleiben, sondern hat sich ein eigenes geschaffen. Das ist durchaus außergewöhnlich, wenn Sie Mrs. Squeelys Erklärungen über den Zusammenhang von Ynni-Stufe und Architektur zugehört haben. Das bedeutet nämlich, dass Roger der Einzige ist, der einen eigenen Grabplatz in Ymaerol errichtet hat, obwohl er woanders bestattet worden ist«.

Arch hielt inne. »Sie wollen damit sagen, dass Roger eigentlich mit seiner Familie begraben wurde?« fragte Arch.

»Richtig«, bestätigte der Professor.

»Seltsam, sehr seltsam sogar. In Daear hat Roger Cleanbottom sein eigenes Grab neben Ophelia. Ich habe es gesehen.«

»Das ist unmöglich.«

»Und doch ist es der Fall. Ich bin mir ganz sicher.«

»Wunderbar«, sagte Professor Leary. »Wir können diese Informationen für unsere Forschung nutzen. Dieser Junge verblüfft uns immer wieder aufs Neue.«

»Welcher Junge?«, fragte eine Stimme. Roger saß vor dem Büro des Professors.

»Ist der Unterricht bereits zu Ende, Roger?«, grollte Professor Leary mit strenger Stimme. »Was machen Sie denn schon hier?«

»Ich bin aus der Klasse geschickt worden.«

»Mr. Cleanbottom, wenn das so weitergeht, wird es ein ernsthaftes Nachspiel haben. Und ich meine damit nicht einfaches Nachsitzen.«

»Es tut mir leid, Professor Leary, aber es ist schwierig für mich, mich im Unterricht zu konzentrieren, wenn Ophelia fehlt.«

»Warum wurden Sie dieses Mal rausgeworfen?«

Roger schlug die Füße übereinander und sah zu Boden. »Ich habe Mr. Duckworth gesagt, dass Sie Ihn sofort sprechen wollen, also hat er Sie gesucht, und weil es so lange gedauert hat, habe ich es inzwischen übernommen, die Klasse über die Geschichte von Daear zu unterrichten.«

Professor Leary schüttelte den Kopf und tadelte: »Wann werden Sie es je lernen, Roger?«

»Professor Leary«, entgegnete Roger, »ich wollte ihn nur von seinen pädagogischen Mühen entlasten.«

»Sie werden die ganze Woche nachsitzen, und zudem den Putzdienst übernehmen«, entschied der Professor wütend. »Und Sie dürfen Ihr Ynni nicht zum Putzen benutzen; das machen Sie schön von Hand.«

»Nicht schon wieder«, stöhnte Roger.

»Professor Leary, kann sein Nachsitzen morgen beginnen? Ich bin ziemlich müde, und ich möchte, dass Roger mich nach Hause begleitet.«

Professor Leary schaute über seine Brille zwischen Arch und Roger hin und her. »Also gut«, brummte er. Roger konnte sich ein Grinsen nicht verkneifen. »Vorsichtig, Mr. Cleanbottom. Ich könnte meine Meinung noch ändern.« Roger versuchte so gut wie möglich, eine ernste Miene aufzusetzen, und als er dabei nach unten blickte, zwinkerte Professor Leary Arch zu.

»Dann lass uns gehen, Roger«, sagte Arch und bedankte sich bei dem Professor.

Als sie auf dem Flur waren, trafen sie auf Spring und Summer. »Also, Mädels, wohin jetzt?«

»Wir könnten zu Fernando gehen«, sagte Spring. »Wir haben später Nachhilfestunde bei Augie. Wir zeigen Ihnen erst die Stadt, und dann können wir von da aus weiter zu Fernando.«

»Ach ja, *Bei Fernando* ist das Restaurant, von dem mir Professor Leary erzählt hat. Wer sind Fernando und Augie?«

»Augie war früher Lehrerin hier«, erklärte Summer.

»Sie war sogar eine der besten. Aber sie hat mit dem Unterrichten aufgehört, als sie zusammen mit ihrem Mann Fernando das Restaurant eröffnete. Jetzt gibt Augie Nachhilfe und unterrichtet kostenlos zusätzliche Kurse. Sie sollten wirklich mitkommen.«

»Es ist wunderbar.« Rogers Augen begannen zu leuchten. »Und das Essen dort ist auch köstlich.«

»Klingt toll«, erwiderte Arch, »dann lasst uns gehen.«

Kapitel XI

Als sie am Marktplatz aus dem Bus stiegen, war es bereits dunkel geworden. Der Platz war von hübschen kleinen Geschäften umgeben, und in der Mitte befand sich die Johanneskapelle. Zwischen den Gebäuden gab es Durchgänge zu gemütlichen kleinen Seitengassen und Hinterhöfen. Warmweiße Ballons, die in der Luft schwebten, dienten als Straßenbeleuchtung. Es waren viele verschiedene Arten von Läden vertreten, von Konditoreien bis hin zu Innenausstattungsgeschäften. Arch sah eine Gruppe von Leuten, die vor einem Eingang Schlange standen. »*Erhöhe dein Ynni-Level in zwei Tagen*«, stand auf einem Schild. Arch starrte auf die lange Reihe von Wartenden. Sie drängelten und schubsten, um schneller nach vorne zu kommen.

»Das ist natürlich Augenwischerei«, klärte Summer ihn auf. »Sie können dir nicht helfen, dein Ynni-Level zu erhöhen. Es gibt keine bequemen Abkürzungen bei diesen Dingen.«

»Aber es gibt offenbar genug Leute, die das anders sehen«, sagte Arch. »Der Laden scheint hervorragend besucht zu sein.«

»Diese Leute wollen ihre Ynni-Stufe auf schnellstem Wege erhöhen. Wenn sie mehr Zeit damit verbringen würden, auf sich selbst zu hören, anstatt den Träumen hinterherzujagen, die ihnen da suggeriert werden, wären sie viel weiter; wahrscheinlich auch glücklicher.«

Arch sah Summer staunend an und musste feststellen, dass sie für ein Mädchen ihres Alters sehr weise klang. ›Was könnte sie wohl drüben erlebt haben, um so sprechen zu können?‹

Spring musterte Arch und griff seinen Gedanken auf: »Vergessen Sie nicht, Arch, wir sind viel älter als Sie.«

›Das stimmt‹, dachte Arch. ›Sie sind älter als ich.‹ Er nickte, und sie gingen weiter.

»Und wie wird hier bezahlt?«

»Die Leute zahlen hier nicht, Arch«, erläuterte Summer.

»Aber wie können diese Läden dann finanziell überleben?«

»Finanziell? Geld wird hier nicht gebraucht. Wir müssen zum Beispiel nicht trinken oder essen. Unsere Ansprüche sagen uns, dass wir essen wollen. Wir essen letztlich, weil wir es wünschen, nicht, weil wir es müssen.«

»Also kann man hier nicht vor Hunger sterben?«

»Doch, das kann man, aber nur, weil es einem der eigene Geist suggeriert. Sehen Sie, Arch, ich weiß nicht mehr allzu viel über Daear, denn ich habe nur 14 Jahre lang dort gelebt. Aber was ich hier an der Akademie gelernt habe, ist, dass sie dort Geld haben, um es gegen Waren oder Dienstleistungen einzutauschen. Bei uns funktioniert das anders. Ein Bäcker bäckt hier nur aus zwei Gründen. Weil er meint, dass er es muss, oder weil er es will.«

»Das verstehe ich nicht«, wandte Arch ein. »Warum sollte man etwas tun, was man nicht will, wenn man kein Geld braucht?«

Spring dachte darüber nach und fragte zurück: »Warum solltest du etwas tun, das du nicht willst, um Geld dafür zu bekommen?«

»Naja, weil man zum Beispiel essen und trinken muss.«

»Ist es schwierig, Lebensmittel anzubauen? Wir lernen hier in einer Klasse, wie die Menschen in Daear Nahrung selbst anpflanzen, und in der nächsten Unterrichtseinheit lernen wir, wie man jagt.«

›Hmm‹, überlegte Arch. »Nein, ich glaube nicht.«

»Die meisten Leute hier fangen damit an, das zu tun, was sie in Daear getan haben. Viele von ihnen bleiben bei dem, was sie schon immer getan haben. Aber einige finden erst hier ihre wahre Bestimmung und entscheiden sich stattdessen dafür, nun dieser nachzukommen.«

»Okay«, räumte Arch ein, »ich glaube und hoffe auch, dass die Menschen viel öfter das tun würden, was sie wirklich tun wollen, wenn Geld kein Thema wäre.«

»Die Menschen hier unterscheiden sich nicht allzu sehr von den Menschen in Daear«, warf Roger ein. »Sie tun halt das, woran sie gewöhnt sind oder was ihnen von ihrem Umfeld beigebracht worden ist. Es braucht viel Arbeit und Übung, um wahrhaftig mit Ynni in Berührung zu stehen und seine wahre Bestimmung zu finden.«

Während sie so gingen, stieß plötzlich ein Mann, der die Straßen reinigte, mit Arch zusammen. Das Wasser, das er in seinem Eimer hatte, ergoss sich über Archs Bein. »Das tut mir leid, Junge«, entschuldigte er sich. Als Arch ihn genauer ansah, erkannte er, dass es der Alte aus dem Straßenbahnhäuschen war.

»Meine Güte, Uli, echt jetzt?« knurrte Roger. »Komm schon. Warum passt du nicht auf, wo du hingehst?«

»Na ja, er hat mich doch auch angerempelt. Ich mache hier nur meine Arbeit.«

»Nein, tust du nicht«, schnaubte Roger. »Du brauchst die Straßen nicht zu säubern. Sie reinigen sich selbst.«

»Doch, das muss ich schon. Ohne mich wären die Straßen schmutzig. Es ist absolut notwendig, dass ich sie kehre. Und wie ich gerade gehört habe, müsste auch dein Mund mal mit Seife ausgespült werden, Junge. Ich war immerhin mal der Bürgermeister dieser Stadt. Du solltest vielleicht einen anderen Ton anschlagen, Du kleiner Lümmel.«

»Uli, das letzte Mal hast du behauptet, dass du der Sheriff der Stadt warst und das Mal davor hast du erzählt, dass du der einzige nicht mit ihnen verwandte Anführer der Nurmagomedovs gewesen bist. Wenn das alles wahr wäre, was du sagst, wärst du längst unser oberster Anführer. Nächstes Mal wirst du uns weismachen wollen, dass du der Gründer unserer Stadt bist.«

»Du brauchst auf jeden Fall eine Mundspülung, Bursche«, fuhr Uli fort. »Ich sollte dich in die Löwengrube des Zoos teleportieren und dir ein paar Schweinekoteletts um den Bauch schnallen.«

»Haha«, lachte Roger. »Das könntest Du gar nicht, selbst wenn dein Leben davon abhinge. Niemand hat dich je teleportieren sehen.«

»Nur, weil es noch niemand gesehen hat, heißt das noch lange nicht, dass ich es nicht kann. Ich bin eben diskret«, antwortete Uli leicht nervös.

»Halt, ihr beiden. Es ist doch alles in Ordnung«, griff Arch nun ein. »Es tut mir leid, dass ich Sie angerempelt habe. Danke, dass Sie die Stadt sauber und sicher halten. Mein Name ist Arch.«

Uli sah ihn missmutig an und grummelte: »Mein Name ist Weihnachtsmann. Ho, ho, ho.« Dann drehte er sich um und ging, ohne Arch die Hand zu geben.

»Herzlichen Glückwunsch, Arch. Du bist erst richtig in unserer Stadt angekommen, wenn du mit Uli zusammengestoßen bist«, grinste Spring. Arch stand immer noch der Mund offen; er kam nicht über Ulis Aussehen hinweg. »Uli ist immer ein bisschen mürrisch, aber er tut keiner Fliege etwas zuleide. Die meisten Leute ignorieren ihn einfach. Einmal hat er hinter einer Bar ein Holzfass gefunden und hat es mitten auf den Marktplatz gerollt und hat lauthals gesungen, dass er der König des Ozeans ist, während er, nur mit Unterhosen und mit einer Kapitänsmütze bekleidet, rittlings darauf gethront hat.« Arch konnte sich ein Schmunzeln nicht verkneifen.

Sie gingen zurück zum Marktplatz, und von da aus zum »Bei Fernando«. Als Arch das Gebäude sah, erkannte er es sofort von jenem Abend wieder, als er und Edward auf der Suche nach seinem Buch gewesen waren. Es war das schicke Restaurant mit den hübschen Holzstühlen und den Tischen mit blitzsauberer weißer Tischwäsche. Auf jedem Tisch stand auch jetzt eine kugelförmige Lampe, die wie die Kristallkugel einer Wahrsagerin aussah, und aus der ein cremefarbenes, warmweißes Licht strahlte. Das Restaurant übte nach wie vor eine große Anziehungskraft auf Arch aus. Er erinnerte sich an die beiden Leute, die sie durch das Fenster beobachtet hatten. Das mussten Augie und Fernando gewesen sein – was wiederum bedeutete, dass sie ihn wahrscheinlich mit Edward gesehen hatten. Er beschloss, dieses Thema nicht von sich aus anzusprechen und abzuwarten, ob sie etwas dazu zu sagen hatten.

»Willkommen, liebe Kinder. Ich bin so froh, euch zu sehen«, rief Augie herzlich und umarmte die Drei. »Ich freue mich schon darauf, euch heute wieder zu unterrichten. Habt ihr euch auch alle vorbereitet?«

»Ja, das haben wir«, sagte Roger voller Stolz. Er sah ganz anders aus als damals in der Akademie. Die ganze Frechheit war verschwunden und hatte nun einer respektvollen Schüchternheit Platz gemacht.

»Und wer mag dieser gutaussehende Mann sein?« fragte Augie und musterte Arch.

»Das ist Arch. Er ist Ophelias Vater«, erklärte Summer.

»Oh, schön, Sie kennenzulernen, Arch.« Sie schüttelte ihm kräftig die Hand. Als Arch ihren Händedruck spürte, fühlte er sich sofort ganz ruhig. All sein Misstrauen glitt langsam von seinen Schultern hinunter zu seinen Füßen und versickerte dann langsam im weinroten Teppich. »Ich bewundere Ophelia zutiefst. Ein großes Talent hat sie. Wann sind Sie herübergekommen?«

»Das kann ich Ihnen nicht genau sagen. Sie müssen entschuldigen, ich bin noch nicht so gut mit der Ymaerol-Zeit«, antwortete Arch.

»Na, dann haben Sie ja Glück. Ich unterrichte die Kinder heute in Zeitrechnung und danach essen wir. Möchten Sie am Unterricht teilnehmen, Arch?«

»Aber ja«, nickte er eifrig, »das würde ich gerne.« Er fühlte sich geschmeichelt, dass er mitmachen durfte. Während des Unterrichts lernte Arch tatsächlich eine Menge darüber, wie die Zeit in Ymaerol im Gegensatz zum in Daear üblichen ton- und normengebenden System funktioniert. Da die Zeiteinteilung der Menschen in Ymaerol ganz vom jeweils möglichst engen Einklang mit Ynni bestimmt war, spiegelte »die Zeit« auch viel deutlicher die Bedürfnisse der

Menschen und die umgebungsbedingten Anforderungen wider. Die Zeit war hier weitaus stärker mit der allgemeinen und der individuellen Wahrnehmung eines jeden Wesens verbunden. Während des Unterrichts studierte Arch jedoch nicht nur den Stoff, sondern er beobachtete auch Augie genau. Sie wirkte glücklich und schien in völligem Einklang mit dem zu stehen, was sie tat. Sie musste demnach einen sehr hohen Ynni-Level erreicht haben. Sie strahlte quasi von innen heraus, während sie unterrichtete, und es war, als ob der Raum von einem magischen Dunst erfüllt wäre, der alle belebte und inspirierte. Ihre Art, Wissen zu vermitteln, ließ die Atmosphäre um sie herum geradezu vibrieren und weckte das allgemeine Bedürfnis, noch mehr lernen zu wollen.

Nach dem Unterricht setzten sich alle im Gastraum des Restaurants zusammen und aßen gemeinsam. Fernando hatte ein köstliches Essen für sie vorbereitet. Doch nachdem sie stundenlang so gesessen, gemeinsam geredet und viel gelacht hatten, überkam Arch plötzlich ein Gefühl der Einsamkeit. Schlagartig fiel ihm wieder ein, dass er Ophelia noch nicht gefunden hatte und der Erkenntnis kein Stück nähergekommen war, wo sie sein konnte. Fernando, der seinen Stimmungsumschwung bemerkt hatte, kam zu ihm hinüber und legte ihm die Hand auf die Schulter.

»Wir werden sie finden, mein Freund.« Arch sah Fernando an und hätte schwören können, dass sich dessen Gesicht in Sekundenbruchteilen vollkommen veränderte. Fernandos Augen wurden tiefschwarz und um die Augen herum bildeten sich Hautfalten; sein Mund spannte sich, und er fletschte die Zähne. Arch fühlte sich ihm ausgeliefert, denn es war, als würde Fernando versuchen, direkt in Archs Seele einzudringen. Innerhalb eines Wimpernschlages jedoch verwandelte sich Fernandos Gesicht wieder in das freundliche, weiche Gesicht, das ihn normalerweise charakterisierte. Arch jedoch schob Fernandos Hand mit einer heftigen Bewegung weg. »Wir müssen gehen«, bedeutete Arch knapp den Kindern.

Fernando sah zutiefst beleidigt aus. »Ich habe es nur gut gemeint«, schmollte er. Augie ging zu ihrem Mann hinüber und berührte seine Wange.

»Das musst Du verstehen. Arch macht gerade eine schwierige Phase durch. Arch, warum gehen Sie nicht nach Hause und ruhen sich aus? Ich werde sehen, ob ich mit den Nurmagomedovs sprechen kann, um herausfinden, ob sie etwas wissen.«

»Danke«, versetzte Arch, immer noch skeptisch. Doch wandte er sich Fernando zu: »Es tut mir leid.« Mit einer entschuldigenden Handbewegung formte er einen Stapel Goldmünzen auf dem Tisch. Alle schauten überrascht von Arch zu dem Geld und wieder zurück.

»Wie hast du das gemacht?« fragte Roger mit aufgerissenen Augen. Überrascht von seinem eigenen Handeln starrte Arch auf die Münzen und rannte dann hastig davon. Auf dem Weg nach draußen stieß er wieder mit Uli zusammen, der daraufhin hinfiel. »Oh, das tut mir leid, Uli«, beteuerte er und half ihm auf.

»Haben wir uns schon mal gesehen?«

»Ja, sicher; warum?«, wunderte sich Arch.

»Mein Name ist nicht Uli. Mein Name ist König James III.« Arch, der immer noch mitgenommen vom gerade Erlebten war, drehte sich um und suchte das Weite. »Hey, Ihr frecher Diener«, brüllte Uli ihm verächtlich hinterher. »Komm Ihr zurück und knie Ihr vor seinem König nieder«, woraufhin er ein Lied zu singen begann, das die Nationalhymne seines imaginären Landes hätte darstellen können.

Spring, Summer und Roger liefen Arch nach. »Deine Grammatik ist ganz falsch, Uli«, rief Roger, als sie den Alten passierten.

»Ich bin nicht dieser Uli, von dem du sprichst. Ich bin König James III.«, schrie Uli zurück und starrte den rennenden Kindern hinterher.

Die Drei hatten Arch bald eingeholt, und ohne ein weiteres Wort begleiteten sie ihn nach Hause.

Als Arch bei den Grimbys eintraf, informierte Colin ihm, dass die Eltern nicht zu Hause waren.

»Wo sind sie?«, wollte Arch wissen.

»Sie sind zur Ratssitzung gegangen. Ich glaube, es hat etwas mit Ophelia zu tun«, erwiderte Colin.

»Mit Ophelia?«

»Ja, aber ich bin mir nicht sicher, ob ich Ihnen das sagen sollte.«

»Mach dir keine Sorgen. Ich werde dich nicht verraten.« Arch entschuldigte sich und ging direkt ins Bett.

Kapitel XII

Ein paar Kilometer weiter, in der Marktplatzkapelle, herrschte derweil ein gewaltiger Tumult. Es hörte sich an wie auf einem belebten Handelsparkett, wo alle durcheinanderschrien und sich ständig gegenseitig unterbrachen.

»Das ist ein Skandal«, rief Mrs. Grimsby.

»Wir verlangen, dass dieser Hochstapler sofort gefangen genommen wird«, brüllte Victoria Oetker.

»Unter welcher Anklage?«

»Wie wäre es mit Beihilfe zur Körperverletzung an Victor, Verleumdung, Verunglimpfung eines anderen? Dieser Hochstapler war Gast in unserem Haus, und er hat das ausgenutzt.«

Die Oetkers beantragten eine Dringlichkeitssitzung des Rates, um die sofortige Verhaftung des Mannes zu fordern, der sich als Archibald George ausgab. Sobald sie davon gehört hatten, eilten die Grimsbys herbei, um Arch zu verteidigen.

Der Rat setzte sich aus sieben Parteien zusammen, und zwar aus den Vertretern der fünf führenden Familien, die zusammen mit dem Bürgermeister und dem Präsidenten der Akademie die Entscheidungsinstanzen der Stadt bildeten.

Es gab die Oetkers, die das Finanzwesen beaufsichtigten; die Cleanbottoms, In deren Zuständigkeit sowohl Rechnungsprüfung als auch Forensik fielen; die Vanderbilts, die für die Infrastruktur zu sorgen hatten, und die Delius-Familie, die die Außenbeziehungen regelten. Natürlich waren auch die Nurmagomedovs unentbehrlich, denen Strafverfolgung und Schutzaufgaben oblagen. Die Akademie verantwortete Wissen, Bildung und Forschung; und zu guter Letzt gab es schließlich noch den Stadtrat, der das allgemeine Wohlergehen der Stadt zu gewährleisten hatte. Der Stadtrat hatte immer das letzte Wort bei Entscheidungen, falls die anderen Parteien keine Einigung erzielen konnten. Der Bürgermeister war der Vertreter des Volkes und wurde als dessen Stimme in den Stadtrat gewählt.

»Ruhe, Ruhe«, mahnte der Bürgermeister. Der Aufruhr war jedoch so heftig, dass niemand auf ihn achtete. »Jetzt seid alle still!«, donnerte Professor Leary und schlug auf den Holztisch, neben dem er stand. Als seine Faust auf die Tischplatte niedersauste, entflammte seiner Hand eine Explosion von Lichtteilchen, die wie glühendes kaltes Feuer aussahen und die den ganzen Raum erfüllten. Alle verstummten augenblicklich still und fühlten sich wieder wie Schulkinder, die vom Professor gescholten worden waren. Langsam verblassten die Funken, wie eine erlöschende Kerze.

»Bitte«, überließ der Professor den Bürgermeister das Wort und machte eine Handbewegung, als ob er ihm die Tür aufhielte und ihn zum Eintreten aufforderte.

Der Bürgermeister räusperte sich. »Wir können die Sache nur ernsthaft verfolgen, wenn es eine offizielle Anklage mit Beweisen gibt. Fangen wir mit der Anklage an. Victoria, Sie können fortfahren.«

»Also, der erste Anklagepunkt wäre Beihilfe zur Körperverletzung an Victor Oetker. Wenn ich es mir recht überlege, ist das sogar mehr als eine Körperverletzung. Es ist versuchter Mord«, erklärte sie mit fester Stimme.

»Das ist absurd«, unterbrach Mrs. Grimsby.

»Lassen Sie sie ausreden«, beschwichtigte der Bürgermeister. »Sie können Ihre Meinung später äußern.«

Mrs. Grimsby rollte mit den Augen.

»Der zweite Anklagepunkt: Dieser Mann ist ein Betrüger; er gibt vor, der Vater dieser süßen Ophelia zu sein, obwohl er es in Wirklichkeit nicht ist. Niemand hat etwas von seiner Ankunft mitbekommen. Ophelia sieht ihm nicht einmal ähnlich, wenn man mich fragt. Er ist nichts weiter als ein Hochstapler. Es kann kein Zufall sein, dass Ophelia entführt wird und einen Tag später auf mysteriöse Weise ein Mann auftaucht, der behauptet, ihr Vater zu sein. Und zu guter Letzt: Behinderung der Justiz. Er hat sich eindeutig in unsere Mission eingemischt, Pertinax gefangen zu nehmen«. Victoria wandte sich an General Nurmagomedov und forderte: »Nehmt ihn sofort fest.«

General Nurmagomedov winkte einem seiner Offiziere mit zwei Fingern in der Luft zu, woraufhin dieser nickte und sich auf den Weg machte.

»Moment mal«, rief der Bürgermeister. »Herr George ist noch nicht verhaftet.«

Der General blickte zum Bürgermeister auf und korrigierte: »Keine Sorge. Zwei Finger in der Luft bedeutet Kaffee. Möchten Sie auch einen haben?« Der Offizier brachte dem

General seinen Kaffee und flüsterte ihm etwas ins Ohr. Der General hörte aufmerksam zu und befahl ihm, seine Position wieder einzunehmen. »Meine Männer sagen, dass die einzige Anklage, für die er verhaftet werden könnte, wenn sie bewiesen wird, die Anklage wegen Körperverletzung durch das Opfer selbst ist. Er hat die Justiz nicht behindert, indem er den Oetkers dabei in die Quere gekommen ist, in die Festung von Pertinax einzudringen, denn sie sind nicht die zuständige Autorität in dieser Stadt. Wir, die Nurmagomedovs sind es!

»Wir hatten Nurmagomedovs dabei«, begehrte Victoria auf.

»Ex-Nurmagomedovs«, stellte der General richtig.

»In Ordnung, lasst uns abstimmen«, rief der Bürgermeister protokollgemäß den nächsten Punkt der Sitzung auf und schaute zu Phillip Cleanbottom hinüber. Dieser studierte seinerseits seine Notizen und schwieg eine Zeit lang. Dann schaute er auf in den Raum und sprach: »Ich komme zu dem Schluss, dass es keine ausreichenden Gründe für eine Verhaftung gibt.«

»Das ist richtig!« ertönte ein lauter Zwischenruf von Mrs. Grimsby. »Mrs. Grimsby, bitte beherrschen Sie sich«, bemühte der Bürgermeister sich um Strenge.

»Es gibt also keinen Grund, die Verhaftung des Mannes anzuordnen, der sich als Archibald George vorstellte. Wer damit nicht einverstanden ist, hebt die Hand«. Alle Hände blieben unten – mit Ausnahme der Hand Victorias. Sie blickte mit aristokratischer Haltung durch den Raum. »Ich denke, dieser Mann ist zumindest verdächtig, aber er könnte natürlich auch unschuldig sein. Mir liegt genauso viel an dieser Stadt wie allen anderen Anwesenden in diesem Raum. Aber vor allem liegt mir die Wahrheit am Herzen. Der Verdächtige hat sich als Archibald George vorgestellt, aber es gibt keinen

Passierschein, der ihn ankündigt oder ausweist. Er bewegt sich anders als alle anderen, die ich bisher gesehen habe, und er hat eindeutig eine seltsame Verbindung zu Pertinax. Sind wir es uns nicht schuldig, herauszufinden, ob dieser Mann wirklich derjenige ist, für den er sich ausgibt? Sind wir es dieser Stadt nicht schuldig? Sind wir es nicht vor allem Ophelia schuldig? Ich bin fest überzeugt, es gibt Gründe, sich zumindest über die Herkunft und die Ziele dieses Mannes mehr Klarheit zu verschaffen. Und wenn er wirklich keine bösen Absichten hat, wird die Wahrheit ihn nicht von jedem Verdacht entlasten?«

Der Bürgermeister blickte wieder zum General hinüber. Dieser nickte. »Ab sofort steht Archibald George also zwar nicht unter Arrest, aber ich ordne hiermit eine offizielle Untersuchung der Nurmagomedovs und der Cleanbottoms über die Herkunft und die weiteren Absichten des Herrn Archibald George an.«

»Das ist lächerlich«, ereiferte sich Mrs. Grimsby. »Sie haben keinerlei Grund dafür.«

»Keinen Grund für eine Verhaftung im Zusammenhang mit der Untersuchung, nein. Und vielleicht werden die Nachforschungen ja auch seine Unschuld erweisen.«

»Wenn wir beginnen, nach Gutdünken jeden Anfangsverdacht zu untersuchen, um die Unschuld der jeweiligen Person zu erweisen, bevor wir auch nur versuchen, Ophelia zu finden, werden wir sie nie zurückbekommen, oder? Das ist doch immer noch unser Hauptaugenmerk, oder nicht?«

»Das ist nicht fair«, tadelte der Bürgermeister. »Wir alle sorgen uns um Ophelia, aber wir können unsere Augen derweil nicht vor anderen möglichen Verbrechen verschließen, Mrs. Grimsby«.

»Na, Sie haben aber eine sehr merkwürdige Art, Ihre Sorge zu zeigen, Herr Bürgermeister. Der Mann ist unschuldig. Das sagt mir mein Bauchgefühl.«

»Wohnt Herr George immer noch bei Ihnen?«, fragte der Bürgermeister.

»Ja, allerdings.«

»Er kann gerne wissen, dass gegen ihn ermittelt wird. General Nurmagomedov, ist Ihre Tochter wieder im Dienst?«

»Nein, mit meiner Tochter habe ich nichts mehr zu tun; für mich ist sie gestorben. Sie wird nie wieder als Nurmagomedov arbeiten.«

»Sicherlich können Sie eine Ausnahme machen. Sie ist die beste Ermittlerin, die wir haben.«

»Nein!«

»Das tut mir leid, General. Lassen Sie jedenfalls bitte einen Ihrer Offiziere ausrichten, dass gegen Archibald George ermittelt wird und dass er die Stadt nicht verlassen darf.«

»Muss es denn so offiziell sein?«, beschwerte sich Herr Grimsby. »Können wir es ihm nicht einfach sagen?«

Der Bürgermeister blickte durch den Raum. »Hat jemand etwas dagegen?«

»Nein«, sagte Victoria. »Das wird schon gehen.«

»Also gut. Es ist beschlossen. Die Nurmagomedovs und die Cleanbottoms werden morgen ein Verhör mit Mr. George führen und die Ermittlungen aufnehmen. Die Sitzung wird vertagt.«

Alle standen auf und verließen den Saal. »Oh, und General Nurmagomedov ...«, setzte der Bürgermeister noch einmal an, »bitte lassen Sie sich durch Ihre Ermittlungen nicht davon ablenken, Ophelia George zu finden. Das bleibt Ihre oberste Priorität.« Der General nickte und ging, um sich ans Werk zu machen.

Kapitel XIII

Arch lag im Bett. Er war todmüde, aber der Knoten der Verzweiflung, den er in seinem Magen spürte, ließ ihn nicht in den Schlaf finden. Obwohl es keinerlei Hinweise auf ihren Aufenthaltsort gab, wusste Arch, dass Ophelia ganz in der Nähe war. Er versuchte, all die bisher gesammelten Informationen gedanklich zu sortieren. ›Vielleicht sollte ich eine Liste der Verdächtigen mit allen Informationen, die ich jeweils über sie habe, erstellen.‹ Er fand Federkiel und Tinte auf Colins Zeichentisch und sah sich auch nach leeren Zetteln um. Leider waren alle Papiere, die er dabei fand, schon voll mit Zeichnungen. Er schaute im Zimmer umher, aber da er Achtung vor Colins Privatsphäre hatte, schnüffelte er nicht allzu intensiv herum. Er setzte sich also aufs Bett und dachte: ›Ich könnte ja zumindest das großformatige Buch aus der Bibliothek als Schreibunterlage benutzen.‹ Er konnte sich allerdings nicht mehr genau erinnern, wo er es gelassen hatte. Er wusste noch, wie er es nach der Entnahme aus der Bücherwand in den Händen gehalten hatte, und dann …

›Hmm‹, grübelte er, ›ich kann mich beim besten Willen nicht entsinnen, es mit mir herumgetragen zu haben. Und bei so einem schweren Wälzer sollte das ja nicht einfach unbewusst geschehen sein. Wie genau lautete noch gleich der Titel? Naja, wie auch immer – ich könnte es sowieso nicht benutzen, um eigene Aufzeichnungen hineinzuschreiben. Das wäre nicht richtig.‹

So hing er noch seinen Gedanken nach, als er plötzlich etwas in der Ecke des Zimmers schweben sah. Es bewegte sich langsam, aber stetig auf Arch zu. Es war das Buch! Arch öffnete seine Hände und das Buch glitt sanft hinein und öffnete sich: »*Die Geschichte der Akademie von Gwybodaeth*« von R. A. de Suit. Auf der zweiten Seite hieß es: »Achtung! Bitte lesen Sie die Kapitel in der numerischen Reihenfolge des Vornamens des Autors. Alle anderen Kapitel sind als fiktiv zu betrachten und könnten den Leser in die Irre führen.« Arch verstand, was das bedeuten sollte: Er musste jeden Buchstaben des Autoren-Vornamens mit der numerischen Reihenfolge im Alphabet in Verbindung bringen. So stand beispielsweise der Buchstabe A für die Zahl Eins, der Buchstabe B für die Zahl Zwei und so weiter. Das war im Grunde sogar recht einfach. Die Herausforderung bestand indes darin, den Vornamen des Autors herauszufinden: Denn schließlich war da nur der erste Buchstabe aufgeführt, nämlich das »R«. ›Nummer achtzehn‹, schlussfolgerte Arch.

Er beschloss, trotzdem mit der Lektüre zu beginnen. Am Anfang stand der Satz: *Pertinax war und ist der rücksichtsloseste Verbrecher, den es je gegeben hat.* Danach wurde erklärt, was für ein schrecklicher Mann Pertinax war und wie er die Akademie ursprünglich als Forschungszentrum allein zu dem Zweck konzipiert hatte, um zu lernen, wie er beide Welten unterwerfen könne.

›Die Oetkers haben in einem Punkt recht‹, überlegte Arch. Pertinax war also tatsächlich ein abscheulicher, verachtenswerter Mann. Nicht nur das, er war wahrscheinlich auch extrem gefährlich, wenn man bedachte, dass er sich so viel Wissen angeeignet hatte und eine nahezu einzigartig hohe Ynni-Stufe erreicht hatte. ›Es ist wahrscheinlich, dass er Ophelia entführt hat. Ich muss mir irgendwie Zutritt zu seiner Residenz verschaffen.‹ Während er noch darüber nachdachte, fiel Arch allmählich in einen Zustand tiefer Bewusstlosigkeit, und die Wellen seiner Gedanken trugen ihn zurück zu jenem geheimnisvollen Tag, an dem er sein Buch geschrieben hatte – zu dem Tag, an dem er herübergekommen war.

Kapitel XIV

Bumm, bumm, bumm. Ein hohles, tiefes Geräusch drang an Archs Ohr, und er kam wieder zu sich. Jemand klopfte an seine Tür. »Arch, wir sind es – Herr und Mrs. Grimsby«, rief Mrs. Grimsby. »Dürfen wir kurz hereinkommen?«

Arch sprang auf. »Sicher, kommen Sie herein. Was kann ich für Sie tun?« Er fühlte sich erfrischt und munter.

»Es gibt etwas, das wir Ihnen sofort mitteilen müssen.«

»In Ordnung. Ist bei der Stadtratssitzung etwas herausgekommen?«

»Woher wissen Sie von der Sitzung?« erkundigte sich Herr Grimsby erstaunt. Arch antwortete nicht.

»Wie auch immer, Arch«, fuhr Mrs. Grimsby fort. »Wir scheinen uns in einer ziemlichen Zwickmühle zu befinden. Die Oetkers haben Ihre Verhaftung beantragt.«

»Was? Sie wollen mich verhaften lassen? Sie sind diejenigen, die in Arrest genommen werden sollten. Sie haben mich angegriffen. Unter welchem Vorwand, wenn ich fragen darf?«

»Sie hatten vor, Sie festzusetzen, Arch. Ich habe nicht gesagt, dass sie damit durchgekommen sind. Derzeit gibt es keinen Haftbefehl gegen Sie.«

»Derzeit?«, unterbrach Arch. »Wie meinen Sie das, derzeit?«

»Naja«, Mrs. Grimsby zögerte, »es wird eine Untersuchung durch die Nurmagomedovs und die Cleanbottoms geben. Die Oetkers glauben, dass Sie nicht Ophelias Vater sind und dass Sie und ein Komplize Victor angegriffen haben. Sie erwähnten auch, dass Sie ihnen nicht geholfen haben, in Pertinax' Festung einzudringen, und machen Behinderung der Justiz geltend, was es natürlich nicht ist.»

»Das ist doch lächerlich. Die Oetkers sind schließlich nicht die Polizei. Das sind die Nurmagomedovs.«

»Das wissen wir, Arch. Wir sind da hundertprozentig Ihrer Meinung, aber die Nurmagomedovs und die Cleanbottoms werden Sie dennoch morgen verhören. Sie werden vermutlich jeden Schritt rekapitulieren müssen, den Sie gemacht haben, seit Sie hier sind. Sie werden Sie wahrscheinlich nach etlichen Details fragen. Zum Beispiel danach, wie Sie herübergekommen sind. Niemand hatte eine entsprechende Ankündigung erhalten. Niemand kann sich daran erinnern, dass es jemals eine Situation wie die Ihre gegeben hat; und sie werden Sie fragen, woher Sie wissen, wie man in die Festung von Pertinax hineinkommt? Vielleicht können Sie uns ja sagen, wie Sie hinübergelangt sind?«

»Wie ich ja auch bisher ständig und immer wieder betont habe: Ich habe nicht auf alle diese Fragen eine Antwort. Als ich angekommen bin, waren jedenfalls noch alle überzeugt, dass ich wirklich Ophelias Vater bin. Wollen Sie mir sagen, dass Sie jetzt an mir zweifelt?

»Wir glauben Ihnen nach wie vor; wirklich. Wir versuchen nur, Ihnen zu helfen.«

»Ich brauche keine Hilfe. Meine Tochter braucht Hilfe. Das ist es doch, worauf wir uns konzentrieren müssen!«

»Das ist uns klar, Arch, aber die Oetkers sind hier hoch angesehen, also werden sie im Zweifelsfall die Oberhand behalten. Warum gehen wir nicht Ihre bisherigen Stationen hier gemeinsam im Detail durch?«

Arch holte zweimal tief Luft und beruhigte sich langsam. Er musste sich auf Ophelia konzentrieren. ›Alles andere, das hier, ist Zeitverschwendung‹, konstatierte er bitter und zwang sich, sich noch einmal ganz auf seinen Atem zu konzentrieren.

»Ich habe nichts zu verbergen und ein gutes Gedächtnis. Mir wird es während der Ermittlungen gut ergehen. Ich danke Ihnen für Ihre Hilfe. Ich glaube, ich brauche nur ungestörte Ruhe. Wenn es Ihnen nichts ausmacht, werde ich jetzt also schlafen gehen.«

»Natürlich, Arch. Und wenn Sie etwas brauchen, zögern Sie bitte nicht, uns zu fragen. Wir sind gern für Sie da, und auch für Ophelia.« Die Grimsbys verließen das Zimmer.

Kapitel XV

Arch befand sich immer noch in seinem Zimmer und lief unruhig auf und ab. Er war bei der Suche nach Ophelia immer noch keinen Schritt weiter; seine Versuche, sich an das zu erinnern, was er neulich aufgeschrieben hatte, waren gescheitert; die Behörden ermittelten gegen ihn, und er hatte keine Ahnung, wie der Vorname des Autors des Buches lautete, das sich ihm präsentiert hatte. Sein starrer Blick wurde unstet. Er musste in Pertinax' Festung gelangen, und er war fest davon überzeugt, dass er das Buch nur richtig lesen musste, um hineinzukommen. ›Warum sonst soll sich mir ausgerechnet dieses Buch gezeigt haben? Und warum sonst hätte ich das Gefühl, dass mein eigenes Buch mir dabei helfen kann, in Pertinax' Residenz hineinzukommen. Vielleicht hat Ophelia mir dieses Buch von dort geschickt, wo sie ist.‹ Er griff in die Luft, und das Buch begab sich prompt zurück in seine Hände.

Als er es öffnete, hörte er ein knisterndes Geräusch hinter dem Vorhang. Wie ein Wachhund drehte er instinktiv den

Kopf. Alle seine Sinne waren plötzlich hellwach, und seine Nerven flatterten. Seine Arme fühlten sich plötzlich kalt an, als ob sie eine kühle Feuchtigkeit abgäben, welche sofort absorbiert wurde. Langsam schritt er auf den Vorhang zu. Gerade als er die Hand ausstreckte, um ihn beiseitezuziehen, hörte er ein lautes, knatterndes Geräusch. »Puuuuh, Roger!«, beschwerte er sich und wedelte hektisch mit der Hand vor seiner Nase herum. Das Kichern der Mädchen ertönte hinter den anderen Vorhängen. »Na los, raus mit Euch allen!«, befahl Arch. Spring, Summer und Roger krochen aus ihren Verstecken.

»Woher wussten Sie, dass ich es bin?« fragte Roger kleinlaut.

»Dazu sage ich besser nichts, Roger. Was macht ihr denn hier? Und wie seid ihr überhaupt hierhergekommen?«

»Als Sie reingegangen sind, sind wir um das Haus herumgeschlichen und dann durchs Fenster geklettert.«

»Ihr wart die ganze Zeit hier?«

»Ja, waren wir. Und wir haben Ihr Gespräch mit den Grimsbys mitbekommen.«

»Habt ihr schon einmal das Wort Privatsphäre gehört?«

»Natürlich haben wir das, Arch, aber es gibt Dinge, die sind im Moment wichtiger«, stellte Summer fest. »Wir müssen Ophelia finden. Lasst uns also die Informationen ordnen, die wir haben.«

»Alles, was ich habe, ist im Moment dieses Buch.« Er gab es Summer. »Da steht, dass ich die Kapitel in der Reihenfolge des Vornamens des Autors lesen muss, um es zu verstehen, aber ich kenne den Vornamen des Autors nicht. Vielleicht weiß ja einer von euch, wer er ist.«

Summer schaute Spring an. Sie zuckten beide mit den Schultern.

Roger musterte sie ungläubig. »Ihr wisst es nicht? Ehrlich?« Spring rollte mit den Augen. »Du weißt es doch auch nicht«, konterte Summer.

»Hahaha«, lachte Roger. »Ihr wisst es nicht ... Soso. Schaut doch nochmal ganz genau hin.« Die Mädchen taten, wie geheißen. Nichts. »Erstaunlich, Ich weiß etwas und ihr nicht?«

Spring verlor die Geduld. »Warum hältst Du nicht einfach Dein ... ?«

»Psssst«, versuchte Arch sie zu beschwichtigen.

»Roger! Hör auf zu feixen! Warum hilfst du uns nicht einfach auf die Sprünge?«

»Na, es ist ziemlich unkompliziert. Ihr braucht den Vornamen nicht, denn der vollständige Name ist der Vorname. Es ist ein Anagramm.«

Arch sah sich den Namen noch einmal an. »Du könntest Recht haben«, räumte Summer ein.

Roger lächelte. »Ah, Musik in meinen Ohren.«

›Hm‹, überlegte Arch. »Klingt interessant. Ziemlich plausibel sogar. Was genau, denkst du, steht da?«

»Da steht R. A. de Suit«, sagte Roger frech.

»Das ist mir schon klar, du Blödmann. Aber was meinst du, wie der richtige Name lautet?«

Roger dachte darüber nach. »Das müsste ich aufschreiben«, antwortet er.

»Das wird nicht nötig sein«, sagte Spring. »Es ist ziemlich einfach, wenn du mich fragst.«

»Was kommt denn heraus?«

»Denk nochmal nach, Arch. Du kennst den Namen.«

»Oooh«. Arch pfiff durch die Zähne und bekam eine Gänsehaut. »Nein... Meinst du wirklich? Das ist ja ...«

»Was? Was?« Roger sah sich konsterniert um.

»Oh ja. Stimmt. Jetzt sehe ich es auch«, bestätigte Summer. »Warum ist mir das nicht früher aufgefallen?«

»Was denn?!« Roger war aufgeregt wie ein junger Hund.

R. A. de Suit.

A. D. eritus.

»Es ist Aderitus«, brach es aus allen gleichzeitig hervor.

»Meint ihr, es ist wirklich Aderitus Pertinax?« fragte Summer.

»Na, wer denn sonst? Schwer vorstellbar, dass er es nicht sein sollte«, meinte Arch.

»Ist es dann überhaupt klug, es zu lesen?«, zweifelte Spring.

»Natürlich ist es das«, sagte Roger. »Es kann uns immerhin helfen, Ophelia zu finden. Jetzt müssen wir nur noch die Reihenfolge der Kapitel sortieren.«

A-D-E-R-I-T-U-S.

1-4-5-18-9-20-21-19.

»Lasst uns anfangen.« Roger schlug das Buch hastig auf, nur um festzustellen, dass es leer war. »Da steht ja gar nichts drin«, bemerkte er enttäuscht.

»Gib es mir mal«, forderte Arch ihn. »Ich bin offenbar der Einzige, der es lesen kann.«

»Es wäre natürlich besser, wenn wir es alle entziffern könnten«, fuhr Roger fort. »Vielleicht stehen da noch mehr Rätsel drin. Wir könnten helfen.«

Arch dachte eine Sekunde lang darüber nach. »Ich kann es ja laut vorlesen. Aber zuerst will ich sehen, was im letzten Satz des fünften Kapitels, also Kapitel 9, steht.« Denn das Kapitel, welches dem fünften folgte, beschrieb Pertinax als den skrupellosesten aller Kriminellen. Arch war noch nicht überzeugt, dass sich jemand selbst so beschreiben würde, und wollte dem zuerst auf den Grund gehen.

Kapitel 9 war jenes, welches mit dem Satz begann: »Pertinax war und ist der rücksichtsloseste Verbrecher, den es je gegeben hat«. Kapitel 18 endete mit dem Satz: »Das aber glaubten die Oetkers fest –«.

Und siehe da: Die ganze Bedeutung des neunten Kapitels änderte sich schlagartig, setzte man es mit diesen sechs Worten in Zusammenhang. Der vollständige Satz hätte nämlich lauten müssen: »Das aber glaubten die Oetkers fest – Pertinax war und ist der rücksichtsloseste Verbrecher, den es je gegeben hat«. Arch begann also, den Inhalt des Buches in der vorgesehenen Reihenfolge laut vorzutragen.

Es wurde darin erklärt, wie die Akademie entstanden war und wie entschlossen sich Pertinax zeigte, sein erworbenes Wissen mit allen Menschen in Ymaerol zu teilen. Es erklärte die Ziele, die Ideale und die Struktur von Forschung und Lehre. All das war zwar sehr informativ, doch Hinweise darauf, wie man in Pertinax' Festung gelangen konnte, fanden sich keine. Dennoch wurde ihnen bei der Lektüre immer deutlicher klar, welch wesentliche Rolle es spielen würde, dass sie einen Weg hineinfänden, wenn sie Ophelia finden wollten.

In dem Buch wurde auch klargestellt, dass Victoria für einen großen Teil der Forschungen, die sie mit Pertinax betrieben hatte, selbst verantwortlich war, und dass sie, obwohl sie und Pertinax nicht immer gut miteinander auskamen, ein wahres Genie war. Der theoretische Ausblick im letzten Kapitel schließlich lief darauf hinaus, dass für den Wechsel zwischen den Welten zwei Menschen mit einem enormen Ynni-Level sowie die Frucht einer gewissen Kariade-Pflanze, die offenbar nur in Daear wuchs, erforderlich sein würden.

»Frucht der Kariade? Was bitte ist denn die Frucht der Kariade, und was soll das für ein Gewächs sein?« Arch kratzte sich am Kopf.

»Ich habe keine Ahnung«, zuckte Roger mit den Schultern.

»Wir auch nicht«, stellte Summer klar. »Wir dachten, Sie wissen es vielleicht, weil die Pflanze doch ausschließlich in Daear vorkommt.«

Aus dem weiteren Text ergab sich jedoch schnell, dass die These, man könne zwischen den Welten hin- und herwechseln, rein hypothetisch war und ihr jede praktische Grundlage entbehrte. Doch obwohl Pertinax zugab, dass es sich hier nur um ein Gedankenexperiment handele, glaubte er dennoch fest daran, dass es letztlich möglich sei, es auch in der Praxis durchzuführen. ›Wahrscheinlich brauchte er deshalb Ophelia‹, dachte Arch. Er will seine Theorie beweisen und in die Tat umsetzen. ›Victoria muss Wind von seinem Plan bekommen und ihn verraten und enttarnt haben, woraufhin er sich in seine Residenz geflüchtet hat und nie wieder herausgekommen ist.‹

»Ich muss zu Pertinax in diese Festung«, murmelte Arch entschlossen. »Darauf läuft alles hinaus. Ich muss es einfach.« Er würde es also noch einmal ohne zu versuchen; es war keine Zeit mehr zu verlieren.

Roger sprang ebenfalls auf. »Lasst uns gehen«, drängte er.

»Moment, ganz so einfach ist das nicht!«, hielt Spring sie zurück. »Es ist mitten in der Nacht. Draußen ist es nicht ungefährlich. Außerdem werden die Nurmagomedovs und die Cleanbottoms gleich morgen früh vorbeikommen, um Arch zu verhören.«

»Ich sage es nur ungern«, wandte Summer ein, »aber ich muss in diesem Fall Roger zustimmen. Ich bin sicher, dieses bedauerliche Verhör wird uns nur vom eigentlichen Ziel ablenken. Ich schlage vor, dass wir den Hinweisen, die wir bis jetzt haben, nachgehen. Wenn Pertinax wirklich so ist, wie die Leute behaupten, dann haben wir eine überaus schwierige Aufgabe vor uns. Wir dürfen nicht unvorbereitet sein.«

»Das werden wir auch nicht«, schaltete sich Arch ein. Alle drehten sich zu ihm um. »Denn ich gehe allein.«

»Auf gar keinen Fall!«, rief Roger. »Sie können uns nicht davon abhalten, mitzukommen.«

»Ich werde aber nicht zulassen, dass jemand außer mir sein Leben riskiert. Schon gar nicht Kinder.«

»Arch, in dieser Welt sind wir alle älter als Sie«, erinnerte ihn Roger.

»Außerdem«, ergänzte Summer, »ist es nicht Ihr Leben, das wir schützen müssen, sondern unsere eigenen. Wir müssen Ophelia finden. Ich weiß, dass Sie uns sehen und denken, dass wir Kinder sind, und in gewisser Weise sind wir das ja auch; aber wir leben eben schon seit Jahrzehnten hier.«

»Das werde ich nicht zulassen«, wiederholte Arch. »Ihr kommt nicht mit.«

»Arch, wir können entweder gleich mit Ihnen gehen, oder Ihnen später folgen. Glauben Sie mir. Wir sind sehr hartnäckig.«

Arch dachte eine Weile nach. »Geben Sie sich einen Ruck. Für Ophelia«, bat Spring. »Wir sind stärker, wenn wir zusammen unterwegs sind. Und wir müssen uns beeilen. Vielleicht sind wir ja sogar schon wieder zurück, bevor die Ermittler hier auftauchen.«

Arch gab schließlich nach. »Dann kommt«, nickte er und schnappte sich seine Jacke.

Kapitel XVI

Auf dem Weg zu Pertinax' Residenz verspürten sie alle ein Gefühl unabwendbarer Dringlichkeit, aber auch eine spürbare Verzweiflung machte sich bemerkbar. Sie hatten schon viel zu viel Zeit dabei verschwendet, Ophelia zu suchen, und es kam doch auf jede Sekunde an. Umso mehr waren sie entschlossen, sie nun zu finden und sich von nichts und niemandem aufhalten zu lassen. Während sie unterwegs waren, sprach niemand. Als sie ankamen, brach Arch das Schweigen und sprach wie zuvor die Worte: »Ich komme in keiner bösen Absicht.« Und genau wie damals konnte er so das Gelände betreten. Er blickte zu den anderen und sagte: »Das letzte Mal ist mir ein Wächter gefolgt und wurde vom Erdboden verschluckt. An eurer Stelle würde ich hierbleiben.«

»Ich komme in keiner bösen Absicht«, sagte Summer und betrat ebenfalls das Grundstück.

Archs Augen weiteten sich. »Nein!«, schrie er auf, rannte auf sie zu und packte sie. »Bist du verrückt? Ist dir dein Leben nicht wertvoll?«

»Arch, es ist in Ordnung. Schau! Es ist nichts passiert. Alles ist okay.« Sie hüpfte auf dem Boden auf und ab. Arch zwang sich, sich zusammenzunehmen, und stellte, als er sich beruhigt hatte, in der Tat fest, dass sich der Boden nicht bewegt hatte. »Es ist sicher. Kommt rein«, wandte sich Summer an Spring und Roger, die ihr nun ihrerseits folgten. Behutsam schlich die Gruppe dann Richtung Eingang.

»Stellt euch hinter mich, Kinder«, forderte Arch sie auf. Spring sah Summer an, als wollte sie sagen: »Wann lernt er es endlich?

Summer schüttelte den Kopf, was bedeutete: ›Niemals. Gib einfach auf.‹

Um zu sehen, was dieses Mal passieren würde, berührte Arch vorsichtig mit der Zehenspitze die Treppe vor dem Tempeleingang. Und wie beim ersten Mal spannten sich die drei Männer vor den Türen langsam an. Es war, als würden sie sich auf einen Angriff vorbereiten. Er nahm seinen Zeh weg, und sie bewegten sich zurück in ihre ursprüngliche Position.

»Aha, verstehe«, nickte Arch. »Es gibt einen Trick, um hineinzukommen.« Konzentriert sah er sich im Vorgarten um. »Die Säulen da. Irgendetwas ist da, irgendein Mechanismus, der die Tür öffnet.« Er näherte sich den steinernen Pfeilern und ging um sie herum, während er jedes der Artefakte genau studierte: Den Schlüssel, das Seil, Pfeil und Bogen sowie schließlich den Hammer. Dann begab er sich exakt an den Punkt, der die Mitte der vier Säulen darstellte. »Es gibt eine bestimmte Reihenfolge, in der man sie aufnehmen muss«, sagte er. »Ich glaube, ich muss mit dem Schlüssel anfangen.«

»Warte!« zögerte Roger. »Vielleicht ist es besser, das nicht dem Zufall zu überlassen. Das ist mit Sicherheit sorgfältig durchdacht. Pertinax ist viel zu sehr Wissenschaftler, als dass ein so beliebiges Vorgehen funktionieren könnte.«

»Ja, sicher; aber ihr könnt mir ja helfen. Was repräsentiert denn jedes der Symbole?«

»Ich weiß es nicht. Wie meinen Sie das?« fragte Roger.

»Ich kann mir schon vorstellen, dass man euch an der Universität beibringt, was Euer eigenes Wappen bedeutet«, versetzte Arch trocken.

»Ja, natürlich. Es ist das Wappen.«

»Klar, das wusste ich die ganze Zeit«, beeilte sich Summer mit ihrer Antwort.

»Natürlich wusstest du das«, kommentierte Spring sarkastisch.

»Also, wofür steht das Wappen?«

»Imperium, notitia, praecisionem, auxilium«, rezitierten die drei laut im Chor und legten eine Hand auf ihre Brust. Spring hätte schwören können, dass sie sah, wie sich die Mundwinkel des mittleren Wächters leicht nach oben zogen.

»Stärke, Wissen, Genauigkeit, Hilfe«, flüsterte Arch. »Und ihr sagt es auch immer in dieser Reihenfolge?«

»Ja, immer«, bestätigte Spring. »Der Hammer steht für die Stärke, um Großes zu erreichen. Der Schlüssel steht für das Wissen, um mehr Bildung zu erlangen. Pfeil und Bogen stehen für die Genauigkeit, mit der wir arbeiten, und das Seil steht für die Hilfe für unsere schwachen Studenten.«

Roger räusperte sich und schaute zum Himmel hinauf.

»Komm schon, Roger, spuck es aus«, reagierte Spring irritiert.

Roger lächelte nur und sagte: »Na ja, wenn es sein muss. Dies war nicht immer die gültige Reihenfolge. Mein Vater hat gesagt, dass sie sich geändert hat, nachdem man Pertinax in seine Residenz gejagt hatte. Früher war es auxilium, notitia, praecisionem, imperium.«

»Klingt plausibel«, befand Arch, »dann wollen wir es mal probieren«. Er griff zuerst nach dem Seil. Danach nahm er sich nacheinander den Schlüssel, Pfeil und Bogen und den Hammer. Und tatsächlich: Die mittlere Tür hinter den Wachen öffnete sich, allerdings nur, um sich sogleich langsam wieder zu schließen.

»Sie hat eine Art Zeitschloss«, stellte Arch fest. »Schnell, lauft!« Die vier sprinteten auf die Tür zu. Spring war der Schnellste und schlüpfte hinein. Arch war der zweite, aber als er die Treppe hinauflief, traf ihn ein Hühnerbein mit unglaublicher Wucht. Er flog quer durch den Vorgarten und landete wieder genau in der Mitte der vier Säulen. Dasselbe passierte Roger, der als Dritter herbeigelaufen war, und als Summer ankam, war die Tür schon wieder geschlossen.

»Spring! Spring!«, rief sie entsetzt.

»Summer! Hol mich hier raus!«

Allerdings drangen ihre Stimmen durch die Tür gar nicht erst zueinander. Summer schluchzte auf und legte ihre Hand auf die Tür. Spring tat innen das Gleiche.

»Bleib ruhig«, flüsterte Summer. »Ich holte dich da heraus. Ich verspreche es.«

Spring ihrerseits sah sich um. Es war völlig dunkel. »Hallo«, rief sie. Am Echo erkannte sie, dass sie sich in einem riesigen Raum befinden musste. Sie wollte schon loslaufen, doch dann zögerte sie. Sie setzte sich mit dem Rücken zur Tür und streckte langsam ihre Beine aus. Als sie versuchte, den Fuß aufzusetzen, spürte sie, dass es dort keinen Boden gab. Sie saß am Rande eines Abgrundes. Ein Schritt nach vorn, und sie würde hinunterfallen; und nach dem Widerhall ihrer Stimme in der Leere des Raums zu urteilen, wäre das ein tiefer Sturz gewesen. Sie rollte sich also zusammen und versuchte, sich so wenig wie möglich zu bewegen. »Bitte, beeilt euch«, flehte sie.

Auf der anderen Seite der Tür wurde Summer immer hysterischer. »Lasst mich rein!«, schrie sie. »Lasst meine Schwester raus!«

»Beruhige dich doch, Summer! Wir werden sie da rausholen«, versuchte Roger sie zu besänftigen. Summer fing an zu weinen. »Wir holen sie da raus«, wiederholte er nur, und Summer fiel in seine Arme.

Arch bemühte sich derweil, die Artefakte in ihre alte Position zurückzubringen und seine vorherigen Schritte genau zu wiederholen, aber es funktionierte nicht. Er versuchte, mit den Wachen zu reden, aber sie standen weiter da, wie man es von Steinstatuen eben erwarten würde. Er rüttelte an der Tür und wand das Seil um die Türgriffe, an denen die drei sodann mit aller Kraft zogen. Es tat sich nichts.

»Das ist sinnlos«, meinte Roger. »Es muss einen anderen Weg geben. Wir können nicht ewig herumraten, wie wir vielleicht reinkommen. Es ist unmöglich. Arch, Sie müssen versuchen, sich zu erinnern.«

»Ja, das müssen Sie, Arch. Bitte. Sie müssen es einfach«, drängte auch Summer. »Woher wussten Sie es denn überhaupt?«

»Ich habe nicht mehr die leiseste Ahnung«, seufzte Arch. »Ich weiß nur noch, dass ich es in mein Buch geschrieben habe und dass der Regen die Tinte weggespült hat. Ich fürchte, ich werde die entsprechenden Informationen nie wieder rekonstruieren können. Ich werde also tatsächlich versuchen müssen, sie mir ins Gedächtnis zu rufen. Es sei denn…« hielt Arch plötzlich mitten in seinem Gedankengang inne.

»Es sei denn, was?« fragte Roger.

»Kommt Kinder, lasst uns gehen. Ich weiß, was zu tun ist.«

»Wohin gehen wir denn?« protestierte Summer. »Wir können sie nicht zurücklassen.«

»Wir werden hierher zurückkommen, keine Sorge«, beschwichtigte Arch sie. »Ich habe eine Idee. Sagt ihr mir bitte, wie wir so schnell wie möglich zur Universität kommen, ohne den Bus zu nehmen?«

»Ha! Ich habe die perfekte Lösung«, rief Roger eifrig und mit leuchtenden Augen.

Kapitel XVII

Wenig später erreichten die drei Freunde das Haus der Familie Cleanbottom. Ihr Familiengrab sah schon eher wie eine kleine Burg aus. Die Umgrenzung des Grabes bestand aus einer kleinen braunen Mauer und hatte ein schwarzes Eingangstor aus schweren Gusseisenstäben. Sie betraten das Grundstück. »Wir müssen vorsichtig sein. Ihr solltet alle in gerader Linie hinter mir gehen«, sagte Roger. Ähnlich wie bei Pertinax war das Gelände voll mit geheimen Sicherungen und Vorrichtungen, um es vor Eindringlingen zu schützen. »Jetzt geht ihr erst einmal drei Schritte nach vorne und drei Schritte nach rechts.« Alle taten, wie ihnen geheißen. Dann änderte Roger seine Haltung und räusperte sich. »Vertrauen ist gut, aber Kontrolle ist besser«, sprach er mit tiefer Stimme. Direkt vor ihren Nasen glitten zwei durchsichtige Schleier rasch zur Seite, als ob sich die Vorhänge vor einer Theaterbühne öffnen würden.

»Die habe ich gar nicht gesehen«, staunte Summer.

»Das solltest du ja auch nicht«, antwortete Roger. »Sie sind aus Wasser gemacht. Wenn du sie berührst, könntest du dich in ihnen verfangen und ertrinken. Ihr könnt die Linienformation für den restlichen Weg jetzt übrigens auflösen«. Ein Weg aus Kieselsteinen führte zum Grabstein der Familie. Auch auf jeder Seite des Weges standen Grabsteine mit den Namen und Berufen der einzelnen Familienmitglieder. Sie waren ausnahmslos Anwälte, Richter, Wirtschaftsprüfer, Finanzplaner und Revisoren. Alle bis auf einen. »*Adelbertus Cleanbottom, Erfinder*«, stand rechts unten auf dem Grabstein. Wie die Umgrenzung bestand auch der Grabstein aus rotem Ziegelmauerwerk mit Namensschildern aus grauem Beton. Sie gingen den ganzen Weg, der darauf zuführte, bis zum Ende. Dann drückte Roger mehrere Betonschilder in einer bestimmten Reihenfolge und zählte dazwischen. 1, 2, 3, 4 – drücken. 1, 2, 3 – drücken. 1, 2 – drücken, 1 – drücken. Drücken. Wenig überraschend glitt nun der Boden unter ihnen weg wie eine horizontale Rolltreppe, damit das Haus sich entgriffeln konnte. Die Ziegelsteine legten sich übereinander, um das Haupthaus zu bilden. Das Gleiche geschah mit den flachen Grabsteinen zu beiden Seiten des mit Kieselsteinen gepflasterten Weges, die sich alle zu großen Häusern auftürmten. Es handelte sich hier nicht um ein Einfamilienhaus: Es war ein ganzes Dorf.

Als sich das Haupthaus vollständig entgriffelt hatte, gingen sie nicht durch den Haupteingang hinein, sondern wechselten stattdessen nach rechts hinüber. Dort, wo Adelbertus gewohnt hatte, gab es einen gemauerten Anbau mit einem kleinen Ausfalltor. Drei Stufen führten sie hinunter auf eine Terrasse. Der Eingang bestand aus einem stählernen Riffelblechrahmen mit Glas. Er erinnerte Arch an den Eingang eines Gewächshauses in einem botanischen Garten. Roger räusperte sich wieder und erhob seine Stimme. »Ohne Kreativität sind wir nichts«, rezitierte er. Die Tür öffnete sich mit einem klickenden Geräusch. Roger schnippte mit den Fingerspitzen, denen daraufhin eine Art glitzernde Wolke entfuhr. Er winkte damit in Richtung einer Reihe von Lampen, die in der Mitte des Raumes hingen. Eine nach der anderen leuchteten sie auf.

Unter den Lampen befand sich ein großer, massiver Holztisch, auf dem alle möglichen Gegenstände lagen. Glasgefäße mit Insekten, undefinierbare Partikel, Kupferrohre und Geräte, Federn, Stethoskope und Rädchen. Es gab keinerlei offensichtlichen Zusammenhang zwischen den Objekten, aber auf irgendeine Art und Weise war jedes einzelne Ding in diesem Raum dennoch spürbar Teil eines Ganzen.

»Das war das Zimmer meines Ururgroßvaters. Er war so etwas wie ein schwarzes Schaf in der Familie, so wie ich, könnte man wohl sagen. Aus meiner Sicht war er ein absolutes Genie, aber ihre insgesamt schwach ausgeprägte Vorstellungskraft, gepaart mit einer regelrechten Aversion gegen Kreativität, ließ die Cleanbottoms, seine Erfindungen verachten, und seine Existenz wurde geheim gehalten. Das ist schon lange her. Inzwischen sind Adelbertus und seine Zeitgenossen größtenteils verstorben.«

»Hast du befürchtet, dass dir das Gleiche passieren würde, Roger?« fragte Summer teilnahmsvoll.

»Nein, das waren andere Zeiten. Meine Familie würde mir das nie antun. Ich bin freiwillig gegangen, weil mein Ynni nie hätte wachsen können, wenn ich hiergeblieben wäre. Dieser Raum ist in meiner Familie allerdings tabu. Nur sehr wenige Familienmitglieder waren jemals hier. Sie könnten nicht einmal herkommen, weil sie nicht wüssten, wie man hineingelangt. Mein Vater erzählte mir, dass er das Zimmer mit seinem Großvater betreten hatte, als er gerade in Ymaerol angekommen war. Sein Großvater hat aber nie jemandem gesagt, wie man in den Raum kommt, weil er aus seiner Sicht keine wesentliche Funktion hatte. Daher wäre es für ihn eine Zeitverschwendung gewesen, ihn zu betreten, und Zeit ist etwas, das die Cleanbottoms nicht einfach so übrig haben. Einmal erwischte mich mein Vater hier und wir sahen uns etwas um. Ich fragte ihn nach der Funktion der meisten Dinge, aber er konnte mir darauf keine Antwort geben. Niemand hatte auch nur die leiseste Ahnung, was mein Ururgroßvater hier drin gemacht hat. Er sagte mir, dass es auch das letzte Mal gewesen sei, dass ich hier war und dass mir das Betreten von nun an verboten sein würde.«

Sie gingen langsam auf die hintere Wand des Raumes zu. Summer sah einen kleinen Vorhang aus Wasser. Es musste von der Art her identisch sein mit dem Wasservorhang, der das Haus der Cleanbottoms schützte, nur in kleinerer Ausführung. Summer berührte das Wasser, und ehe sie es sich versah, befand sie sich schon in einem Becken, das mit trübem, grünem Wasser gefüllt war. Sie verlor darin vollkommen die Orientierung: Sie hatte keine Ahnung, in welcher Richtung sie aus dem Wasser herausschwimmen musste. Sie schaute sich um. Das Licht um sie herum war überall gleich und bot ihr keinerlei Anhaltspunkt. Langsam ging ihr die Puste aus und Panik überkam sie. Mit einer enormen Geschwindigkeit kam nun auch noch irgendein Wesen auf sie zu. Zuerst dachte sie, dass es sie ohne Zweifel angreifen wolle, aber als es näherkam, konnte sie erkennen, dass es keineswegs die Absicht hatte, sie zu attackieren. Stattdessen schwamm es einfach an Summer vorbei. Es war ein alter Mann, der vor sich hinlächelte. Er wirkte wie ein glücklicher Delphin. Er schaute ihr kurz in die Augen und schwamm dann wieder davon. »Einfach atmen«, hörte sie eine Stimme sagen. Es war ihre eigene. ›Natürlich‹, dachte sie. »Ich kann ja normal atmen. Ertrinken ist nur eine Kopfsache.« Sie schloss ihre Augen, beruhigte sich und atmete tief und regelmäßig. Als sie die Augen öffnete, befand sie sich wieder im Zimmer und sah, dass alles um sie herum mit Wasser bespritzt war.

Auf der anderen Seite des Zimmers sah Arch einen kleinen kugeligen Buchsbaum, der, obwohl sich ja niemand um ihn kümmerte, sehr gepflegt aussah. Als Arch ihn berührte, wuchs der Busch schnell um seine Hand und zog Arch langsam an sich. »Ooooooh, Hilfe!« murmelte Arch leise. Niemand hörte ihn. »Hilfe!«, wiederholte er lauter. Je mehr der Buchsbaum ihn hineinzog, desto hektischer wurde er. »HILFE!«, schrie er schließlich.

Roger rannte auf ihn zu. »Sie müssen erst einmal ganz locker werden. Es reagiert auf Panik. Versuchen Sie, so langsam wie möglich zu atmen und zu entspannen.« Arch schloss seine Augen und holte tief Luft.

»Und jetzt sagen Sie das Wort Engaederanoithemaxophremanaimile-ophomaneumanus.«

»Was?« keuchte Arch und spannte sich wieder an. Der Buchsbaum wickelte sich wieder fester um Archs Arm.

»Engaederanoithemaxophremanaimileophomaneumanus«, wiederholte Roger. »Das ist das Passwort.«

»Engae.........«, stammelte Arch.

»Atmen, Arch. Ich werde es langsam für Sie wiederholen.« Arch versuchte, sich zu beruhigen.

»Engae«, sagte Roger.

»Engae«, wiederholte Arch.

»Deranoithe...«

»Deranoithe...«

»Maxophremanai ...«

»Maxophremanai ...«
»Mileopho...«
»Mileopho ...«
»Maneu...«
»Maneu...«
»Manus.«
»Manus.«

Der Buchsbaum spuckte Archs Arm aus. Arch sah ihn erschrocken an und fasste sich an sein Handgelenk, während er es rieb.

»Wer oder was in aller Welt ist das?«

»Das ist Minius. Minius hat einen starken Beschützerinstinkt und ist sehr einnehmend, wie Sie sehen können. – Kommen Sie jetzt. Wir haben sehr wenig Zeit. Die Universität öffnet bald und wir dürfen nicht gesehen werden. Man weiß nie, wem wir begegnen könnten.« Im hinteren Teil des Raumes befand sich ein Gegenstand, der von einem graugrünen, samtenen, dicken Stoff bedeckt war. Roger zog ihn herunter, und Unmengen von Staub flirrten in der Luft und schwebten wie ein dichter Rauchvorhang umher. Als die Sicht sich allmählich wieder geklärt hatte, staunten Summer und Arch mit offenem Mund.

»Und was könnte das sein?« brachte Summer schließlich hervor

»Es ist ein Fluggerät«, antwortete Roger stolz und lachte.

»Ich fliege nicht mit dem Ding.«

Es war ein Apparat, der sehr schwer zu beschreiben war. Das Wort *Apparat* zu benutzen, hätte ihm schon zu viel Ehre erweisen. Am ehesten ähnelte er noch einer überdimensionalen Holzkiste.

»Keine Sorge«, beschwichtigte Roger. »Dieses alte Schätzchen wird uns sicher zur Universität bringen. Es gibt hier nur keine Tür nach draußen, die groß genug wäre, um es ins Freie zu schaffen. Helft mir mal.« Schnell begaben sie sich alle zu dem Apparat hinüber und versuchten, ihn anzuheben.

»Das Ding ist zu schwer«, stöhnte Summer.

»Nein, ist es nicht. Dein Verstand sagt dir, dass es schwer ist. Es wiegt aber so gut wie nichts.« Langsam wankten sie mit dem riesigen Apparat durch den Flur zum Haupteingang.

»Wir können damit nicht einfach durch die Vordertür gehen«, sagte Roger. »Das würde viel zu viel Aufmerksamkeit erregen. Wir müssen es auf das Dach tragen.«

»Oh nein«, klagte Summer. »Ich kann nicht mehr«, und ließ den Apparat fallen.

»Jetzt ist nicht die Zeit für dein Gejammer. Los, hilf uns, es nach oben zu schaffen, und ich will kein Wort mehr von dir hören.«

»Aber ...«

»Kein einziges Wort!« mahnte Roger und hob den Finger.

Summer stapfte beleidigt zu dem Apparat, und weiter ging es auf ihrem mühevollen Weg.

Als sie im obersten Stockwerk angekommen waren, setzten sie den Apparat ab. Roger sah auf das Dach und öffnete seine Hand. Aus dem Nichts bildete sich ein grünes Samttau, das von der Decke herabbaumelte. Er zog daran, und die Decke begann sich zu drehen und öffnete sich wie die Pupille eines Auges, so dass sie den klaren schwarzen Himmel über sich erblickten, an dem die hellsten Sterne zu sehen waren, die man sich nur vorstellen kann.

»Die Öffnung ist nicht groß genug, damit wir dieses Ding hindurchbekommen könnten«, beschwerte Summer sich. Sie blickten von der Flugvorrichtung zur Öffnung und wieder zurück.

»Warum schieben wir es nicht einfach auf den Dachfirst?« fragte Arch.

»Dafür bin ich noch nicht stark genug. Es ist zu schwer«, erklärte Roger achselzuckend.

»Moment. Du hast mir gerade noch gesagt, dass es nicht zu schwer ist und dass ich mir das nur einbilde«, stellte Summer ungehalten fest.

»Ja, aber das war nur, um dich anzuspornen.«

»Na, dann sporne dich jetzt mal schön selbst an.«

Arch legte seinen Arm um Rogers Schulter. »Schau Roger. Du hast doch alles in dir, um das zu schaffen. Schließe einfach deine Augen und entspanne dich innerlich.« Roger schloss seine Augen.

»Was soll ich als nächstes tun?«

»Versuche, Dir vorzust...« Bevor Arch seinen Satz beenden konnte, hatte Roger den Apparat schon schwungvoll auf den Dachfirst teleportiert.

»Es hat funktioniert«, rief Arch freudig.

Roger riss die Augen weit auf. »Ja«, jubelte er begeistert und lächelte stolz. »Und es ging ganz leicht.«

»Schhhh! Sei leise«, zischte Summer ärgerlich. Sie erschien nicht sonderlich beeindruckt. »Hättest du das nicht von vornherein so machen können?«, flüsterte sie.

Arch klopfte Roger auf die Schulter. »Ich bin sehr stolz auf dich. Das hast du gut gemacht.« Sie kletterten auf den First.

»Wie kriegen wir das Ding jetzt zum Laufen?« grübelte Arch.

»Nun, zuerst ist es wichtig, die Zündflamme zum Brennen zu bringen. Und dann ist es von allergrößter Bedeutung, dass das Feuer nie ausgeht.« Er band drei winzige Heißluftballons, die jeweils nicht viel größer als eine Faust waren, an jedes

Ende des Fahrzeugs und entzündete ein Feuer unter ihnen. Das Gefährt erhob sich vom Boden.

»Unmöglich«, befand Arch.

»Schnell, steigt ein«, drängte Roger.

»Ich steige nicht in dieses Ding«, wiederholte Summer trotzig und verschränkte die Arme.

»Komm schon! Für Spring!« bat Roger. »Und für Ophelia.«

»Also gut«, gab Summer nach, und einer nach dem anderen sprangen sie hinein. Roger zündete drei Fackeln an, eine für Summer, eine für Arch und eine für sich selbst. In der Mitte des Bodens schob er eine Luke zur Seite und zog eine Holzstange heraus, die er dann gegen den Uhrzeigersinn einschraubte, um sie auf dem Deck zu befestigen. Dann legte er einen Holzring um die Stange und schob ihn nach oben. Lange Planken entfalteten sich wie die Rippen eines Regenschirms, mit dem Unterschied, dass die Holzbretter dick und schräg an der Stange befestigt waren. »Nun haltet die Fackeln unter die Planken.«

Sie taten, wie ihnen geheißen, und der Mast begann sich sehr schnell zu drehen, so dass sie in die Luft schossen. Roger befestigte seine Fackel auf dem Deck. Er ging nach hinten, griff nach den Seilen und zog sie fest. Die Stange kippte nach vorne und das Luftfahrzeug sauste mit atemberaubender Geschwindigkeit vorwärts. Es fuhr so schnell, dass sie nur noch diffuse Lichtstreifen um sich herum wahrnahmen. »Fahr langsamer!« rief Arch, aber Roger konnte ihn nicht hören. Arch und Summer schrien nun beide auf Roger ein, gestikulierten und signalisierten ihm, er solle die Geschwindigkeit drosseln. Endlich ließ er die Seile los, und sie hielten sofort, wodurch Summer fast aus dem Fahrzeug geschleudert wurde. Bevor sie jedoch hinausfallen konnte, schob sich Arch zu ihr hinüber, packte sie geistesgegenwärtig und zog sie zurück auf das Deck.

»Entschuldigung«, murmelte Roger. »Was wolltet ihr denn? Ich konnte euch nicht hören, weil wir so schnell geflogen sind.«

»Fahr langsamer!«, wiederholten Arch und Summer im Chor.

»Aber sicher. Warum habt ihr das denn nicht gleich gesagt?«

Summer hatte große Mühe, sich zu beherrschen und Roger keine Kopfnuss zu verpassen.

»Dann haltet mal eure Socken fest«, scherzte Roger. Er zog wieder am Seil, nur dieses Mal viel behutsamer. Als sie über Ymaerol flogen, konnten sie die Lichter des Marktplatzes sehen. Die meisten Gräber waren gegriffelt, und der Friedhof sah aus, wie ein Friedhof eben aussieht. Arch rezitierte: »Der Türmer, der schaut zu Mitten der Nacht / Hinab auf die Gräber in Lage; / Der Mond, der hat alles ins Helle gebracht; / Der Kirchhof, er liegt wie am Tage.« Roger und Summer warfen sich einen verständnislosen Blick zu.

Ab und zu sahen die Drei ein Haus, das nicht gegriffelt war, wie Marthas Haus. ›Ist sie wohl noch wach?‹ fragte sich Arch. ›Oder ist sie vielleicht schon wach? Sie muss außer sich sein vor Sorge, so wie wir.‹

Es nieselte, und es wurde diesig um sie herum. Der Nebel war bald so dicht, dass man nicht einmal mehr seine eigenen Finger sehen konnte. Sie hörten ein zischendes Geräusch im Wind, gefolgt von einem »Autsch!« von Roger. »Irgendetwas hat mich gerade angegriffen«. Sie sahen sich um, aber wegen des undurchdringlichen Dunstes konnten sie nichts erkennen. Dann hörten sie abermals das zischende Geräusch. Diesmal ging, was immer das sein mochte, knapp an Archs

Ohr vorbei. Ängstlich versuchte er auszumachen, was da wohl gerade vorbeigeflogen war. Alle schwiegen, und die plötzliche Abwesenheit jeglicher Geräusche ließ es Arch eiskalt den Rücken herunterlaufen. Sein Herz klopfte so heftig, dass er seinen Puls bis in die Schläfen spüren konnte.

Dann hörten sie ein weiteres Zischen, und noch eines, und noch eines. Es war, als würde eine Vielzahl von Raketen um sie herumfliegen und die drei Freunde jeweils nur knapp verfehlen.

»Beeil dich, Roger«, rief Summer. »Schneller, schneller! Wir müssen von hier weg.« Roger zog wieder an den Seilen, und mit hoher Geschwindigkeit machten sie wieder einen Satz nach vorne und schossen davon. Allerdings begannen die Geschosse jetzt, ihr Fahrzeug zu treffen; ein Schlag folgte dem anderen, und dann hörte es wieder auf. Der Nebel wurde dünner. Roger verlangsamte das Tempo wieder, und Summer versuchte, über die Bordwand zu schauen.

»Was machst du denn da, Summer?« schimpfte Roger: »Unser Vorsprung ist ziemlich dünn, und wir würden es vorziehen, wenn du nicht über Bord fällst, oder, Arch?« Summer ignorierte Roger und schaute weiter nach unten. »Summer?« Roger ging langsam auf sie zu. Doch Summer bewegte sich nicht. »Summer«, wiederholte Roger, jetzt dringlicher. Seine Schritte wurden noch vorsichtiger und behutsamer. »Das ist nicht lustig, Summer«. Roger sah, wie Summers Beine nachgaben. »Summer?« Roger streckte seinen Arm aus und berührte Summers Rücken.

»BUUH«, schrie Summer ihn an. Roger fuhr heftig zusammen. Summer bog sich vor Lachen.

»Ich finde das jetzt nicht so lustig, ehrlich gesagt. Du hast mich zu Tode erschreckt«. Wütend, aber auch erleichtert, dass Summer wohlauf war, fasste sich Roger an die Brust.

Dann umarmte er Summer. Dann packte er sie an beiden Schultern und begann schließlich, wild mit dem Zeigefinger in der Luft herumzufuchteln.

»Mach das nie wieder, hörst du«, beschwor er sie eindringlich.

Summer schaute Roger in die Augen. »Ich verspreche es«, nickte sie.

»Summer! Roger!« unterbrach Arch sie. »Schaut mal geradeaus. Ich glaube, ich weiß jetzt, wer uns da angegriffen hat«. In der Ferne konnten sie rote Vögel mit weißen Streifen auf dem Gefieder sehen, die vollkommen regungslos in der Luft zu hängen schienen. Sie bewegten sich keinen Zentimeter, sondern starrten unsere drei Freunde lediglich unverwandt an. Die Luft füllte sich wieder mit beklemmender Stille. Summers frecher Streich war bereits vergessen; stattdessen spürten sie, wie etwas Unheilvolles sie umgab. Die drei Freunde hielten dem Blick der Vögel stand.

»Was sollen wir jetzt tun?« Roger klang nervös.

»Ich weiß es nicht«, gab Arch zu. »Diese Vögel sehen aus, als wollten sie uns den Weg versperren.« Das größte Tier, das der Anführer zu sein schien, öffnete seinen Schnabel und stieß ein Geräusch aus, das an das kehlige Miauen einer kampfbereiten Katze erinnerte. Die anderen Vögel taten es ihm gleich, einer nach dem anderen. Der Lärm, den sie so erzeugten, war überwältigend und durchdringend.

»Keine Sorge«, grinste Roger erleichtert. »Das ist nur eine Drohung. Kläffende Hunde beißen nicht.« Bevor Roger allerdings seinen Satz beenden konnte, stürmte der Anführer der Vögel mit voller Geschwindigkeit auf sie zu, sein Gefolge im Schlepptau.

»So viel zum Thema nicht beißen«, bemerkte Summer trocken. »Na los, auf sie mit Gebrüll!«

»Wie bitte?« Roger klang entgeistert.

»Ja, vertrau mir einfach. Greift die Vögel an! Und zwar mit aller Kraft.«

»Also gut. Haltet Euch bloß fest«, gab Roger nach und zog so fest wie möglich an den Seilen. Obwohl Arch und Summer daraufvorbereitet waren, wären sie fast wieder aus dem Gefährt geschleudert worden. Tapfer gegen den Fahrtwind gestemmt, suchte Summer sich nun einen möglichst festen Halt ganz vorne an der Bordwand.

»Wenn ich dir jetzt sage, du sollst bremsen, dann ziehst du bitte die Bremsen so stark wie möglich an.« Roger nickte. »Und wenn ich hier herausfallen sollte, müssen Sie versuchen, mir zu helfen, Arch.« Arch war ebenfalls bereit. Die Vögel näherten sich schnell. Als sie etwa 20 Meter von unseren Freunden entfernt waren, rief Summer wie vereinbart: »Bremsen!« Roger bremste, und Summer schoss direkt auf die Vögel zu. Sie flog durch die Luft; kurz bevor sie die Vögel traf, breitete sie ihre Arme aus, und ein unsichtbarer Schleier erschien, in dem alle Vögel sich mit ihren Schnäbeln verfingen. Summer hielt sich auf der anderen Seite an dem Schleier fest. Dieser schwebte kurz in der Luft und fiel dann herunter. »Halten Sie sie fest, Arch!«, schrie Roger. Arch teleportierte sich zu Summer herüber, packte sie und teleportierte sich zurück, musste jedoch festzustellen, dass er allein wieder am alten Ort gelandet war. Er rannte zur Bordwand und suchte mit den Augen nach ihr. ›Da ist sie ja noch‹, dachte er. Er teleportierte sich wieder zu ihr.

»Helfen Sie mir, Arch«, sagte sie ohne Hoffnung in der Stimme.

»Halt dich gut fest!«, befahl er und teleportierte sich zurück zum Fluggerät. Wieder keine Summer. Er sah sie über die Bordkante hinweg an, und während sie der Erde entgegenfiel, sahen sie sich in die Augen; er war verzweifelt und fühlte sich vollkommen machtlos. Summer streckte ihre Arme nach Arch aus. Und Arch wandte, untröstlich und tief verstört durch das gerade Erlebte, seinen Blick ab.

»Arch, nein!« schrie Roger. Arch kletterte auf die Bordwand, breitete seine Arme aus und ließ sich ebenfalls hinunterfallen. Jetzt rannte auch Roger zur Kante. Er sah Arch fallen und teleportierte sich dann mit ihm zugleich zu dem Schleier mit den Vögeln hinüber. Er schnappte sich die vier Ecken, band sie wie einen Fallschirm zusammen und versetzte sich zu ihnen hinüber. »Haltet euch fest!«, mahnte er. Sie griffen nach dem Schleier, aber der Auftrieb reichte nicht aus, um sie in der Luft zu halten. Doch zusammen mit den Ästen der Bäume, die im Weg standen, bremste er ihren Fall immerhin gerade so weit ab, dass ihr Aufprall auf dem Boden zwar schmerzhaft war, aber sie keinen ernsthaften Schaden nahmen.

Sie standen auf und klopften sich den Staub ab. Neben ihnen lag der Schleier mit den Vögeln, die mit den Flügeln schlugen. Sie sahen sich um. Sie befanden sich mitten in einem dunklen Wald. Merkwürdigerweise war es absolut still. Sie spürten einen Windhauch, konnten ihn aber nicht hören. Als sie darüber nachdachten, hatte es auch während ihres Sturzes kein Geräusch gegeben. Neben ihnen baumelte plötzlich ein Seil. Sie blickten auf und sahen das Fluggerät über dem Wald schweben. Nachdem sie das Seil ergriffen hatten, sahen sie plötzlich ein Rudel hundeähnlicher Tiere auf die Vögel zu kriechen. Das Seil zog sie langsam heran. Summer konnte nicht anders – sie empfand Mitleid, ließ das Seil los und rannte zu dem Schleier, aus dem sich die flügelschlagenden Vögel lautlos zu befreien versuchten. Sie packte ihn, schlug ihn um wie eine Bettdecke und ließ so die Vögel frei, die alle, bis auf den Anführer, in verschiedene

Richtungen davonstoben. Letzterer sah Summer in die Augen und zwinkerte ihr zu, als wolle er sich bedanken. Dann rannte Summer los, sprang hoch und packte Archs Fuß. Arch streckte seinen Arm nach unten und zog sie hoch. Unten im Wald konnten sie die hundeähnlichen Tiere bellen sehen, aber sie hörten immer noch keinen einzigen Laut.

Summer und Arch schauten auf und sahen, dass Roger nicht am Seil zog. Stattdessen hatte er das Seil offenbar einmal um das Fluggerät gewunden und es dann in eine schnelle Drehung um sich selbst versetzt, so dass es sie nun wie ein magischer Seilzug anhob. Als Summer und Arch wieder zurück an Bord waren, umarmte Summer Arch. »Danke«, flüsterte sie. Arch blieb stumm. Einen Moment lang war es ebenso still wie in dem Wald, dem sie gerade entkommen waren. Aber die Stimmung hellte sich schnell auf, als sie sich der Universität näherten.

»Dort ist ja schon der Uni-See«, rief Summer aufgeregt.

«Oh ja. Ich sehe ihn auch«, bestätigte Roger und hielt genau auf ihn zu.

»Solltest du nicht langsam die Höhe reduzieren?« wunderte sich Arch.

»Ja, ja«, antwortete Roger unverbindlich. Er sah sich um, als suche er etwas. »Ich weiß nur nicht genau, wie man landet.«

»Was meinst du damit?« fragte Arch entgeistert.

»Na, so ziemlich genau das, was ich gesagt habe. Ich weiß nicht, wie ich landen soll.«

»Ach du meine Güte«, kommentierte Arch fassungslos. »Warum versucht ihr nicht einfach, das Flammen der Fackeln herunterzuregeln?«

»Wie sollen wir das denn machen?« zweifelte Summer.

»Nutzt eure Ynni«, fiel Roger ein. Sie konzentrierten sich also ganz auf die Fackeln, und tatsächlich wurden die

Flammen deutlich kleiner. Allerdings sausten sie plötzlich mit hoher Geschwindigkeit bodenwärts. »Zündet sie wieder an«, rief Roger. Als sie es versuchten, erloschen jedoch alle Fackeln vollständig. »Oh je«, jammerte Roger.

»Kann uns die Zündflamme nicht helfen, zu schweben?« fragte Arch, während er sich, so gut es ging, festhielt.

»Bei so viel Beschleunigung können wir froh sein, wenn das Fluggerät nicht gleich von den Trägerballons abreißt und so oder so abstürzt.«

Arch schob Roger zur Seite. »Rutsch rüber!« Er zog an den Seilen, so fest er konnte, und wie ein rasender Sturm schossen sie auf die Universität zu. Arch versuchte zu schätzen, wie hoch das Dach der Universität aufragte, um sich ausrechnen zu können, ob sie es schaffen würden. Aber sie waren schon zu tief, und bei dieser Geschwindigkeit war die Wahrscheinlichkeit groß, dass sie mit voller Wucht gegen das Gebäude knallen würden. Sie kamen näher und näher und sahen, wie die Universität vor ihnen immer größer wurde. »Alle nach hinten«, rief Arch. Er selbst eilte ganz nach vorn. Es schien kein Zurück mehr zu geben: In wenigen Sekunden würden sie gegen die Mauern prallen. Arch spürte, wie der Wind durch sein Haar rauschte. Er holte zweimal tief Luft und schloss die Augen. »Kinder, haltet euch aneinander fest«, schrie er. Kurz vor der Kollision brüllte Arch wie ein Löwe, woraufhin ein orange-rotes, feuriges Licht aus seinem Bauch strömte, und unmittelbar vor der Kollision verschwand das Mauerwerk unter ihnen.

Oben auf dem Dach saßen die geflügelten Panther im Halbschlaf und schnurrten, als sie durch ein lautes, explosionsartiges Geräusch aufgeschreckt wurden. PENG! Große Steinbrocken und Ziegel flogen ihnen um die Ohren. Das Fluggerät hatte sich gerade so weit nach oben geschoben, dass es mit der Unterseite auf den steinernen Vorsprung des Daches prallte und dabei einen lauten Knall verursachte. Das Fluggerät kippte zur Seite und schleuderte sie alle hinaus, woraufhin sie auf das Dach purzelten und sich dort mehrfach überschlugen. Die Panther warfen einen ungehaltenen Blick auf das Geschehen, sahen sich gegenseitig an und flogen dann mit eingezogenen Schwänzen davon. Die drei standen auf und rückten ihre Kleidung zurecht.

»Geht es euch Kindern gut?« Arch klang besorgt.

»Mir geht es gut«, beruhigte Roger ihn.

»Mir auch«, versicherte Summer. »Aber das ist nicht Rogers Verdienst. Gut gemacht, Idiot. Du hast uns fast umgebracht.«

»Na, du hast jetzt auch nicht unbedingt durch ein Feuerwerk kluger Einfälle geglänzt.«

»Na warte, dir werde ich …«, Summer krempelte ihre Ärmel hoch und ging auf Roger zu.

»Ich sehe einen Eingang«, ging Arch schnell dazwischen. Summer und Roger hielten inne und sahen auf die Stelle, auf die Arch zeigte. Es war eines der großen Uhrwerke mit einer offenen Luke. »Also, rein mit uns«, drängte Arch.

Sie stiegen über eine Leiter durch die Luke hinunter und fanden sich im obersten Stockwerk wieder. Aus der mondhellen, sternenklaren Nacht über ihnen drang ein diffuses Licht in den Raum, und sie konnten schemenhaft eine gewundene Wendeltreppe aus Stein ausmachen. Sie begaben sich hinüber und versuchten, die Stufen hinunterzuschauen. Dort war es vollkommen dunkel. Das Licht des Mondes und der Sterne drang nicht bis hierher, und obwohl sie nicht sehen konnten, was dort im Schatten verborgen lag, spürten sie, dass sich die Treppe wie eine kriechende Schlange nach unten wand. Die Dunkelheit hatte Arch in ihren Bann geschlagen und zog ihn geradezu magisch an, doch bevor er noch den ersten Schritt tun konnte, erwachte Arch aus seiner Trance und bemerkte, dass Summer ängstlich zögerte, die Stufen zu betreten. »Komm her«, forderte er sie auf. »Halte dich mit einer Hand an meiner Schulter fest und lass die andere frei, um deine Umgebung abzutasten. Roger, du machst dasselbe mit Summer.« Behutsam tasteten sie sich hinunter. Mit jedem Schritt, und bevor er sein ganzes Gewicht auf seine Füße verlagerte, prüfte Arch, ob der Untergrund tragen würde. Er stützte sich mit seiner linken Hand an der Wand ab, um seine Entfernung zu ihr abschätzen zu können. Der Stein fühlte sich kalt und feucht an, und seine Hand wurde schnell kälter und kälter. Nach genau vierundvierzig Schritten hinunter berührte Arch eine Holztür. Er suchte nach einem Griff, um sie zu öffnen, und fand einen schweren Ring, der aus Metall zu sein schien, knapp über der Höhe seiner Hüfte. Er hob den Ring an, drehte ihn nach links und öffnete die Tür.

Der erste Schritt versetzte sie mitten auf eine Grasfläche mit Blumen mit auffällig hohen, dünnen Stielen. Es blies ein heftiger Wind, und es sah aus, als würden die Blumen gleich entwurzelt und davongeweht werden. Draußen war es immer noch dunkel, nur der Mond beleuchtete die Wiese. Roger und Arch waren schon einmal hier gewesen, aber jetzt standen sie auf der anderen Seite der Fläche. Es war das Feld, auf das sie gelangt waren, als sie das Büro von Professor Leary betreten hatten. Wieder teilten sich die Blumen vor ihnen nach links und rechts und bildeten einen Pfad, über den sie gehen konnten. Aber dieses Mal fühlte sich der Weg viel widriger und geradezu feindlich an. Sie hatten den Eindruck, als würden sie fortgeblasen werden, sollten sie versuchen, einen Schritt nach vorne zu machen.

»Nehmt meine Hände, Kinder«, schlug Arch vor und streckte seine Arme zu beiden Seiten aus. Summer und Roger taten wie geheißen. Alle drei schlossen die Augen und machten gemeinsam einen Schritt nach vorn. Als sie die Augen wieder öffneten, befanden sie sich im Büro des Professors. Sie mussten durch die Hintertür gekommen sein.

»Wow«, stammelte Summer. Sie war tief beeindruckt von dem, was gerade geschehen war.

Nun wusste Arch, wohin er gehen musste. »Folgt mir«, wandte er sich an die Kinder. Sie gingen am Schreibtisch des Professors vorbei zur Vordertür, als Roger ein goldenes Schriftstück auf dem Schreibtisch von Professor Leary erblickte. Er nahm es und begann zu lesen.

»Arch, das müssen Sie sich ansehen.«

»Nicht jetzt, Roger. Wir müssen uns beeilen.«

»Arch, das ist wichtig.«

»Also gut. Was ist es denn?« Arch eilte hinüber und schaute auf das goldene Dokument. Dort stand geschrieben:

Wir kündigen hiermit die Ankunft von Sophia Philomena George an. Sie wird genau 7 Tage, 7 Stunden, 7 Minuten und 7 Sekunden, nachdem die nächste gelbe Sonne aufgegangen sein wird, in Ymaerol ankommen.

Der Schock, den die Lektüre in ihm auslöste, ließ Arch augenblicklich auf die Knie sinken. Die Zeit schien stillzustehen, und mit ihr Archs Atem. Er blickte auf die Seite und dann um sich herum. Es war, als wäre er unter Wasser. Er sah sich um und sah Algen umherschwimmen. Und dann wurde es ihm klar: Er war tatsächlich unter Wasser. Das Mondlicht über ihm zog seine Aufmerksamkeit auf sich, und Arch schwamm darauf zu. Nachdem er die Oberfläche erreicht hatte, schwebte er aus dem Wasser und erkannte, wo er war. Es war der

See, aber es war nicht Ymaerol. ›Ich besuche Daear.‹ Arch flog über den Grünen See. Die Universität war verschwunden, und die majestätischen Bäume, die Sophia und er vor langer Zeit bewundert hatten, tauchten auf. Arch verlor sich in dem nostalgischen Gefühl und spürte Sophias Gegenwart tief in sich. ›Da sind ja auch die alten, moosbedeckten Bänke‹, lächelte er. Doch dann schüttelte er den Kopf. ›Wir haben keine Zeit. Ich muss schnell sein.‹ Er kniff die Augen zusammen, und als er sie öffnete, war er wieder mit Summer und Roger im Rektorenzimmer. Überwältigt von Emotionen, hervorgerufen durch die Dichte der erschütternden Eindrücke vom Tod und der Entführung seiner Tochter bis hin zum Verschwinden und zukünftigen Tod seiner Frau, packte er Summer und Roger fest und umarmte sie. Dann ließ er sie los und eilte zur Tür. »Macht schnell!«, flüsterte er knapp.

Endlich waren sie angekommen. »Was machen wir hier?« wunderte sich Roger. Vor ihm erhob sich die riesige Bücherwand.

»Erinnerst du dich, dass ich dir erzählt habe, dass ich an dem Tag, an dem ich herübergekommen bin, ein Buch geschrieben hatte? Ich weiß in meinem Innersten, dass dieses Buch erklärt, wie man in Pertinax' Festung kommt. Ich weiß nicht einmal, wie ich dazu gekommen bin, dieses Buch zu schreiben, aber ich bin sicher, dass es den Weg hinein verrät.«

»Ja, ich erinnere mich, aber der Regen hat das Buch doch verwaschen und unlesbar gemacht, oder nicht?« fragte Roger.

»Ja, das ist richtig.« Arch blickte derweil mit glänzenden Augen auf die Wand der Bücher.

»Aber ...«, sagte Roger. »Oh«, unterbrach er sich. »Ich verstehe.«

»Endlich funktioniert auch dein winziges Hirn mal«, stellte Summer sarkastisch fest und schüttelte ihren Kopf.

»Pssst!« befahl Arch. »Ich höre etwas. Irgendjemand ist hier.« Summer und Roger verstummten.

Sie blickten sich suchend im ganzen Raum um.

»Ich sehe und höre nichts«, stellte Summer fest. »Machen Sie weiter, Arch.«

Arch schloss seine Augen. Das Buch hatte noch keinen Titel, gehabt, deshalb konnte er ihn auch nicht gedanklich heraufbeschwören. Er versuchte es mit seinem eigenen Namen und eine Reihe von Büchern, die er geschrieben hatte, erschien, aber leider nicht das eine Buch, um das es ihm ging.

»So geht das nicht«, seufzte Arch.

»Beeilen Sie sich, Arch. Die Sonne geht gleich auf. Der Concierge wird bald hier sein, um die Universität für heute aufzuschließen«, drängte Summer besorgt. »Vielleicht ist er es, den Sie vorhin gehört haben.«

Arch besann sich mit erneut geschlossenen Augen und mit aller Kraft darauf, wie die Worte aus seiner Feder geflossen waren und wie er damals schrieb und schrieb und schrieb und schrieb. Er dachte an sein kleines Mädchen und seine liebe Frau. Er dachte an die Gefühle, die das Buch bei ihm auslöste, und daran, wie dringend er es brauchte. Er öffnete die Augen – und tatsächlich, da war es. Es hatte keinen Titel, aber als er es aufschlug, stand dort eine detaillierte Erklärung, wie Pertinax' Festung einzunehmen sei. Es würde nicht einfach werden, aber er wusste jetzt immerhin, wie es zu bewerkstelligen sein würde.

»Und nun lasst uns schnell von hier verschwinden«, drängte Arch.

»Einen Moment«, warf Summer ein und ging zur Wand hinüber, wo sie die Augen schloss und ebenfalls ein Buch herausnahm.

»Ist das dein Ernst?«, schimpfte Arch. »Das ist wirklich nicht der richtige Zeitpunkt, um sich eine Lektüre auszusuchen.«

»Ich habe es ja schon. Lass uns gehen.« Sie rannten zurück auf das Dach.

Arch und Roger bemerkten, dass Summer schon in ihrem Buch las, während sie noch auf das Fluggerät zulief. Sie blätterte dabei schnell durch die Seiten und sah sehr konzentriert aus.

»Summer, was machst du da?« Sie antwortete nicht. »Summer?« Sie beachtete Arch nicht weiter, drückte ihm aber im Vorbeigehen das Buch in die Hand. *Wie man einen Awyrheolaeth fliegt*, geschrieben von Adelbertus Cleanbottom.

»Von jetzt an werde ich das Fliegen übernehmen.« Summers Ton machte deutlich, dass sie keinen Widerspruch duldete. Sie stiegen in den Awyrheolaeth und hoben ab.

Kapitel XVIII

Als die drei Freunde die Wand der Bücher verließen, kam der Schatten mit der Jacke und dem Hut hinter einer Säule hervor und begann, auf eigene Faust zu ermitteln. Zuerst bewegte er sich zur Bücherwand. Er nahm ein Buch heraus und ging damit zum Büro von Professor Leary.

Langsam öffnete er die quietschende Tür, steckte den Kopf hinein und sah nach, ob niemand da war. Dann trat er ein und machte sich daran, die Schublade im Schreibtisch des Professors zu öffnen. Bumm!!! Aus dem Nichts ertönte ein lauter Knall aus der Ecke des Büros, worauf der Schatten herumwirbelte und einen Energieblitz in die entsprechende Richtung schleuderte.

»Nicht bewegen«, hörte der Schatten die ruhige Stimme des Professors. »Gib dich zu erkennen«. Der Professor stand hinter dem Schatten und berührte mit seiner Handfläche dessen Rücken. Der Schatten drehte sich um und nahm seinen Hut ab. Zu seinem Erstaunen trat Professor Leary einen Schritt zurück.

»Das ist unmöglich«, stammelte Leary.

Kapitel XIX

Auf dem Weg zu Pertinax' Festung kamen unsere drei Freunde auch an der Straße vorbei, in der die Grimsbys wohnten. Sie war voll von Nurmagomedovs, die alle dem Haus der Grimsbys zugewandt waren. »Wow«, sagte Summer, »wie viele Leute brauchen die denn, um Sie zu verhören? Das sieht nicht so aus, als wären sie nur zu einem Verhör hier.«

»Klar. Sind sie auch nicht«, stimmte Roger zur, als er begriff, was vor sich ging.

»Sie sind also hier, um mich zu verhaften«, ergänzte Arch.

»Schnell, versteckt euch!« zischte Roger. Aber es war zu spät. Der General hatte Arch bereits gesehen.

»Aderitus Cornelius Pertinax, Sie sind verhaftet wegen der Entführung von Ophelia Margaret George und wegen Umsturzbemühungen in Daear und Ymaerol. Sie werden bis zu Ihrem Prozess inhaftiert.« Arch schaute sich um, um zu sehen, mit wem der General sprach. Doch es war allzu eindeutig – er redete mit ihm. Alle Anwesenden verstummten, und die Nurmagomedovs bildeten einen Kreis um Arch. Er blickte auf die Dächer der Häuser. Sie waren alle mit Nurmagomedovs besetzt. Er war umzingelt, ein Entkommen schien unmöglich. Summer und Roger sahen Arch an. Sie waren entsetzt. »Nein«, flüsterte Summer. »Das ist eine Lüge. Es ist eine Lüge! Arch? Sag mir, dass die lügen.« Arch blieb der Mund offen stehen. »Sie haben uns getäuscht. Sie haben uns alle betrogen. SIE haben meine Schwester?! Sie sind schuld. Und Sie haben uns die ganze Zeit über zum Narren gehalten.« Summer rannte auf Arch zu und begann ihn zu schlagen und zu treten. Dabei schrie sie aus voller Kehle. Arch reagierte nicht und starrte ohne eine sichtbare Regung vor sich hin. Ein Nurmagomedov zog sie von Arch weg und legte ihm goldene Handschellen um das Handgelenk, die eine goldfarbene, durchsichtige Blase um ihn bildeten.

Kapitel XX

»Was führt denn die große Charlotte Nurmagomedov hierher?« wunderte sich Professor Leary. Es war eine Stunde vor Archs Verhaftung.

»Ich wurde angeheuert, um das Ableben von Archibald George zu untersuchen.«

»Ich dachte, du arbeitest nicht mehr, seit dein Vater dich verstoßen hat.«

»Was soll ich sagen ... Es war an der Zeit.«

»Wer hat dich beauftragt?«

»Das Seltsame ist: Ich weiß es nicht. Als ich nach Hause kam, lag ein Umschlag auf meinem Schreibtisch. Es war eine kurze Nachricht. Eigentlich eine Frage. Nur vier Worte, die mein Interesse weckten. WER IST ARCHIBALD GEORGE? Das heißt, das allein war nicht genug, um mir die Arbeit wieder schmackhaft zu machen, aber dann hörte ich, dass Ophelia entführt worden war. Ich konnte nicht einfach abseitsstehen, ohne zu helfen.«

»Was hast du herausgefunden?«

»Wer sagt denn, dass ich überhaupt etwas herausgefunden habe?«

»Komm schon, Charlotte. Du warst die Beste, die jemals das Nurmagomedov-Programm absolviert hat. Willst du mir jetzt ernsthaft weismachen, dass du nichts hast?«

»Bis jetzt habe ich tatsächlich sehr wenig. Ich weiß, dass Archibald ein unfassbar hohes Ynni-Level hat. Mehr, als ihm selbst bewusst ist. Ihm ist bekannt, wie man sich Zutritt zu Pertinax' Festung verschaffen kann, und er scheint Probleme mit den Oetkers zu haben. Am Anfang waren sie freundlich. Edward rettete ihn, als ich sie angriff, um an das Buch von Archibald zu kommen.«

»Du hast sie angegriffen?«, Professor Leary schüttelte ungläubig den Kopf.

»Wir sollten uns nicht in eine Diskussion über meine Arbeitsmethoden verstricken. Ich musste herausfinden, was in dem Buch stand.«

»Und?«

»Nichts. Es war leer. Ich war dann auch an dem Tag, als die Oetkers und Archibald versuchten, in Pertinax' Festung einzudringen, dabei. Sie gerieten in einen Kampf, und ich rettete ihn vor Victor.«

»Warum hast du ihn gerettet?«

»Es gab damals keinen Grund, ihn seiner Freiheit zu berauben. Bei mir behalten konnte ich ihn aber auch nicht, das hätte meine weiteren Ermittlungen behindert. Also habe ich ihn zu den Grimsbys gebracht und bin ihm weiter gefolgt, um sein Verhalten möglichst genau zu erforschen.«

»Gut, sortieren wir die Fakten«, fuhr der Professor fort. »Was ist also Archs wahre Natur? Er gab an, er wisse aus dem Buch, wie man zu Pertinax hereinkommt, aber du hast ja herausgefunden, dass es leer ist. Nun, aber vielleicht konnte er es nur lesen. Aber trotzdem ergibt es keinen Sinn. Es ist sein eigenes Buch. Er muss die Informationen von irgendwoher bekommen haben. Und das war höchstwahrscheinlich, noch bevor er herübergekommen ist. Wer kann so mächtig sein und weiß, wie man Pertinax' geheime Sicherungen überwindet?«

»Im Grunde niemand«, grübelte Charlotte. »Niemand außer ...«

»Pertinax selbst«, vollendeten sie gleichzeitig.

»Jetzt fällt es mir wieder ein. Arch erinnerte mich an jemanden. Es ist ja alles so lange her, aber jetzt weiß ich es wieder.« Er sah zu Charlotte hinüber. »Wir müssen Pertinax verhaften lassen.«

»Er ist ja auch gerade erst von hier aufgebrochen.«

»Er war hier? Und das sagst du mir jetzt erst? Ich muss mich beeilen und die Nurmagomedovs informieren, bevor es zu spät ist.« Professor Leary stürmte aus seinem Büro.

Kapitel XXI

In einer anderen Zeit und an einem anderen Ort ging Ophelia im Vorgarten eines Schlosses spazieren. Sie war gerade aus dem Eingangsportal getreten und sah einen Brunnen. Die Sonne stand tief und warf ein fast weißes, blendendes Licht, so dass Ophelia kaum etwas erkennen konnte. Sie kniff die Augen zusammen und fragte sich, ob es wirklich das Tageslicht war, das sie blendete, oder ob es daran lag, dass sie schon so lange keinen Lichtschein mehr gesehen hatte. Das Schloss verbarg sein Rätsel hinter sieben hohen Hecken aus Buschwerk, die zu beiden Seiten des Brunnens gepflanzt worden waren. Zwischen ihnen war gerade so viel Platz, dass eine Person hindurchschlüpfen konnte. ›War ich hier wohl schon einmal?‹ Sie ging an den Hecken entlang und ließ ihre Hand sanft über die kleinen hellgrünen Blätter gleiten. Als sie fast das Ende des rechten Flügels des Schlosses erreicht hatte, hörte sie eine volltönende Frauenstimme singen. Der Wohllaut erfüllte die Luft zu beiden Seiten der drallen Frau und umfing sie nahezu ganz. Doch anstatt sie gleichsam zur Gänze einzuhüllen, ließ die Stimme eine Art Leerstelle. Diese Leerstelle im Raum lockte Ophelia an, und sie konnte nicht anders – sie verspürte den unwiderstehlichen Drang, herauszufinden, wie dieses Vakuum zu erklären sei. Ophelia beschloss jedoch, nicht einfach um die dicke Frau herumzugehen. Stattdessen schlug sie sich lautlos in die Büsche der Hecke. Sie spähte vorsichtig durch die Zweige und Blätter und sah einen jungen Mann in einem weißen Raum sitzen. Er saß mit dem Rücken zu Ophelia und bewegte sich keinen Zentimeter. Er trug eine weiße Hose und kein Hemd. Seine Haut war weiß und sein Haar pechschwarz. Er stand langsam auf, doch dabei sah es vielmehr so aus, als würde er hochgehoben und auf die Beine gestellt werden. Ophelia spürte eine starke sogartige Anziehung in seine Richtung, und sie kam ihm immer näher. Sie wollte nicht nachgeben, aber es war auch nicht sie, die die Bewegung auf ihn zu ausführte. Beide hatten sie keine Kontrolle über ihr körperliches Handeln. Als er sich umdrehte, sah sie seine Augen. Sie hatte ihn schon einmal gesehen. Sie war sich ganz sicher. Sie erkannte ihn zwar, doch sie konnte ihn nicht richtig einordnen. Sie waren sich schon einmal begegnet, und sie würden sich wieder begegnen. Es war... Es war... Ophelia wachte im Spiegelsaal auf. Sie hatte geträumt.

Kapitel XXII

Später am Abend, kurz bevor Sonnenuntergang, kam Roger zu Arch. »Hallo Sir, ich bin Ihr Rechtsvertreter. Bitte erlauben Sie mir, Sie über die Entwicklungen zu informieren. Anscheinend war Professor Leary gestern Abend bei den Nurmagomedovs und hat Beweise vorgelegt, die die Behauptung stützen, dass Sie tatsächlich Aderitus Cornelius Pertinax sind.

In gewisser Weise macht das auch alles Sinn. Sie haben ein extrem hohes Ynni-Level. Sie waren fast unmittelbar nach der Ankunft hier in der Lage, zu teleportieren. Sie können sogar Dinge wie die Awyrheolaeth teleportieren. Sir, niemand hat vom Tod von Ophelias Vater erfahren. Ganz zu schweigen von der Tatsache, dass Sie Bücher schreiben, die es Ihnen erlauben, Pertinax' Festung einzunehmen. Die einzige logische Schlussfolgerung ist, dass Sie Pertinax SIND. Daher meine ausdrückliche Frage: Sind sie Aderitus Cornelius Pertinax?« Arch sah Roger an.

»Was glaubst du?« antwortete Arch.

»Beantworten Sie einfach die Frage, Arch.«

»Roger, das ist doch lächerlich.«

»Beantworten Sie die Frage, Arch«, wiederholte Roger unbeirrt.

»Nein, natürlich bin ich NICHT Pertinax.«

»Dann müssen Sie sein Komplize sein.«

»Nein, das bin ich auch nicht.«

»Ich weiß«, nickte Roger.

»Was?«

»Ich weiß, dass Sie Archibald George sind, der Vater von Ophelia Margaret George. Ich habe nur einen Scherz gemacht.«

»Gut«. Arch. Atmete tief durch. »Und jetzt hör auf, Witze zu machen, und hol mich hier raus.«

Roger zog etwas aus seiner Aktentasche. Es war eine goldfarbene Kugel.

»Mach sie auf!« Arch drehte die obere und die untere Hälfte gegeneinander und öffnete so die Kugel. Als er sie in der Mitte auseinandernahm, blieb ein goldener Kern zurück, der vor seinen Augen schwebte. »ER enthält eine Emulsion, die sich durch Ihre Gedanken Form annimmt, Arch; das heißt, Sie können sie als alles verwenden, was Sie wollen. Sie können den Kern zum Beispiel als Schlüssel benutzen.«

Arch sah das Objekt vor sich skeptisch an. »Ist das etwa eine weitere Erfindung deines Ur-Ur-Großvaters?«

Roger nickte. »Sie ist leider nur sehr schwierig zu handhaben. Hier, ich zeige Sie, wie es geht.« Er deutete mit dem Finger auf den Kern und wies Arch an, ihn mit seinem Ynni hochzuheben und wieder abzusetzen. Danach verlieh Roger ihm verschiedene Formen; zuerst einen Käfer, dann einen Stift, ein Messer und am Ende einen Schlüssel. »Wenn Sie einen passenden Schlüssel daraus bilden wollen, müssen

Sie ihn erst in einen kleinen Streifen wandeln und ihn in ein Schloss stecken. Danach lässt man ihn zu einem passenden Schlüssel wachsen. Man muss aber auch seine Gedanken wirklich mit dem Schloss und dem Schlüssel verbinden, um zu spüren, dass sie zusammenpassen. In den Memoiren meines Ururgroßvaters heißt es, dass es unendlich viele Möglichkeiten der Emulgierung gibt. Und dass die Emulsion mit genügend Übung wirklich jede Form annehmen kann, die man sich wünscht. Ich schlage vor, dass Sie weiter trainieren, sobald Sie allein sind. Versuchen Sie es jetzt mal.«

Arch übernahm die Kontrolle. Mit Leichtigkeit formte er einen Käfer, dann einen Stift, ein Messer, einen Schlüssel und schließlich einen Ball. Diesen ließ er wachsen, bis er so groß war wie er selbst.

Roger lächelte. »Erstaunlich, Arch. Benutzen Sie den Kern, um hier auszubrechen und auf das Dach zu gelangen. Ich werde dort mit der Awyrheolaeth warten. Es gibt nur einen Weg, um zu beweisen, dass Sie nicht Pertinax sind, und der ist, dass wir ihn finden. Also werden wir ihn heute Nacht gefangen nehmen und Ophelia befreien.« Arch nickte zustimmend, und Roger ging.

Arch wartete in seiner Zelle – und wartete und wartete, bis alle Lichter ausgegangen waren und er nichts mehr hörte. Er hatte unermüdlich geübt und spürte bereits, wie sich die Emulsion mit seinem Ynni verflocht. Er machte sich am Schloss seiner Zellentür zu schaffen, doch sobald die Emulsion die Tür berührte, schwang diese auf und blieb einen Spaltbreit offenstehen. Arch ging auf Zehenspitzen zu ihr und gab ihr einen kleinen Schubs, gerade so stark, dass er mit einem Auge hindurchspähen konnte. Der Flur war leer, und alle Sicherheitstüren waren vollständig geöffnet. Arch wunderte sich, wem oder was er wohl diese glückliche Fügung zu verdanken hatte.

»Warte, halt!«, rief da plötzlich ein Nurmagomedov, als er Arch entdeckte. Er war in Begleitung von fünf anderen Wärtern. Er öffnete seine Handfläche in Archs Richtung, woraufhin ein kleines lila Energieknäuel erschien. Die Gruppe ging langsam auf Arch zu.

»Wie bist du da rausgekommen?«

Plötzlich ertönte rechts von ihnen ein lauter Knall, während gleichzeitig eine schnelle, für das Auge unsichtbare Kraft sie einen nach dem anderen traf. Innerhalb eines Wimpernschlages lagen alle Wachen bewusstlos auf dem Boden.

Es war der Schatten, jetzt allerdings nicht mehr im Mantel, sondern nur noch mit Hut. Zielstrebig schritt er auf Arch zu.

»Nein. Halt!« Arch nahm eine abwehrende Haltung ein.

Der Schatten nahm seinen Hut ab und Arch erkannte ein blondes, schlankes Mädchen.

»Nennen Sie mich Charlotte. Ich fürchte, ich habe Sie in diese Lage gebracht.«

Arch war verblüfft.

»Waren Sie es, die mir die ganze Zeit gefolgt sind?«

»Ja, und ich war es auch, die eins und eins zusammengezählt darauf hingewiesen hat, dass Sie eigentlich nur Pertinax sein können.«

»Aber ...«

»Wir haben nicht viel Zeit, um alle Einzelheiten durchzugehen. Sagen wir einfach, dass ich daran erinnert worden bin, dass unsere Intuition letztlich unser einzig wertvoller Ratgeber ist. Und auch, wenn wirklich alle Indizien gegen dich sprechen: Meine Intuition sagt mir einfach, dass Sie tatsächlich Ophelias Vater sind. Wohin gehen Sie?«

»Ich bin auf dem Weg zu Pertinax' Festung, um Ophelia zu retten.«

»Sind Sie sicher, dass sie dort ist?«

»Nein, aber wenn ich sie da nicht finde, werde ich in der Suche nach ihr trotzdem einen Schritt weiter sein.«

»In Ordnung, Arch – gehen Sie und retten Sie Ihre Tochter.« Ich werde währenddessen nach weiteren Hinweisen suchen, die uns helfen könnten. Wir werden uns später wiedersehen.«

Arch kletterte durch die Luke, wo Summer und Roger warteten.

»Ich bin ehrlich gesagt überrascht, dich hier zu sehen«, begrüßte Arch Summer kühl.

»Naja, ich habe die Verzweiflung in Ihren Augen gesehen, wenn es darum geht, Ophelia zu finden. Wenn Sie nicht ihr Vater sind, dann weiß ich nicht, wer es sonst sein sollte. Und jetzt holen wir sie endlich zurück.«

Kapitel XXIII

»Wir kommen ohne böse Absicht«, sagten sie, als sie wieder vor Pertinax' Festung angekommen waren.

»Jetzt steht zwar auch im Buch, dass ich die Artefakte in der festgelegten Reihenfolge berühren muss, um die Tür zu öffnen – das haben wir also ganz richtig gemacht; aber anders als beim letzten Mal muss ich sie auch wirklich benutzen«, sagte Arch. Er schlug es auf, um sich zu vergewissern, ob er sich alles richtig gemerkt hatte. Wie zuvor griff er sich das Seil, dann den Schlüssel, dann Pfeil und Bogen und zuletzt den Hammer. Die mittlere Tür hinter den Wachen öffnete sich wieder. Als sich die Tür öffnete, fuhr Spring innen auf und versuchte, aus ihrem Gefängnis hinaus zu gehen, aber eine unsichtbare Wand hielt sie zurück. Die Tür war nur in eine Richtung zu durchschreiten.

»Spring!«, rief Summer.

Sie wollte zu ihrer Schwester laufen, aber Arch hielt sie zurück. »Warte!«, mahnte er. »Wir müssen uns erst das Seil um die Hüften binden.« Sie umwickelten sich jeweils mit einem Teil des langen Taus. Kaum war das geschehen, begann die Erde zu beben. Arch befürchtete im ersten Moment, dass sich ein Erdloch auftun würde, um sie zu verschlingen. Die vier Pfeiler schossen auf wie Pilze aus dem Erdreich und wuchsen zu gewaltigen Säulen heran. Das Grab, das bereits riesig war, begann sich zu einer gewaltigen Festung umzuwandeln. Große Stützbalken und ganze Mauern schossen aus dem Boden und türmten sich zu einer ungeheuren Burg jenseits aller Vorstellungskraft auf. Auf ihrer Fläche hätte leicht eine ganze Stadt Platz gefunden. Sie war so imposant und beeindruckend, dass Arch von ihrem Anblick fast überwältigt wurde. Von außen sah es so aus, als sei die enorme Festung seit Jahren unbewohnt. Moos und Efeu bedeckten die kalten grauen Wände so dicht wie ein grüner Mantel, der die wahre Natur der Festung verbergen sollte, und aus den Löchern und Rissen, die durch den allmählichen Verfall entstanden waren, wucherten wilde Pflanzen. Nichts an dieser Burg wirkte einladend, und wenn die Freunde nicht fest entschlossen gewesen wären, Ophelia und Spring zu retten, wären sie wahrscheinlich einfach wieder umgekehrt. Doch stattdessen traten drei Wachen zur Seite und wiesen ihnen den Weg.

»Sobald wir drin sind, müssen wir Spring auch mit dem Seil sichern«, erklärte Arch. Sie gingen hinein. Summer und Spring fielen sich in die Arme. Sie waren noch nie so glücklich gewesen, einander zu sehen, wie in diesem Moment. »Schnell, wickelt das Seil um sie«, drängte Arch. Als Spring ebenfalls durch das Tau gehalten wurde, schloss die Tür sich wieder hinter ihnen.

»Und was machen wir jetzt?« fragte Roger.

»Ich glaube, ich weiß, was zu tun ist«, meldete sich Spring. »Wir müssen den Pfeil auf einen roten Lichtpunkt schießen. Den habe ich gesehen, als ich auf euch gewartet habe.«

»Das ist richtig«, sagte Arch. »Ich habe das in dem Buch gelesen, bevor wir hereinkamen, aber ich kann hier keinen Punkt ausmachen.«

»Das liegt daran, dass sich Ihre Augen noch nicht an die Dunkelheit gewöhnt haben, und selbst dann werden Sie ihn nicht sehen können, wenn Sie ihn direkt anschauen. Sie werden ihn nur aus seitlicher Perspektive erkennen können.« Sie warteten einen Moment lang.

»Ich sehe ihn«, rief Summer zuerst.

»Ich auch«, bestätigte Roger.

»Ich noch nicht«, versetzte Arch ungeduldig und sah sich um.

»Versuchen Sie nicht, ihn zu finden oder direkt anzuschauen«, sagte Spring. »Lassen Sie das Licht einfach zu Ihnen kommen.«

»Oh ja, da ist es. Jetzt sehe es auch. Also, wer von uns ist gut im Bogenschießen? Wir haben nur einen Pfeil.«

Spring schnappte sich Pfeil und Bogen. Sie atmete ein und spannte den Bogen. Im Ausatmen schoss sie den Pfeil. Es war so still, dass sie ihn durch die Luft zischen hören konnten. Der Treffer war auf den Punkt genau.

Kaum hatte der Pfeil sein Ziel getroffen, hörten sie ein steinernes Knirschen. Das Geräusch war überall um sie herum und so intensiv, dass es sie bis ins Mark erzittern ließ. Es war das Dach, das sich öffnete und gerade genug Licht hereinließ, um den Raum schwach auszuleuchten, in dem sie sich befanden. Sie waren in einem unterirdischen Turm mit sieben Stockwerken. Da die Stockwerke alle kreisförmig übereinander lagen, erinnerte der Raum sie an einen großen Brunnen.

Der Lichtstrahl, der von oben hereinfiel, traf genau auf eine Statue ganz unten in der Mitte. Die vier Freunde indes steckten auf der fünften Ebene fest, denn diese bildete keinen vollen Kreis, sondern lediglich eine Plattform mit einem gähnenden Abgrund auf beiden Seiten, der jeweils zu breit war, um einfach darüber zu springen. Jenseits der Abgründe befand sich zu beiden Seiten jeweils eine braune Stahltreppe. Die Treppe zu ihrer Linken führte nach unten und die zu ihrer Rechten nach oben.

Wie man sich vorstellen kann, befanden sie sich in einem ziemlichen Dilemma. Wie sollten sie die Treppe erreichen, und welche sollten sie überhaupt nehmen? Arch streckte seine Hand aus, und das Buch kam zum Vorschein. Er blätterte die Seiten durch, bis er die richtige Stelle gefunden hatte: »Wie man zu den Treppen im fünften Stock gelangt«. Die Antwort war ganz einfach – zu Fuß. Das Buch erklärte jedoch nicht, ob sie nach oben oder nach unten gehen sollten, oder wie man die Abgründe überwinden könne. »Ich denke, wir sollten die Treppe nach unten nehmen«, überlegte Arch, »aber ich weiß nicht, wie man hinüberkommt. Das Buch wurde wahrscheinlich geschrieben, bevor der Boden eingebrochen ist und diese riesigen Lücken hinterlassen hat.«

»Naja, im Buch steht, *dass man dort einfach hinübergeht*«, widersprach Roger. »Vielleicht meinte das Buch, dass man einfach über die Abgründe gehen solle«. Arch musste an die Universität denken und daran, dass er Angst hatte, den See zu überqueren. Diesmal würde er anders herangehen müssen.

»Es bleibt uns nichts anderes übrig, als es zu versuchen; wir werden ja sehen, was passiert. Haltet euch alle an dem Seil fest. Ich gehe vor, und ihr folgt mir.« Mit voller Entschlossenheit ging er auf den Abgrund zu – und stürzte von der Plattform. Durch Archs ungebremsten Fall rutschte auch Summer, die direkt hinter ihm ging, aus. Das Seil hätte fast auch sie, Spring und Roger über den Vorsprung gezogen. Doch Summer konnte sich geistesgegenwärtig und mit einer Hand im letzten Moment an der Kante festhalten. Genau in diesem Augenblick gelang es auch Spring und Roger, mit den Füßen festen Halt zu finden, und sie begannen hektisch, am Seil zu ziehen. Arch baumelte derweil am Tau und schaute auf den Erdboden weit unter ihm. ›Das ist ein sehr langer Weg da herunter‹, erkannte er mit Schaudern.

»Ok«, sagte Spring. »Wenn ich das Kommando gebe, werden Roger und ich ziehen.«

»Verstanden«, bestätigte Summer. »Ich versuche gleichzeitig, mich hochzuziehen.«

»Halten Sie durch, Arch, bleiben Sie, wo Sie sind«, rief Roger.

»Das ist nicht die Zeit für Scherze, Roger«, tadelte Spring. »Jetzt zieh!« Sie zogen, und Summer kletterte nach oben. »Jetzt noch einmal, ziehen!« Die drei zogen und Arch konnte sich an der Kante festhalten und ebenfalls nach oben klettern. Er stand auf klopfte sich ab.

»So, jetzt probieren wir es noch einmal«, forderte er sie auf.

»Sind Sie völlig verrückt geworden?« Roger starrte ihn entgeistert an. »Sie wären bei Ihrem ersten Versuch beinahe draufgegangen. Ganz zu schweigen davon, dass Sie uns da, ganz wörtlich gesprochen, fast mit hineingezogen hätten.«

»Nein, hör mir mal zu. Der Grund, warum ich gefallen bin, ist, dass ich zuerst gegangen bin. Das Seil verbindet uns ja alle.«

»Hm. Sie meinen also, dass wir uns alle zusammen von der Kante stürzen müssen?«

»Ja. Na ja, vielleicht nicht gerade *stürzen*, aber zumindest entschlossen über den Abgrund gehen.«

»Ich weiß nicht so recht«, zweifelte Roger. Er begann unruhig zu werden und lief umher.

»Arch, sind Sie sicher?« hakte auch Spring nach.

»Ja, das bin ich. Das Ziel bei der Überquerung ist es offenbar, Entschlossenheit zu zeigen und darauf zu vertrauen, dass man nicht fällt. Genau wie am See an der Universität. Aber wenn man eine Form der Sicherung hat, wie unser Seil, kann man nicht völlig vertrauen, und deshalb kann man nicht hinübergelangen. Ich bin sicher, dass es funktioniert, wenn wir gleichzeitig hinübergehen.«

»Dann sollten wir das tun. Wir haben nicht viel Zeit. Wir müssen Pertinax finden.«

»Na gut, dann los«, murmelte Roger und versuchte, forsch und mutig zu wirken.

»In Ordnung. Fasst euch an den Händen!«, befahl Arch. Hand in Hand gingen sie geradewegs über den Abgrund hinweg und dann direkt weiter, die Treppe hinunter. Die Stufen, die in den vierten Stock hinunterführten, befanden sich auf der anderen Seite des Turmes. Sie waren gerade unterwegs dorthin, als sie bemerkten, dass sich an der Wand ein goldfarbener Streifen bildete, der den Weg markierte, den sie bereits zurückgelegt hatten. Sie beschrieben dabei etwa einen Viertelkreis und bemerkten, dass die Treppe von ihnen aus gesehen immer noch genau gegenüber auf der Gegenseite des Raumes lag. Egal, wohin sie gingen – die Treppe befand sich immer noch gleich weit entfernt von ihnen.

»Was machen wir?« fragte Roger.

»Ich habe eine Idee«, sagte Summer. »Lasst uns die Treppe ganz nach oben nehmen.«

»Aber ich denke, dass gerade der Umstand, dass es schwierig ist, die Treppe zu erreichen, wahrscheinlich bedeutet, dass dies der richtige nächste Schritt ist«, argumentierte Spring.

»Da magst du durchaus recht haben«, räumte Arch ein. »Aber es sind nur drei Stiegen nach oben. Wenn es mit dem Hochgehen nicht klappt, drehen wir um und kommen einfach wieder herunter.«

»Gut«, gab Spring nach. Sie suchten die Treppe nach oben.

»Wo ist sie nur?« wunderte Arch sich. Die Treppe, die nach oben geführt hatte, war verschwunden.

»Na, das macht uns die Wahl ja sehr leicht«, stellte Spring sarkastisch fest.

»Gibt es denn keine Hinweise im Buch?«

Arch schaute nach. Das entsprechende Kapitel war überschrieben: *»Die magische Zahl Vier«*.

Der Abschnitt bestand aus drei mal vier Absätzen. Die ersten vier Paragraphen erinnerten an ein Kindermusikbuch. Es wurde erklärt, wie Musik normalerweise in vier Zählzeiten aufgebaut ist und dass es meist vier Sequenzen braucht, um zum nächsten Abschnitt eines Liedes überzugehen. Es wurde die Verwendung von Dreiviertel- und Viervierteltakten erklärt. Das zweite Kapitel erläuterte das dreidimensionale System von Daear und die entsprechende Auffassung des Begriffs 3D.

Im letzten Abschnitt wurde jedoch endlich der Zusammenhang zwischen der Zahl Vier, der Musik und Ymaerol hergestellt. Das Kapitel endete mit einem Zitat: *Die Frage selbst ist die Antwort**. Und ganz unten auf der Seite stand die Fußnote: **Mein lieber Leser, wenn Du mehr zu diesem Thema erfahren willst, sei Dir »Die Studien von Ymaerol«, verfasst von Aderitus C. Pertinax, empfohlen.*

»Wie lautet also unsere Antwort?«, grübelte Roger.

Summer korrigierte Roger: »Es wäre wohl besser, herauszufinden, wie die Frage lauten muss.«

»Na, das ist doch dasselbe, oder?«

»Ja und nein«, meinte Arch. »Die Frage ist natürlich, wie wir in den dritten Stock kommen.«

»Nun, Arch, ich denke, ganz korrekt sollte die Frage lauten, wie wir vom vierten Stock in den ersten Stock kommen«, sagte Spring.

Arch sah Spring an. »Ich glaube, du hast Recht«, gab er zu. »Du bist ein Genie.«

»Aber warum, bei Daear, sollte das Kapitel von Musik zur Betrachtung von Dimensionen und dann zur Nummer vier springen«, fuhr Spring fort. »Es sei denn, wir müssen den vierten und den dritten Abschnitt musikalisch verbinden. Was stand im Text noch einmal über die Vierviertel- und Dreiviertelzählungen? Könnte es sein, dass die vierte Etage für die Vierviertel-Zählung steht und die dritte Etage für eine Dreiviertel-Zählung?«

»Das ist vielleicht ein bisschen weit hergeholt, aber ich schließe inzwischen auch nichts mehr aus«, gab Roger zurück.

»Aber wie – oder viel mehr, mit welchem Instrument – würden wir das spielen? Wir haben nichts, geschweige denn genaue Anweisungen«, überlegte Summer. Arch lächelte und hob den Hammer. Er ging auf die Wand zu und gab ihr einen Schlag mit dem Hammer. Ein klarer, reiner Klang hallte von der Wand wider. Es hörte sich fast so an, als sei der Hammer auf einen eisernen Amboss getroffen. An den Stellen, wo der Hammer aufgekommen war, pulsierten goldfarbene Pünktchen. Rogers Augen weiteten sich.

»Also, der nächste Schritt wäre ...«

»Einen Vier-Viertel-Rhythmus anzuschlagen, gefolgt von einem Drei-Viertel-Rhythmus«, ergänzte Summer, »um die vierte mit der dritten Etage zu verbinden.«

»Sehr gut«, nickte Arch. »Komm her und bleibe neben mir.«

»Lasst uns doch im Walzerschritt dort rübertanzen«, grinste Roger und streckte seine Faust nach vorne. Summer verdrehte die Augen. Arch schlug den Hammer rhythmisch an die Wand. Klirr, klirr, klirr, klirr. Eins, zwei, drei, vier, eins, zwei, drei, vier, eins, zwei, drei, eins, zwei, drei. Sie kamen immer näher an die Treppe heran.

»Es klappt«, frohlockte Spring. Doch als sie die Treppe erreicht hatten und hinuntersteigen wollten, hinderte eine unsichtbare Barriere sie daran.

»Was jetzt?« Spring klang resigniert.

»Was stellt der Hammer dar?« überlegte Summer laut. »Stärk...« Bevor Spring ihre Antwort vollendet hatte, riss Summer Arch den Hammer aus der Hand und schlug ihn gegen die unsichtbare Wand, die in tausend Stücke zerbrach.

»Glas.« Arch zuckte mit den Schultern. Sie gingen in den dritten Stock hinunter und setzten ihren Weg ohne Widerstand bis zum Treppenabschnitt fort, die in den zweiten Stock führte, was ihnen sehr verdächtig vorkam.

»Das ist zu einfach.«, argwöhnte Summer. »Ich traue der Sache nicht. So einfach sind wir noch nie hinuntergekommen.«

»Wir versuchen es einfach trotzdem«, meinte Spring und wollte sich in Bewegung setzen.

Summer hielt sie zurück. »Nein, Spring. Ich traue der Sache nicht.«

»Wir müssen es aber versuchen, nicht wahr?« Spring machte sich von Summer los und wollte wieder losgehen. Diesmal war es Arch, der sie aufhielt: »Ich gehe vor. Wenn etwas passieren sollte, zieht mich einfach wieder hoch.« Er ging die Stufen hinunter und verschwand.

»Arch... Arch?« rief Summer. Keine Antwort. »ARCH?« versuchte sie es lauter. »Mir geht's gut«, kam es von Arch zurück. »Ich kann euch nicht mehr sehen, aber ich kann mich selbst sehen. Nur nicht so, wie ich vorher gesehen habe. Alles schaut ganz anders aus. Ich denke, es ist für Euch ungefährlich, wenn ihr mir folgt.« Gesagt, getan.

Spring blickte in Rogers Richtung. Obwohl er direkt neben ihr stand, war er für sie unsichtbar. »Roger, wo bist du?« Als Roger sich zu ihr umwandte, konnte sie ihn wieder erkennen. »Dreh dich wieder zur Seite«, befahl sie – und abermals war Roger verschwunden. »Von vorne kann ich dich gut sehen, aber von der Seite nicht«, erklärte Summer. »Es ist, als ob wir flach wären, aber irgendwie auch nicht.«

»Kommt schon, Leute. Lasst uns weitergehen«, drängte Arch. Genau wie im vierten Stock konnten sie die Treppe auf der anderen Seite jedoch nicht erreichen. Dennoch war es anders als vorher. Im vierten Stock gingen sie vorwärts und hatten das Gefühl, dass sie immer weitergingen. Jetzt gingen sie zwar auch vorwärts, aber bei jedem Schritt, den sie machten, traten sie auf der Stelle. Sie blieben stehen und dachten nach. »Hat jemand eine Idee?« Arch setzte sich auf den Boden und bemerkte, dass er, obwohl er im Schneidersitz saß, seine eigenen Beine vor sich nicht sehen konnte. Er stand wieder auf. »Geht mal alle seitwärts.«

»Was? Warum?« wollte Roger wissen. »Tu es einfach, Roger«, beharrte Arch ungeduldig. Sie drehten sich zur Seite und gelangten so zur Überraschung aller zur Treppe hinüber; nur Arch wirkte keineswegs verwundert.

»Woher wusstest du das?« staunte Spring.

»Jetzt verstehe ich es auch«, antwortete stattdessen Summer. »Jede Etage steht für eine Dimension. Wir mussten seitwärts gehen, weil wir uns im zweiten Stock in 2-D bewegen mussten. Das ist genial.«

»Ja, das ist es, Summer. Und du bist es auch«, lächelte Arch.

»Ich frage mich, wie die erste Etage wohl aussieht.«

Kapitel XXIV

Auf der anderen Seite des ersten Stockwerks befand sich eine große Stiege, die direkt in die Mitte des Erdgeschosses hinunterführte. Sie war breit und mit einem roten Teppich ausgelegt.

Von dem Vorsprung aus, auf dem sie sich befanden, konnten sie das Erdgeschoss sehen. Es hatte einen Boden aus schwarz-weißem Marmor, aus dessen Mitte sich eine riesige Statue erhob. Unsere vier Freunde standen vor einer Bühne, vor der weinrote Vorhänge angebracht waren. Die Statue stellte die drei Männer dar, die das Haus bewachten. Sie waren so groß, dass sie bis in den ersten Stock ragte. Ihre Haltung war identisch mit derjenigen, die sie vorhin vor dem Haus eingenommen hatten.

»Könnte es sein, dass sie sich hierher teleportiert haben?« überlegte Roger.

»Ja, könnte sein«, stimmte Arch zu. »Lasst uns aber zuerst herausfinden, wie wir überhaupt zu ihnen kommen.« Weil sie sich so sehr auf das Erdgeschoss konzentrierten, vergaßen sie, auf ihre unmittelbare Umgebung im ersten Stock zu achten. Dieser war ein Garten mit allerlei bunten Wildblumen, Palmen und Pflanzen, die wie große Farne aussahen. Seltsamerweise waren sie aber alle von blauer, roter und gelber Farbe; auch die Schmetterlinge, Hummeln und Vögel, die herumflogen. Aber nicht alles war dabei auch wirklich monochrom. Einige Farne zum Beispiel waren gelb mit blauen Streifen oder Punkten und einem gelegentlichen Hauch von Rot, ganz zu schweigen von den Tieren: Diese kamen in möglichen Farbmischungen vor. Die vier waren verblüfft. Sie betrachteten das Erdreich genauer, schoben die Pflanzen beiseite und wehrten mit wedelnden Bewegungen ihrer Hände die Bienen ab.

»Schau mal, da ist auch ein Frosch!« Roger zeigte auf das Amphibium. Es hatte die Größe eines Mopses. Seine gelbe Haut war auf dem Rücken mit großen roten Punkten übersät, die zum Bauch hin immer kleiner wurden. Es hatte große blaue Augen auf dem Kopf und ein freundlich lächelndes Gesicht. Roger beugte sich vor, um den Frosch zu streicheln.

»Nein, nicht«, rief Arch. Er warf einen Blick in das Buch. »Das ist kein Frosch. Es ist ein Kanepa Korsousa. Es ist scheinbar nicht feindselig, aber ist ziemlich launisch, und laut diesem Buch kann das Tier es nicht leiden, wenn man es auf die falsche Weise streichelt.«

»Was wäre denn die richtige Art?« wollte Roger wissen.

»Man darf ihn nur unter dem Kinn streicheln, und am besten nur, wenn die Außentemperaturen nicht zu hoch sind.«

»Was passiert, wenn er sich aufregt?«

Arch suchte mit seinem Zeigefinger den Text ab.

»Er wird dich fressen«, lautete schließlich die wenig beruhigende Auskunft.

Roger sprang auf. »Was?!« Er wich hektisch vor dem Kanepa zurück. Summer lachte.

»Das ist nicht lustig, Summer.«

»Geschieht dir ganz recht«, grinste sie.

»Also, wie kommen wir hier durch, ohne dass wir womöglich verspeist oder uns die Köpfe abgebissen werden?«

Arch las weiter. »Hier ist eine Schatzkarte. Da steht, dass wir zuerst den Schatz finden müssen, um ins Erdgeschoss zu gelangen. Es ist hier wirklich wie im Dschungel.«

»Gibt es noch andere Tiere, vor denen wir uns in Acht nehmen müssen?« Summe sah sich um.

»Naja, wenn ihr Elefantengeräusche hört, müsst ihr so still wie möglich stehen bleiben, es sei denn, ich sage euch, dass ihr etwas anderes tun sollt.«

»Und wenn der Plan mit dem Stillstehen nicht funktioniert? Was machen wir dann?«

»Wir rennen weg«, antwortete Arch. »Also, folgt mir!« Sie bahnten sich im Zickzack ihren Weg durch das Gebüsch, bis sie einen geschnitzten Schrank in der gelben Seitenwand sahen. Arch öffnete die Tür, indem er mehrere Steine in einer bestimmten Reihenfolge drückte. Die Rückseite des Schranks öffnete sich. »Wir müssen da hineinklettern«, sagte Arch.

Als sie im Schrank waren, standen sie auf einer Klippe, von der aus sie über eine Bucht auf den Ozean blickten. Die Farben hier waren wieder normal. Nur der Sonnenuntergang tauchte die ganze Szenerie in ein sanft rosa-oranges Licht. Und ähnlich wie im ersten Stock gab es auch hier überall Pflanzen und wilde Blumen.

»Okay, wir müssen nach einer weißen Palme mit goldenen Blättern Ausschau halten und einen Graben um sie herum ausheben, um den Schatz zu finden. Die sollte doch leicht zu finden sein, oder?«

»Oh nein«, stöhnte Roger. »Ich sehe tatsächlich eine, aber auf der anderen Seite der Bucht. Wir müssen den ganzen Weg dorthin laufen. Das kann ewig dauern.«

Die anderen fingen an zu kichern.

»Was ist denn?« fragte Roger. Jetzt begannen sie, laut zu lachen.

»WAS?«, wiederholte er.

»Roger«, lächelte Spring. »Schau! Hinter dir.«

Roger drehte sich um und musste ebenfalls lachen. »Gott sei Dank«, seufzte er erleichtert. Der Baum, den sie suchten, war direkt hinter ihm. Sie fingen an, wie gefordert, um ihn herum einen Graben zu buddeln. Als sie mit damit fertig waren, begann der Baum zu schwanken. Zuerst schüttelte er sich langsam und dann immer schneller, bis er schließlich in den Boden gezogen wurde und ein Geräusch von sich gab, das wie ein Saugnapf klang, der von einer Fläche abgezogen wurde. Die vier schauten in das Loch und erblickten wieder den ersten Stock.

»Wir müssen da hinunter«, meinte Arch.

»Ich weiß nicht so recht«, erwiderte Spring. »Wir sollten doch einen Schatz finden.«

»Ich glaube, das ist der Schatz«, grübelte Roger.

Der Boden begann zu beben und die vier Freunde hörten ein Stampfen. Das Stampfen kam näher und näher. Durch die Bäume sahen sie ein Nashorn, das in voller Geschwindigkeit auf sie zustürmte.

»Wir müssen weg«, forderte Arch sie zur Eile auf. »Schnell, Mädchen, ihr müsst zuerst runter.« Die Mädchen ließen sich hinab. Das Nashorn wirkte wütend und bedrohlich.

»Schnell, Roger, du bist der Nächste«. Die Mädchen streckten ihre Arme aus. Roger kletterte ihnen nach. Arch schaute derweil direkt in die Augen des Nashorns. Es beugte seinen Kopf nach vorne, damit sein Horn den richtigen Winkel bekam, um Arch direkt angreifen zu können.

»Geht alle aus dem Weg.« Arch schloss die Augen, verschränkte die Arme vor der Brust und sprang, kurz bevor das Nashorn ihn erreichte, direkt in das Loch. Als er aufstand, bemerkte er, dass sich im ersten Stock alles in Weiß und Gold verwandelt hatte.

»Ist das nicht schön?« sagte Spring und lächelte verzückt.

»Wowwww«, staunte Roger und drehte sich um, um die ganze Etage zu sehen. Plötzlich hörten sie tatsächlich das laute Tröten von Elefanten, die sich schnell in ihre Richtung zu bewegen schienen.

»Oh nein. Haltet still!«, kommandierte Arch. Das Geräusch war nun schon sehr nah. Es kam mit gewaltiger Geschwindigkeit auf sie zu und fegte alle Pflanzen und Bäume weg. »Jetzt haltet euch alle aneinander fest und schließt die Augen.« Summer, die spürte, dass ein Elefant direkt auf sie zu rannte, konnte nicht anders, als ihre Augen zu öffnen. Sie sah, wie ganze Blumen und Bäume aus dem Boden gerissen wurden und herumflogen. Sie schloss die Augen wieder und drückte Rogers und Springs Hände fest. Immer näher kam die Bedrohung.

›Das ist das Ende‹, dachte Summer. »Es war schön, euch gekannt zu haben«, sprach sie in die Runde. Dann erstarben alle Laute. Völlige Stille erfüllte den Raum für mindestens vier tiefe Atemzüge, bis Summer sich überwand, langsam ein Auge zu öffnen. Direkt vor ihrer Nase flog ein Kolibri. Sie verdrehte die Augen, um ihn besser erkennen zu können, weil er so dicht vor ihr war. »Es ist nur ein Vogel«; sie lachte erleichtert auf. Doch schlagartig wurde ihr klar, dass Arch sie nur veralbert hatte »Arch, es ist nur ein Vogel«, wiederholte sie; diesmal konnte sie nur schwer ihre Wut im Zaum halten. Arch lachte herzhaft.

»Das war ein Scherz«, grinste er. Er konnte gar nicht wieder aufhören zu lachen. Der Vogel flog immer noch vor Summer hin und her. Sie betrachtete ihn. Wie alles andere war er ganz aus Gold. »Er ist wunderschön«, sagte sie und hob ihre Hand, um ihn zu streicheln. Er öffnete seinen Schnabel und aus ihm kam das lauteste Elefantentrompeten, das man sich nur vorstellen kann. Summer sprang auf und Tränen schossen ihr aus den Augen.

Roger weinte ebenfalls vor Lachen. »Er braucht aber noch etwas Gesangsunterricht«, stieß er ganz außer Atem hervor, während er sich die Seite hielt.

Das ist nicht witzig, Arch. Ganz und gar nicht witzig.« Sie stiegen ohne ein weiteres Wort die Treppe hinunter und begaben sich zu den drei Wachen hinüber.

Diese standen genau in der gleichen Position wie zuvor. Die Fäuste des muskulösen, großen Kerls in der Mitte waren immer noch geballt, sein Bizeps und seine Unterarme waren angespannt, und er sah immer noch so aus, als könnte er jeden Moment losschlagen. Der dickbäuchige, vergleichsweise kleine Mann saß immer noch auf einem Würfel und hielt in der einen Hand eine Karaffe und in der anderen eine Hühnerkeule und lachte immer noch vor sich hin. Und der schlanke, ebenfalls nicht sehr hochgewachsene dritte Geselle hielt immer noch in der einen Hand einen Federkiel und in der anderen Hand ein Stück Papier und schien über das Leben nachzudenken.

»Guten Aaaaaaabend«, ertönte da eine tiefe Stimme. »Willkommen zu unserer heutigen Show.«

»Wer da?« fragte Arch scharf. »Pertinax? Gib dich zu erkennen.«

»Dies ist der Moment, auf den ihr alle gewartet habt. Bitte nehmt Platz, und ich werde euch einen Überblick über das Programm geben, das ihr gleich erleben werdet.«

Summer, Spring und Roger setzten sich auf den Boden. Arch blieb stehen und schaute sich immer noch um, ob er jemanden entdecken könne.

»Die heutige Theatervorstellung handelt von einem Kampf zwischen Gut und Böse, zwischen Falsch und Richtig. Ihr werdet tapfere Helden sehen, die unsere Festung von hinterhältigen Tätern befreien, die vor nichts zurückschrecken, um dieses Haus zu unterwerfen. Sie werden ihr gesamtes Ynni entfesseln, um sich am Ende gegenseitig im Kampf zu besiegen. Und nun, liebe Leute: Seid ihr bereit für die Shoooowwww?«

Eine Menge klatschte. Die Bühne begann langsam herunterzufahren. »Warum senkt sich die Bühne?« wunderte sich Spring. »Weil das gar nicht die Bühne ist«, antwortete Arch. »Sondern das da! Kinder, stellt euch den Wachen.«

»Wir sind keine Kinder«, wiederholte Summer zum x-ten Mal.

»Sie werden uns bald angreifen. Stellt euch so weit wie möglich voneinander entfernt auf und sichert Euch mit dem Seil. Tut genau das, was ich sage, sobald ich das Stichwort gebe.«

Der Vorhang begann sich zu heben, und die Menge jubelte ihnen zu. Aus der Perspektive des Publikums sah die »Bühne« wie eine Arena aus. Als der Vorhang ganz oben war, begaben die Wachen sich an ihre jeweiligen Ausgangspunkte, um sich auf den Kampf vorzubereiten. ›Er sagte, dass wir unser gesamtes Ynni aufbieten würden, um uns schließlich gegenseitig zu besiegen. Das bedeutet, dass hier wahrscheinlich Teleportation möglich ist‹, überlegte Arch.

»Also gut, Kinder.«

»Wir sind keine Kinder«, unterbrach ihn diesmal Spring.

»Löst euch aus dem Seil, aber haltet es gut fest«, fuhr Arch fort. »Wenn ich sage *Jetzt!*, werden Roger und ich uns durch die Beine der beiden Männer auf der Außenseite hindurchversetzen und die Zwillinge werden sich durch die Beine des mittleren Kämpfers teleportieren. Und dann...«

»Wir haben deinen Plan schon verstanden. Lasst es uns versuchen«, stimmte Spring zu. Alle nickten. Langsam schlichen sich die Wachen näher an die vier Freunde heran. Das Gejohle der Menge war nun ohrenbetäubend.

»Rückt näher zusammen, Kinder«, rief Arch. Die mittlere Wache stieß einen Schrei aus und sie begannen auf sie zuzurennen. Roger wollte sich sofort an seine neue Position versetzen. »Wartet!« befahl Arch jedoch. Die Wachen näherten sich schnell. »Wartet ... Wartet!« Erst, als die Wachen nur noch vier Schritte von unseren vier Freunden entfernt waren, gab Arch endlich das Signal: »JETZT!« Die vier teleportierten sich durch die Beine der Wachen hindurch, ohne das Seil loszulassen. Danach rannten Roger und Arch zu den Mädchen und zogen die Enden des Seils durch die Schlaufe, die die Mädchen geformt hatten. Sie zurrten es fest, so dass die Beine der Wachen zusammengebunden wurden und sie zu schwanken begannen. Nachdem die vier sich wieder nach vorne versetzt hatten, zogen die Wächter verzweifelt an den Seilen, so fest sie konnten. Dabei fielen sie auf den Hosenboden, und Arch und Roger liefen mehrmals um sie herum, um sie so vollständig zu fesseln. Zum Schluss band Arch einen festen Knoten, damit sich die Männer möglichst nicht mehr bewegen konnten. Die drei Wachen wanden sich und versuchten, loszukommen, aber das Seil war zu fest. Die Zuschauer verstummten.

»Wo ist Pertinax?« fragte Arch.

»Das werden wir dir nie verraten«, gab der schlanke Mann trotzig zurück.

»Wo ist er? Raus mit der Sprache!«

Da hörten sie im ersten Stockwerk ein deutliches, wenn auch gedämpftes Lachen. Kontinuierlich und gleichmäßig breitete sich der Laut aus und schien sich der Kante zu nähern. Sie sahen einen älteren, graubärtigen Mann mit zurückgekämmten, ebenfalls grauen Haaren. Er lachte so laut, dass es durch den ganzen Raum hallte, doch schon bald ging das Lachen in ein Husten über, das wohl einige Minuten andauerte. Er war ganz in Schwarz gekleidet und trug eine schwarze Brille.

»Gut gemacht«, sagte er zwischen den Hustenanfällen, »Sehr gut. Würden ihr mir jetzt bitte sagen, was ihr in meinem Haus macht?« und hörte dann auf zu husten. Er musterte sie und sah ihnen direkt in die Augen. Sein Blick schien direkt durch sie hindurchzugehen und sie zu durchbohren. Die Freunde fühlten sich unbehaglich; sie wurden sichtlich nervös – alle außer Arch.

»Wir sind hier, um Ophelia zu finden«, stammelte Roger.

»Ah ja«, gab Pertinax gedehnt zurück. Sein Blick schweifte ab, und er schien vor sich hinzustarren. »Ophelia Margaret George. Das Wunderkind der Welten, das Genie von Ymaerol, die Wandlerin von Daear.«

»Wo ist sie? Lassen Sie sie sofort frei!«, forderte Summer.

»Verratet mir«, erkundigte sich der Mann, »was bitte habt ihr denn erwartet, hier zu finden?« Niemand antwortete. »Habt ihr Ophelia hier erwartet? Und glaubt ihr wirklich, ihr könntet sie retten?«

»Wir haben all Ihre kleinen Tricks durchschaut, nicht wahr?« Roger blickte sich in der Runde um.

»Das habt ihr«, antwortete der Mann. »Na, zumindest größtenteils. Etwas Wesentliches habt ihr allerdings übersehen.«

»Nein, haben wir nicht«, gab Arch zurück.

»Oh doch, das habt ihr. Habt ihr zum Beispiel wirklich geglaubt, dass dieser Kampf so einfach sein würde? Ihr habt nicht bedacht, dass meine Wachen auch in der Lage sind, sich zu teleportieren. Ich meine, sie haben sich immerhin vom Eingang hierher ins Erdgeschoss versetzt, nicht wahr?« Die drei Wachen lösten sich aus den Seilen und umringten sie. Spring, Summer und Roger waren sofort wieder bereit, das Gefecht gegen die Wachen fortzusetzen. Arch hingegen blieb ganz ruhig. »Wir haben keine Angst vor Ihren Wachen«, erklärte er.

»Ach, habt ihr nicht?«

»Sagen Sie uns, wo wir Ophelia finden können«, fuhr Arch unbeirrt fort.

»Sie ist in meinem Gefängnis eingesperrt«, antwortete der Mann achselzuckend.

Roger ballte die Hände zur Faust und versuchte, sich in den ersten Stock zu versetzen, aber stattdessen landete er wieder genau dort, wo er zuvor gestanden hatte. Dann versetzte sich der starke, muskulöse Wächter in die vierte Etage. Spring tat es ihm nach, landete hinter ihn und kniete sich hin, woraufhin Summer ihn schubste, so dass er über Spring stolperte. Noch während seines Sturzes versetzte er sich wieder auf seine Ursprungsposition zurück. Dann schleuderte der Schlanke seinen Federkiel wie einen Pfeil in Archs Richtung. Arch formte mit seinen Händen ein Dreieck vor seinem Gesicht. Als der Federkiel in das Dreieck eindrang, wechselte er die Richtung und traf den Wächter ins eigene Hinterteil.

»Autsch«, quiekte der Wächter. sein dickbäuchiger Kollege lachte nur und knabberte weiter an seinem Hähnchen.

»Nun gut«, sagte der Mann. Er hob die Hand, und über die Balustraden aller Stockwerke beugten sich Bogenschützen, die mit ihren Waffen auf die vier Freunde zielten. Spring, Summer und Roger drängten sich an ein und derselben Stelle zusammen und standen mit dem Rücken zueinander.

»Sie wollen nicht, dass sie uns töten«, konfrontierte Arch den Mann.

»Und warum sollte ich das nicht wollen, Mr. George?« Er kannte Archs Namen. ›Wahrscheinlich weiß er auch, dass Arch der Vater von Ophelia war‹, dachten die vier. Arch sah dem Mann in die Augen, ohne mit der Wimper zu zucken.

»Sie wollten ja, dass wir Sie finden.«

»Ach, wollte ich das? Wie kommst du auf diese Idee?«

»Die Bücher, die Geistesblitze, wie man hier in die Festung kommt – die haben Sie mir geschickt.«

»Zieht!«, befahl der Mann. Die Schützen spannten ihre Bögen. »Vielleicht wollte ich dich nur hier haben, um dich zu töten.«

»Vielleicht, ja. Aber das glaube ich nicht. Warum haben Sie uns den ganzen Weg hierher gebracht, um uns dann zu töten? Sie hätten uns jederzeit umbringen können. Nein, Sie brauchen uns für irgendetwas.«

»Vielleicht war ich neugierig, ob ihr den ganzen Weg nach unten schaffen würdet.«

»Das glaube ich nicht, ich...«

»Feuer«, unterbrach der Mann Arch. Die Bogenschützen schossen ihre Pfeile auf die vier. Spring, Summer und Rogers schlossen die Augen und hielten sich fest an den Händen.

Die Pfeile zischten durch die Luft und Arch sah dem Mann immer noch tief in die Augen. Die Pfeile schlugen auf dem Boden auf und bildeten einen vollen Kreis um die vier. Arch lächelte. Der Boden begann laut zu knistern. Als Arch einen Schritt machte, brach der Boden ein, und die vier fielen hinunter. Staub umgab sie. Als dieser sich wieder gesetzt hatte, sahen sie sich um. Sie befanden sich in einer Höhle, in der sie eine Holztür mit einem goldenen Schloss erblickten.

Kapitel XXV

»Den Schlüssel«, forderte Summer. Arch holte den Schlüssel aus seiner Jacke. Sie schlossen die Tür auf und betraten den Raum, der eine Art versteckter Bunker zu sein schien, vollgestopft mit Kuriositäten und Büchern, die übereinandergestapelt waren. Es erinnerte sehr an das Zimmer von Rogers Ururgroßvater Adelbertus.

»Wow«, stellte auch Roger fest, während er mit funkelnden Augen durch den Raum schaute. »Hier ist es ja genau wie in der alten Kammer meines Ururgroßvaters.«

»Ah ja«, warf der Mann ein. »Adelbertus. Ein guter Mann. Hat einige große Dinge getan.« Der Mann saß an einem geschnitzten Holzschreibtisch in einem alten, abgewetzten, weinroten Chesterfield-Ledersessel. Über ihm schwebte eine eingeschaltete Glühbirne, die die Falten in seinem Gesicht hervorhob, die von den Beschwernissen seiner langen Existenz herrührten. Seine Augen jedoch verleugneten alle widrigen Umstände, denn er hatte sich konsequent immer nur damit befasst, sein Ziel zu erreichen.

»Sie kannten meinen Ururgroßvater?« hakte Roger nach.

»Ob ich ihn KANNTE? Er war einer meiner besten Freunde. Wir lernten uns bei unseren Forschungen über die Verwendung von Ynni in der Botanik kennen.«

›Der menschenfressende Buchsbaum‹, dachte Arch.

»So ist er auch auf den Buchsbaum gekommen, der auf deinem Privatgrundstück wächst, Roger Cleanbottom.«

»Woher wissen Sie das?« wollte Roger wissen.

»Oh, ich weiß so ziemlich alles, was man wissen kann. Bitte erlaubt mir, mich vorzustellen. Mein Name ist Aderitus Cornelius Pertinax.«

Obwohl nur das Offensichtliche ausgesprochen worden war, wurden die vier von der unumwundenen Offenbarung überrumpelt. Sie hatten Pertinax also tatsächlich gefunden – den Mann, der in der Öffentlichkeit nur von einer Handvoll Menschen in ganz Ymaerol je gesehen worden war, saß direkt vor ihnen. Spring, Summer und Roger sahen von Pertinax zu Arch und wieder zurück. Sie sahen sich tatsächlich sehr ähnlich, bis auf die Tatsache, dass Pertinax erheblich älter war. Sie hätten Zwillingsbrüder sein können, getrennt nur durch die Zeit.

»Wow«, brachte Roger schließlich hervor. »Das ist erstaunlich.«

Arch, der nicht weiter auf die Feinheiten von Pertinax' Aussehen geachtet hatte, stellte die naheliegende Frage: »Wo ist Ophelia?«

»Arch, Arch«, flüsterte Summer und stieß ihn mit dem Ellenbogen an. »Er sieht genauso aus wie du.«

Arch rollte mit den Augen. »Nein, das tut er n…« Er betrachtete Pertinax zum ersten Mal ganz genau. »Aber … Wie kann das sein?«

»Du, Archibald George, bist mein Ur-Ur-Ur- und dann denk dir noch ein paar Ur dazu ... – Enkel.«

»Das verstehe ich nicht.«

»Naja, das bedeutet, dass ich der Vater der Väter von jemandem bin.«

»Mir ist selbstverständlich geläufig, was ein Ur-Ur-Ur ... , oder was auch immer, – Ahn ist, aber wieso weiß ich nichts über diesen Teil meiner Familiengeschichte?«

»Nun ja, während des großen Krieges wurde meine Familie in den Kampfeinsatz geschickt. Meine Aufzeichnungen wurden versteckt, und der Familienname wurde in George geändert, damit unsere Feinde sie nicht finden konnten.«

BOOM! Von außerhalb des Raumes kam eine laute Explosion. »Die Nurmagomedovs, sie sind hier«, erklärte Pertinax. »Beeilt euch, stellt euch hinter mich.«

»Und was machen wir jetzt?« erkundigte sich Summer, als sie die vorgesehene Position eingenommen hatten.

»Ich gehe ja schon, ich gehe ja schon«, protestierte eine Stimme.

»Ab mit dir, da rein«, befahl eine Mädchenstimme.

Uli stolperte in den Raum.

»Uli?« Summer klang ungläubig.

Dann trat Charlotte ein.

»Charlotte?« Summer verstand nichts mehr.

»Uli war in der Nacht dabei, als Ophelia entführt wurde. Ich suchte nach dem fehlenden Glied in der ganzen Geschichte und erinnerte mich daran, dass Arch im Straßenbahnhäuschen Uli seine Jacke gegeben hatte, also beschloss ich, den Alten zu befragen. Bald darauf gestand er, dass er gesehen hat, wie ein Schatten Arch angegriffen und dann Ophelia entführt hatte.«

»Das ist unmöglich«, sagte Arch. »Ophelia wurde in der Oetker-Residenz gekidnappt. Edward hat es mir selbst erzählt.«

Kapitel XXVI

Ophelia dachte an die Nacht zurück, in der Arch gestorben war. Sie hatte draußen auf ihrem Grundstück an dem Ymaaroceptor gearbeitet, als es einen lauten Knall gab. »Das hat Arch erschreckt«, erinnerte sich Ophelia. Sie hatte den Ymaaroceptor auf den Boden fallen lassen, und die Energie, die in ihm gespeichert war, erzeugte ein heftiges Explosionsgeräusch. ›Das bedeutet, dass er es gehört hat‹, schlussfolgerte Ophelia; ›der Ymaaroceptor funktioniert‹. Da ihr Vater in Daear war und Ophelia in Ymaerol, war das der deutliche Beweis, dass ihr Projekt geglückt war: Denn der Ymaaroceptor ermöglichte den Kontakt zwischen den beiden Welten. Er musste nur noch etwas optimiert werden. ›Es ist eine Schande, dass ich mit niemandem darüber reden kann, was ich da geschaffen habe. Wenn dieses Ding in die falschen Hände gerät, könnte die gesamte Menschheit dem Untergang geweiht sein‹, bedauerte Ophelia.

Sie war sehr stolz auf sich selbst, weil sie Pertinax' Werk vollendet hatte, aber gleichzeitig war sie sich deutlich der

Gefahren bewusst, die zwangsläufig mit einer solchen Erfindung verbunden waren. Das Gute daran war jedoch immerhin, dass der Ymaaroceptor den Kontakt zwischen den Welten nur zuließ, wenn er von einer Person mit hohem Ynni-Level bedient wurde. Um sich zwischen den Welten zu bewegen, würde derjenige zudem die Frucht der Kariade brauchen. Und bis jetzt hatte noch niemand herausgefunden, wo diese zu finden sei oder auch nur, was genau sich hinter dem Namen verbarg.

Ophelia sah, dass ihr Vater am Grab in ein Buch schrieb. Er sah fast so aus, als ob er sich in Trance befinde. Seine Feder flog über das Papier, und er machte ständig merkwürdige, zuckende Bewegungen. Außer Uli war sonst niemand zu sehen. Als der Ymaaroceptor herunterfiel und den Knall verursachte, schaute Uli nicht einmal auf, um zu sehen, was da los war. Er saß vor ihrer Grundstücksgrenze, fast an der gleichen Stelle, an der sich auch ihr Vater befand. Es sah aus, als würde er seinerseits eine Skulptur aus Ton formen.

Ophelia ging zu Arch hinüber. »Vater, Vater«, rief sie. Er reagierte nicht. »Uli, könntest du dich für einen Moment von hier entfernen? Mein Vater ist zu Besuch und ich würde ihn gerne unter vier Augen sehen.« Sie streichelte Uli über die Schulter.

»Wo ist er? Ich sehe ihn nicht.«

»Das liegt daran, dass er in Daear ist, Uli. Nur ich kann ihn sehen.«

»Stört es dich, wenn ich später wiederkomme?«, bat er. »Ich beende doch gerade mein Kunstwerk. Es ist mein bisher größtes Werk, was großartig ist, denn wie du vielleicht weißt, war ich einmal der berühmteste Bildhauer der Welt. Picasso ist einmal über die sieben Weltmeere gereist, nur um sich meine Arbeit anzusehen. Ich glaube, er war ein bisschen neidisch, denn die Frau, die ihn begleitete, sagte, dass meine Arbeit besser sei als seine. Abgesehen davon bin ich der bessere Tänzer von uns beiden.«

»Ich halte dich auch für einen guten Tänzer«, sagte Ophelia lächelnd. »Kein Problem, Uli. Ich brauche nur ein paar Minuten allein mit meinem Verwandten.« Uli ging.

»Vater, ich weiß nicht, ob du mich hören kannst, aber ich vermisse dich. Ich war nur ganz kurz bei dir auf Ymaerol, und doch fühlt es sich an, als wäre ich ein ganzes Leben lang dort gewesen. Nach all den Jahren ist es für mich so schwer zu begreifen, dass ich nicht in deinen Armen liegen kann oder von dir gehalten werde, wenn ich es brauche. Obwohl du und Mutter immer da seid, wenn ich euch brauche, würde ich mir wünschen, dass du mir einfach mal über die Haare streichelst und sagst, dass alles gut wird. Ich arbeite hier an etwas Wichtigem, nie Dagewesenen, was ich noch mit niemandem teilen kann, aber ich würde es dir und Mama so gern zeigen.« Das Bild von Arch begann zu verblassen. Ophelia wusste, dass sie ihn in wenigen Sekunden nicht mehr sehen würde. »Ich habe dich lieb, Vater. Bitte sag Mutter, dass ich sie auch liebhabe und dass ich euch regelmäßig besuche, so wie heute Morgen.« Arch verschwand.

Ophelia begab sich zurück auf ihr Grundstück. Als sie hineinging und sich noch einmal umblickte, sah sie, dass Uli zurückgekommen war, um seine Skulptur fertigzustellen. Sie drehte ihm den Rücken zu und schritt auf ihr Haus zu. Es gab noch eine Menge Arbeit zu tun. Die Wände ihres Hauses waren aus glänzendem weißem Travertinstein. Die Haustür und die Fensterläden waren aus grün gestrichenem Holz, und das Dach bestand aus grünen Ziegeln. Ophelia ging hinein. Der Boden war aus Holz, und überall lagen irgendwelche Gegenstände und frühere Erfindungen herum.

Sobald sie eintrat, setzte sich überall etwas in Bewegung. Spielzeugflugzeuge flogen umher, und Spielzeugeisenbahnen begannen zu fahren. Es war, als würde sich alles in ihrem Haus freuen, dass sie da war.

Ophelia arbeitete und arbeitete und arbeitete und arbeitete. Als sie nach Stunden wieder ins Freie trat, sah sie, dass die Sonne bereits untergegangen war. Hier draußen war es dunkel, und es donnerte heftig. Ophelia ging in den Garten, schaute zum Himmel hinauf und spürte die großen Regentropfen auf sich niederprasseln. Sie nahm ihre karierte Wollmütze ab und spürte, wie die Regentropfen an ihrem Haar hinunterliefen. Mit geschlossenen Augen, offenem Mund und ausgebreiteten Armen hieß sie die Natur in ihren Armen willkommen. Doch drang plötzlich das Keuchen einer Stimme außerhalb ihres Grundstückes an ihr Ohr, und sie drehte sich um. Es war wieder ihr Vater. Er war also immer noch da. Uli jedoch war nirgends zu sehen.

Von oben sah sie einen Schatten in ihre Richtung rasen. Mit einer Handbewegung beschwor sie einen Blitz herauf und spaltete damit den Schatten in der Mitte. Die eine Hälfte fiel zu Boden, die andere verschwand. Ophelia bewegte sich auf den Teil zu, der auf ihr Grundstück gefallen war, um zu sehen, ob sie ihn erkennen würde, aber bevor sie ihn erreichen konnte, bewegte sich der Rest des Schattens auf ihn zu, und als wiederhergestelltes Ganzes folg er wieder auf in Richtung Himmel. Der Regen und der Donner wurden stärker und stärker. Der Schatten konzentrierte sich jetzt auf Arch. Ophelia sah ihren Vater an und versetzte sich an den Rand ihres Grundstückes. Er war in Gefahr. Sie schloss die Augen und konzentrierte sich.

»Komm her, hier bist du sicher«, rief sie ihm zu.

»Wohin soll ich kommen?«, fragte er. Arch hatte sie gehört.

»Na, hierher«, drängte Ophelia. »Ich werde dich beschützen.«

Arch ging auf ihr Grab zu. Er legte seine Jacke auf den Boden, um sich darauf zu setzen, und öffnete seinen Klappstuhl mit dem eingebauten Tisch, um sich darunter zu verstecken. Mit einer schnellen Bewegung brach der Schatten einen großen Ast von einem Baum ab und ließ ihn auf Arch, der sich unter dem Tisch versteckt hatte, zuschnellen. Ungefähr einen Meter vor dem unvermeidlichen Aufprall zerbrach Ophelia den Ast in Stücke. Ein großer Brocken jedoch flog durch die Luft und traf Arch am Kopf. Der Schlag machte ihn benommen.

»Lass meinen Vater in Ruhe«, schrie Ophelia den Schatten an. »Was willst du von mir?« Der Schatten zeigte auf sie. »Du wirst mich nie bekommen.« Da riss er einen ganzen Baum aus dem Boden und schleuderte ihn mit einer unglaublichen Geschwindigkeit auf Arch. Noch benommen, verlor Arch nun ganz das Bewusstsein. Ophelia war weder in der Lage, den Angriff zu verhindern, noch den Baum zu teleportieren oder in Stücke zu zerlegen. Normalerweise war sie in der Lage, alles Kraft ihrer Gedanken zu versetzen, was sie wollte, aber die Angst, dass ihrem Vater ernsthaft etwas zustoßen könnte, machte sie verletzlich. So versetzte sie sich selbst vor den heranrasenden Baum, und das Einzige, was sie rufen konnte, war: »HALT!« Sie streckte ihre beiden Hände aus. »Bitte tu ihm nicht weh«, flehte sie, während ihr die Tränen über das Gesicht liefen. Sie spürte, wie sich eine Leere in ihrer Kehle bildete. Goldene Handschellen erschienen an ihrem Handgelenk, und eine durchsichtige Blase in derselben Farbe umgab sie. Der Schatten trug sie fort, und in der Blase wurde sie von einem tiefen Schlaf übermannt, gegen den sie sich nicht wehren konnte.

Kapitel XXVII

»Das ist alles, was ich gesehen habe«, beteuerte Uli. »Ich wollte helfen; das wollte ich wirklich, aber ich konnte nicht. Ich habe Panik bekommen und war wie erstarrt.«

»Warum hast du denn niemandem etwas gesagt, Uli? Warum hast du es mir nicht gesagt? Es hätte mir helfen können, meine Tochter zu finden«. Arch rang um Fassung.

»Ich wollte ja. Das wollte ich wirklich, aber ich habe doch nicht gesehen, wer sie entführt hat. Ich dachte nicht, dass es jemandem nützen würde. Außerdem halten mich sowieso alle für einen Narren.«

»Du BIST ein Narr«, bestätigte Roger.

»Nein, das bin ich nicht. Aber mein Verstand spielt mir von Zeit zu Zeit einen Streich.«

»Wer sagt denn, dass dein Verstand dir an diesem Tag keine Streiche gespielt hat, Uli?« hakte Arch nach.

»Da musst du schon deiner Intuition folgen.«

»Uli, du hast gesagt, dass Ophelia draußen an einem großen Gerät gearbeitet hat? Wofür war das?«, fragte Pertinax.

»Ich kann mir nicht vorstellen, dass sie an etwas Bedeutendem gearbeitet hat«, meinte Spring achselzuckend. »Das hätten wir doch gewusst.« Summer und Roger stimmten zu. »Ja, Ophelia hat uns immer alles erzählt«, stimmte Roger zu.

»Und doch war es so«, beharrte Uli. »Das Gute daran, der stadtbekannte Narr zu sein, ist, dass die Leute in deiner Gegenwart die seltsamsten Dinge tun und sagen. Wie der kleine Zwischenfall, den Roger unter der Brücke hatte. Niemand denkt, du wirst darüber reden, und selbst wenn ... Es glaubt dir ja sowieso niemand. – Ich weiß nicht, wofür das Gerät ist. Ich weiß nur, dass es für sie wichtig genug war, um nicht daran zu arbeiten, wenn jemand anderes als ich dabei war. Es war groß und golden. Es sah aus wie eine Kabine, aus der ein großes Rohr herauskam, wie eine Kanone.«

»Ein Ymaaroceptor«, stieß Pertinax hervor. »Natürlich.«

»Was ist ein Ymaaroceptor?«, fragte Arch.

»Ich arbeite schon seit Jahrhunderten daran. Aber ... wie? Wie ist das nur möglich?« Pertinax dachte laut nach. »Der Ymaaroceptor ist ein Gerät, an dem ich gearbeitet habe, um eine Brücke zwischen den Welten zu bilden. Er sollte es uns ermöglichen, mit Daear in Kontakt zu treten, um unsere Familie und Freunde über das Leben nach dem Tod zu informieren und sie wissen zu lassen, dass es uns gut geht.«

»Es stimmt also, was über Sie erzählt wird. Sie haben versucht, die Welten zu beherrschen«, stellte Roger feindselig fest.

»Nein, ich habe nur versucht, eine Brücke zu bauen. Es ist kein Problem, die andere Welt zu kontaktieren. Die Menschen haben das seit Anbeginn der Zeit getan. Auf Daear nennt man so jemanden ein Medium. Nur glaubt ihnen nicht jeder, und leider ist auch nicht jedes Medium echt. Der Ymaaroceptor wurde als Brücke entworfen, um Kontakt zwischen den Welten herzustellen und um vorübergehend sogar hinüberwechseln zu können. Er kann nur von jemandem mit einem sehr hohen Ynni bedient werden. Sonst würde er nicht funktionieren. Aber wie ist es möglich, dass Ophelia von dem Ymaaroceptor wusste? Und woher sollte sie wissen, wie man einen herstellt?«

»Genauso, wie ich wusste, wie man in diese Festung kommt«, antwortete Arch. »Sie muss die Informationen von der Wand der Bücher bekommen haben.«

»Das muss sie wohl«, nickte Pertinax.

»Also, wo könnte Ophelia sein?« grübelte Summer.

»Vielleicht hat jemand herausgefunden, dass sie den Ymaaroceptor baut und wollte ihn haben«, mutmaßte Spring.

»Oder um sie aufzuhalten«, fügte Roger hinzu. »Wer könnte denn die stärksten Vorbehalte gegen den Ymaaroceptor haben?«

»Victoria Oetker!«, riefen sie alle gleichzeitig.

»Wir müssen da rüber, schnell!« drängte Charlotte.

Kapitel XXVIII

Einige Minuten zuvor war Ophelia im Spiegelkabinett noch unruhig auf und ab gegangen. Sie hatte alles in ihrer Macht Stehende versucht, um aus dem Raum herauszukommen. ›Es muss doch einen Weg geben, zu entkommen‹, überlegte sie. ›Es gibt keine richtigen Türen, also ist der Raum entweder um mich herum gebaut worden, oder man hat mich herteleportiert‹. Sie ging zur Wand und schlug erneut dagegen.

»Hallo! Kann mich jemand hören?« Niemand antwortete. »Hal-looooo!«

Sie wartete ein wenig und hörte dann tatsächlich ein Geräusch. »Ist da jemand? Bitte antwortet mir.« Ophelia konnte durch die Wand hindurch spüren, wie jemand innehielt, und sie wusste sofort, wer drüben stand. »Julia«, sagte sie. »Julia, hol mich hier raus.«

»Ophelia?« Pause. »Ophelia, bist du das? Das kann nicht sein«, flüsterte Julia ungläubig.

»Julia, hol mich hier raus!«

»Ich weiß nicht, wie ich das machen soll.«

»Vielleicht kannst du den Raum, in dem ich bin, von außen beschreiben. Wie sieht er aus?«

»Nun, das Ding wirkt wie eine quadratische Kiste oder ein Würfel. Und es steht in einem Zimmer, das ich gerade durch ein Bild betreten habe, in das ich hineingeklettert bin. Ich habe das alles hier noch nie gesehen.«

»Was für ein Bild ist es?«

»Es ist unser Familienporträt.«

»War daran etwas besonders auffällig?«

»Ich schaute es an, denn es zog mich in seinen Bann, und plötzlich sah ich, wie die Farbe auf der Leinwand herumzuwirbeln begann, wie Wasser, das aus einem Waschbecken abläuft. Als ich das Bild dann berührte, bemerkte ich, dass ich hineinklettern konnte. Auf dieser Seite des Gemäldes befindet sich eine gusseiserne Gittertür.«

»Hast du vielleicht irgendeine Idee, wie ich hier rauskommen könnte?«

»Nein, ich weiß es wirklich nicht. Ich werde gehen und Hilfe holen.«

»Nein, Julia. Du musst mir helfen. Wir wissen nicht, wer mich hergebracht hat.«

Julia zögerte eine Sekunde lang.

»Bitte, Julia, bitte.«

»Wer auch immer es war, es kann niemand aus meiner Familie sein. Keiner von ihnen würde je so etwas tun.«

»Julia, denk doch mal nach. Niemand anderes als deine Familie konnte mich hierherschaffen.«

»Wenn, muss es Victoria gewesen sein. Ich werde meinen Vater um Hilfe bitten.« Julia stieg durch das Gemälde aus dem Zimmer, um nach ihm zu suchen.

Außerhalb des Zimmers, hinter der nächsten Ecke im Flur, wartete jedoch schon jemand darauf, dass Julia die geheime Kammer verlassen würde. Es war Ophelias Entführerin.

»Nein, warte!« rief Ophelia noch verzweifelt, doch es war zu spät. Enttäuscht riss sich Ophelia ihren Hut herunter und schleuderte ihn auf den Boden; er landete in der Ecke neben der Tür. Sie schrie vor Wut und richtete den Finger, aus dem ein flammender Energiestrahl schoss, auf den Hut. Der Hut löste sich in Luft auf. Wie von Geisterhand hatte er sich aus dem Raum bewegt. Erstaunt über das, was sie gerade gesehen hatte, schöpfte Ophelia neue Hoffnung. Es war also doch möglich, sich von hier wegzuteleportieren. Sie ging an die Stelle, von der der Hut verschwunden war, und versuchte, sich von dort aus ihrem Gefängnis zu versetzen. Es klappte nicht, aber sie hatte immerhin das gleiche Gefühl wie sonst bei der Teleportation. Irgendetwas war jedoch an dieser Stelle anders. ›Vielleicht gibt es eine undichte Stelle in dieser Ecke, wo Psychokinese möglich ist. Vielleicht nur dort, näher zur Wand hin. Ich wüsste allerdings nicht, wie. Es sei denn… es sei denn, der Würfel steht nicht gerade. Vielleicht ist er gekippt und steht selbst in einer Ecke. Und vielleicht befindet sich diese Ecke in einem Raum, in dem Teleportation möglich ist. Das heißt, ich müsste mich so klein wie möglich machen und mich dann von hier fort versetzen.‹ Sie rollte sich wie ein Igel so weit wie möglich zusammen, mit dem Kopf zwischen den Knien, und teleportierte sich dann aus dem Raum. Und tatsächlich – es hatte funktioniert! Sie stand auf und sah, dass sie sich außerhalb der kubischen Kammer befand, die zur Seite gekippt war, wie sie es vorausgeahnt hatte. Es war ein in diesen Teil des Hauses integriertes Gefängnis.

»Sehr gut«, drang eine Stimme aus der Ecke. »Du hast meine Erwartungen noch nie enttäuscht, Ophelia.« Sie drehte sich dorthin um, konnte aber nichts anderes als eine dunkle Silhouette erkennen. Dennoch wusste sie sofort, wen sie vor sich hatte. Edward trat aus dem Schatten heraus. »Bist du bereit, deine Aufgabe zu erfüllen?«

Kapitel XXIX

In der Residenz des Pertinax machten sie sich zum Aufbruch bereit.

»Wie werden wir Ophelia denn jetzt befreien?« fragte Arch. »Korrigiert mich, wenn ich falsch liege, aber zuerst müssen wir zu den Oetkers hinüber, ohne dass uns jemand sieht. Wir müssen verhindern, von den Nurmagomedovs entdeckt zu werden. Und weiter – weiß jemand etwas über die geheimen Sicherungsmechanismen der Oetkers?«

»Nein, leider nicht«, erwiderte Pertinax.

»Ich kann mir vorstellen, dass sie schwer zu knacken sein werden.«

»Das dürfte sogar ganz unmöglich sein«, versetzte Pertinax trocken.

»Also gut, wir passieren ungesehen das Dorf, meiden die Nurmagomedovs und knacken ihre geheimen Sicherungen. Wenn es weiter nichts ist.«

»Vergessen Sie nicht ihre eigenen Wachen«, ergänzte Roger.

»Danke, Roger. Also, ja, wir umgehen ihre eigenen Wachen und finden Ophelia. Und was dann? Wir spazieren einfach da raus?«

»Ja, genau«, antwortete Pertinax.

Arch zog die Mundwinkel nach unten und hob die Schultern. Sein »Okaaay« klang ausgesprochen zögerlich.

»Hören Sie zu, ich habe einen Plan. Hört alle gut zu«, fuhr Pertinax fort. Es gibt da etwas, was die Oetkers mehr als alles andere schätzen, und das werden wir ausnutzen. Wir werden uns verkleiden. Jetzt konzentriert euch und passt gut auf.« Er hatte ein Glitzern in den Augen. »Oh, sehr gut. Ich liebe Abenteuer«, frohlockte er und er erklärte ihnen, was zu tun war.

»Mein Vater hat mir die Kunst der Verkleidung beigebracht, als ich noch ein Junge war. Ich habe sie durch Geschick und Übung perfektioniert. Mit diesen Tüchern kann man sich in jeden verwandeln, der man sein möchte. Und wir werden meinen Cludwyr benutzen müssen, um möglichst schnell zu den Oetkers zu gelangen.«

Pertinax gab Charlotte und den vier Freunden die Tücher und erklärte ihnen, wie man sie benutzt.

Pertinax und die vier Freunde eilten zum Cludwyr hinüber. Ähnlich wie der Awyrheolaeth war es ein Gerät, das für den Transport verwendet wurde. Der Cludwyr war jedoch technisch sichtlich ausgereifter und verfügte zusätzlich über einen Mechanismus, der es möglich machte, große Entfernungen zu überwinden. Sie betraten den Cludwyr, der wie ein großes Metallei aussah.

»Okay, Leute. Das wird sich gleich sehr seltsam anfühlen. Das ist beim ersten Mal immer so. Die Kraft, die erzeugt wird, wirkt sehr stark auf uns. Bevor wir den Cludwyr verlassen, ist es von größter Wichtigkeit, eure Ynni zu kalibrieren. Atmet ein paar Mal tief durch und besinnt euch auf euch selbst.« Alle nickten. Roger hüpfte auf und ab und versuchte, seine Aufregung dadurch zu kompensieren, dass er seine Arme gründlich ausschüttelte.

Arch nahm einen tiefen Atemzug und sagte: »Wir sind auf dem Weg, Ophelia. Halte durch!«

Kapitel XXX

»Edward, tu das nicht. Was du tust, ist falsch. Das weißt du auch«, warnte Ophelia.

»Falsch? Du weißt gar nichts über richtig und falsch. Dieser Ort hier ist falsch. Dieses Dorf, das ihr alle so sehr liebt, ist falsch. Jeden Tag hier zu leben und daran zu denken, dass meine Frau noch in Daear ist. DAS ist falsch.«

»Was meinst du damit? Ihr seid schon seit Jahrhunderten hier. Sicherlich ist deine Frau inzwischen herübergekommen und kann wieder mit dir zusammen sein.«

»Nein, Ophelia. Das weißt du doch besser. Nicht jeder, der auf Daear stirbt, geht nach Ymaerol über. Die meisten Menschen werden einfach wiedergeboren und leben ein neues Leben auf Ymaerol.«

»Irgendwann kommt jeder rüber, Edward. Es bedeutet nur, dass die Zeit noch nicht reif ist.«

»Zeit? Ich warte schon seit Ewigkeiten, bis die Zeit reif ist. Wer entscheidet, ob die Zeit reif ist? Vielleicht ist das System fehlerhaft. Vielleicht sollte ich es sein, der das entscheidet.

Ich entscheide, dass jetzt die richtige Zeit für meine Frau und mich ist, um wieder zusammen zu sein. Und du wirst mir dabei helfen.«

Ophelia sah, wie Edward sich in seine eigene Geschichte hineinsteigerte und sich darin verlor, und versuchte, sich davonzuschleichen. Doch bevor sie durch das Gemälde hinausklettern konnte, schloss sich das Gitter. Sie rüttelte daran, schlug dagegen und versuchte, sich zu befreien. Sie spürte auch wieder das kribbelnde Gefühl der Teleportation, aber es gelang ihr dennoch nicht, hinauszukommen.

»Edward, lass mich sofort hier heraus. Ich will dir nicht wehtun müssen.«

»Ah ja. Ophelia, die sich ständig weiterentwickelt. Sie wird jeden Tag stärker. Mittlerweile bist du wahrscheinlich tatsächlich mächtiger als ich. Aber eine Sache vergisst du. Du bist in meiner Residenz, und ich habe eine Armee zur Verfügung.«

Aus den Wänden des Raumes traten zehn Wachen mit Speeren hervor.

»Ich denke, es wird das Beste sein, wenn du jetzt mit mir kommst, Ophelia. Die Wachen bringen dich in mein Quartier.«

»Ich werde nicht kampflos aufgeben, Edward«, erklärte Ophelia fest. »Sag deinen Wachen, sie sollen sich zurückhalten.«

»Wachen«, rief Edward. »Greift an!«

Mit erhobenen Speeren stürmten die Wachen auf Ophelia zu. Mit einer einzigen Handbewegung ließ sie alle Wachen auf einmal quer durch den Raum fliegen, woraufhin sie mit ihren Waffen scheppernd gegen die Wand prallten. Danach richtete sie ihre Aufmerksamkeit ganz auf Edward und rannte zu ihm hinüber, um ihn zu attackieren. Doch kurz bevor sie ihn erreichte, lief sie in einen unsichtbaren Wasservorhang. Umgeben von Wasser, spürte Ophelia, wie eine Hand nach einem Träger ihrer Latzhose griff. Bevor die Hand sie herauszog, sah sie für Sekundenbruchteile das Gesicht ihres Vaters.

»Ich komme, Ophelia. Halt meinen Arm fest!«, forderte er sie auf. Kaum war sie aus dem Wasser gestiegen, erschienen die goldenen Handschellen an ihren Handgelenken und die Blase bildete sich um sie herum. Edward öffnete das Gemälde und zog sich in seine Privaträume zurück, während die Blase direkt hinter ihm schwebte.

In Edwards Gemächern stand Ophelias Ymaaroceptor. »Woher hast du ihn?« Ophelia klang resigniert.

»Von deinem Grundstück. Du hast dein Grab ungegriffelt gelassen, was es mir sehr leicht gemacht hat, hineinzukommen und ihn einfach mitzunehmen. Ich habe schon vor langer Zeit herausgefunden, dass du daran arbeitest. Ich brauchte dich nur noch für den Feinschliff. Und was für ein Zufall: In der Nacht, in der du ihn fertiggestellt hast, ist dein Vater gestorben. Zumindest dachtest du das.«

»Hast du meinen Vater umgebracht?«

»Nein, das warst du ganz allein«, gab Edward mit Spott in der Stimme zurück.

Kapitel XXXI

»Mein Name ist John Hearns. Ich bin der Privatsekretär der Königin. Wir sind hier, um den Oetkers persönlich eine Einladung zu einer königlichen Audienz bei Ihrer Majestät, Königin Antoinette, zu überbringen«. Arch bemühte sich, offiziell zu klingen und Autorität in seine Stimme zu legen. Wie vermutet, wurde die Oetker-Residenz von den Ex-Nurmagomedovs bewacht.

»Und wer sind diese drei Kinder?«, fragte der Anführer der Wächter. Spring und Summer waren als Jungen verkleidet, die, anders als sie selbst, genau gleich aussahen. Und Roger hatte sich das Äußere eines rothaarigen Burschen mit vielen Sommersprossen und einem ausgeprägten Bauch zugelegt.

»Hören Sie. Ihre Ignoranz ist ein Skandal! Das sind die Kinder der Herzogin von Royalbank, der Urgroßnichte Ihrer Majestät. Wollen Sie mir sagen, dass Sie nichts von ihrer Ankunft gehört haben?«

»Was ist das?«, fragte der rothaarige Junge naiv und zeigte auf die Muskete des Oberwächters. Der Wächter antwortete nicht.

»Darf ich das mal halten?« Der Junge streckte seine Hand nach der Muskete aus.

»Bist du verrückt?«, schimpfte der Wächter. »Das ist kein Spielzeug.«

»Nein, Sir, sind SIE verrückt?« sagte Mr. Hearns. »Ich würde mich nicht so respektlos gegenüber der königlichen Familie betragen, wenn ich Sie wäre. Wenn Sie den Jungen nicht ab sofort standesgemäß ansprechen, wird das ein ernsthaftes Nachspiel für Sie haben.«

»Ja, ernsthafte Konsequenzen«, wiederholten die Zwillingsjungen gleichzeitig mit hörbarer Wut in der Stimme.

»Wie kannst du es wagen, das Königshaus zu beleidigen, du Halunke?«, fuhr einer der Zwillinge ihn an. Die drei Kinder rannten um die Wachen herum, zerrten an ihren Uniformen und versuchten, sich ihre Musketen zu schnappen. Diese versuchten, die Fassung zu bewahren, aber es fiel ihnen sichtlich schwer, sich zu konzentrieren. »Niemand darf zu diesem Zeitpunkt die Oetker-Residenz betreten«, beharrte der Oberwächter.

Einer der Zwillinge begann, an der Muskete des Anführers zu ziehen, während der andere ihm an den Hals sprang.

»Warum gehen Sie nicht und fragen Herrn oder Frau Oetker selbst? Die Königin wird sehr verärgert sein, wenn sie erfährt, wie wir hier behandelt werden. Übrigens, darauf sollten Sie vielleicht besser aufpassen.« Mr. Hearn deutete auf den rothaarigen Jungen, der inzwischen die Muskete einer Wache gestohlen hatte und damit herumlief und auf die anderen Posten zielte.

»Puff, puff«, rief er jedes Mal, wenn er auf eine Wache zielte. Obwohl die Wächter sich weiterhin bemühten, ruhig zu bleiben, konnten sie doch nicht anders, als sich zu ducken oder zusammenzuzucken, sobald die Muskete auf sie gerichtet war. Ihr Anführer rannte dem Jungen hinterher, und die Situation wurde schnell unübersichtlich. Nachdem Verfolger und Gejagter so ein paarmal im Kreis um sie herumgelaufen waren, ließ sich einer der Zwillinge direkt vor die Füße des Anführers fallen. Der stolperte und landete genau vor den Füßen von Mr. Hearns.

Mr. Hearns räusperte sich und sagte: »Ist das die Art, wie Sie Ihre Angelegenheiten regeln? Junge, gib mir die Muskete!« Gehorsam lieferte der die Waffe ab. Als der Wachmann aufgestanden war, drückte Herr Hearns sie ihm fest gegen die Brust. »Ich schlage vor, Sie gehen jetzt da hinein und kündigst unsere Ankunft an.«

Peinlich berührt hielt der Anführer seine Muskete fest. Er gab seinen Leuten ein Zeichen. Fünf Wachen kamen hinüber. »Verliert sie nicht aus den Augen«, befahl er ihnen. Und zu Hearns und den Jungen gewandt »Diese Männer werden euch hineinführen.«

»Nun gut, kommt mit, Kinder«, rief Mr. Hearns und setzte sich in Bewegung. Als einer der Zwillinge auf Mr. Hearns zulief, trat er von hinten auf den Frack von Hearns. Die Anzugjacke fiel herunter und enthüllte das wahre Wesen ihres Trägers. ›Ist das nicht…‹ Während der Anführer noch fieberhaft nachdachte, rief einer der Nurmagomedovs aus: »Das ist der Mann, der vorgibt, Archibald George zu sein. Das ist Aderitus Pertinax!«

Kapitel XXXII

»Ich werde jetzt die Blase öffnen, aber ich lasse die Handschellen dran. Ich bitte dich, dich kooperativ zu verhalten.« Edward nahm eine Nadel und ließ die Blase platzen. »Sobald du versuchst, zu fliehen, wird dich die Blase sofort wieder einschließen. Nur beim nächsten Mal werde ich sie zusätzlich mit einem Gas füllen, das dir den Atem nehmen wird.«

»Was meintest du damit, ich hätte meinen Vater getötet?« wollte Ophelia wissen.

»Geh rüber und setz dich in den Ymaaroceptor«, ordnete Edward an.

»Wenn ich dir gehorche, erklärst du es mir dann?«

»Ja, ich verspreche es.« Ophelia nahm im Ymaaroceptor Platz.

»An dem Tag, an dem dein Vater gestorben ist, gab es doch diesen lauten Knall. Du hast deinen Vater dabei versehentlich von Daear herübergeschoben. Genauso, wie ich mich jetzt nach Daear versetzen werde. Kannst du dir vorstellen, welche Macht ich dort hätte, wenn ich mein Ynni benutzen würde?«

»Das ist leider unmöglich, Edward«, stellte Ophelia fest. »Ohne die Frucht der Kariade ist es unmöglich, zwischen den Welten zu wechseln. Es sei denn…«

»Es sei denn, was, Ophelia?«

Ophelia traute sich nicht, es auszusprechen. »Es sei denn, ich selbst wäre die ›Frucht der Kariade‹.«

»Bravo.« Edward applaudierte. »Endlich bist du auch darauf gekommen. Es ist absurd, dass es niemand bis jetzt gewusst hat. Hast du jemals darüber nachgedacht, warum du in der Lage warst, zwischen den Welten zu wechseln? Der Ymaaroceptor, in Verbindung mit deiner Präsenz, ermöglicht einen reibungslosen Übergang. Kein Flimmern mehr, keine rein zufälligen Sichtungen oder Teleportationen mehr. Ein planmäßiger, sauberer Wechsel nach Daear.«

Ophelia war fassungslos. ›Aber wenn mein Vater so hier gelandet ist, bedeutet das, dass ... er gar nicht tot ist. Er könnte nach Daear zurückkehren‹, setzte Ophelia ihren Gedankengang im Stillen fort. ›Ich muss hier weg, mehr denn je.‹

Ophelia sah sich im Raum um. Sobald Edward dies jedoch bemerkte, formte sich die Blase um sie herum und füllte sich mit dem Gas. Ophelia spürte, dass sie nicht mehr atmen konnte. Die Substanz erstickte sie. Ihr Atem wurde schwächer und schwächer, bis Edward die Blase platzen ließ. »Ich habe nichts getan«, röchelte sie, während sie nach Luft schnappte.

»Aber du hattest es vor. Ich konnte es in deinen Augen sehen, Ophelia.«

»Nein, hatte ich nicht«, log Ophelia. Edward formte wieder die Blase um Ophelia.

»Hältst du mich für dumm?«, erwiderte er kühl. »Ich werde schon bald bei meiner Frau sein, und ich werde über Daear herrschen. Das ist meine Bestimmung.« Erst als sie wieder kurz vor der Ohnmacht stand, ließ Edward die Luftblase platzen. »Jetzt hör auf mit den Spielchen.«

Ophelia war sich sicher, dass Edward fest eingeplant hatte, sie zu töten, sobald sie ihm erst einmal geholfen hätte, nach Daear zu gelangen. Er würde es niemals zulassen, dass sie seine Verfolgung aufnehmen und seine Pläne durchkreuzen würde. Es musste ein Sprengsatz im Raum sein.

»Wo ist die Bombe?« Sie sah Edward direkt in die Augen und stand auf.

»Wo – woher weißt du davon?«, stammelte er.

›Ich habe also recht‹, dachte Ophelia. ›Er wird mich umbringen.‹

Er hatte sich wieder gefasst. »Du kannst jetzt ohnehin nichts mehr ändern. Sie befindet sich in der Kapelle auf dem Marktplatz. Und sie wird in einer Stunde explodieren.« Er hatte also nicht nur vor, Ophelia zu töten. Er wollte gleich die ganze Stadt in die Luft jagen.

»Was ist mit deinen Kindern? Wie kannst du so etwas tun?«

»Wer sagt denn, dass ich sie hierlasse? Meine Kinder kommen mit. Ich schlage vor, du gehst jetzt wieder an deinen Platz. Die Wache holt die Kinder in diesem Moment.«

Ophelia schaute zum Fenster hinüber. Edwards Quartier befand sich im dritten Stock, also in einer beträchtlichen Höhe. Sie machte sich dennoch auf den Weg dorthin. Ophelia beschleunigte ihre Schritte. Es war fast so, als würde sie sich dorthinteleportieren. Sie hatte die Mitte des Raumes erreicht, als Edward wieder die Blase um sie legte. »Manche lernen es nie«, murmelte er mit einem gelangweilten Gesichtsausdruck.

Wie zuvor spürte Ophelia, wie das Gas austrat und ihr den Atem nahm, als ihr klar wurde: ›Ich brauche ja gar nicht zu atmen.‹ Sie entspannte sich. Edward neigte den Kopf zur

Seite; auch ihm kamen Zweifel, ob das Gas überhaupt die gewünschte Wirkung auf sie hatte. ›Ich muss ihn überzeugen, dass ich ersticke‹, überlegte sie schnell. Sie begann also, zu zucken und zu würgen und war scheinbar kurz davor, das Bewusstsein zu verlieren. Edward ließ die Blase platzen, und Ophelia fiel zu Boden. Er ging langsam zu ihr hinüber, doch da sprang Ophelia auf und rannte noch einmal zum Fenster. Kurz bevor sie es erreicht hatte, formte Edward die Blase erneut, aber diesmal war Ophelia so schnell gerannt und die Geschwindigkeit der Blase dadurch so hoch, dass sie mit Ophelia darin durch das Fenster schoss. Die Blase landete in den Buchsbaumbüschen und verschwand kurz nach dem Aufprall. Auf Händen und Knien kroch Ophelia aus dem Buchsbaum. Ihre Hände waren noch immer mit Handschellen gefesselt. Sie stand auf und suchte die Villa mit ihren Blicken ab. Als sie zum Tor schaute, sah sie ihn.

Kapitel XXXIII

Einige Minuten zuvor waren die vier Freunde so schnell wie möglich auf den Eingang des Oetker-Hauses zugerannt. »Halt! Halt, oder wir schießen«, rief der Anführer der Wächter. Die Freunde hoben die Hände und drehten sich zu den Wachen um, die ihre Musketen auf sie gerichtete hatten. »Aderitus Cornelius Pertinax, Sie sind verhaftet.«

»Ich bin nicht Pertinax«, sagte Arch. »Ich habe Grund zu der Annahme, dass die Oetkers Ophelia gefangen genommen haben. Wenn ihr mir nur glauben würdet. Wenn ihr mir nur folgen würdet. Ich bin mir sicher, dass wir sie im Haus finden werden.« Der Anführer kam zu Arch hinüber.

»Drehen Sie sich um und verschränken Sie die Arme auf den Rücken«, befahl er. Arch drehte sich um. ›Sobald er meine Hand ergreift, werde ich mich umdrehen und ihn schlagen, danach werde ich hineinlaufen‹, entwarf Arch schnell einen Plan.

Doch bevor er noch die Hand zu spüren bekam, hörte Arch den Wachmann hinter sich fallen. Er schaute sich um.

Alle Wachen lagen bewusstlos da, während Charlotte und Pertinax lächelnd mit Knüppeln in den Händen dastanden.

»Holen wir sie uns«, drängte Charlotte, als das Geräusch von zersplitterndem Glas an ihre Ohren drang. Sie blickten zum Oetker-Anwesen und sahen, wie eine goldene Luftblase aus einem zerborstenen Fenster in eine der sieben hohen Buchsbaumhecken vor dem Oetker-Anwesen flog. Die Blase zerstob, und aus dem Busch kroch ein Mädchen.

»Opheliaaaaaa!« rief Arch.

Aus dem Haupteingang kam Edward mit einem geladenen Gewehr gestürmt. »Ophelia, wo bist du, du kleines Luder?«, sagte er. Zuerst sah er nicht, wer da alles in seinem Vorgarten standen. Er war zu sehr darauf konzentriert, Ophelia zu finden. Doch diese rannte auf ihren Vater zu, als Edward sein Gewehr entsicherte. »Halt!«, befahl er. Ophelia blieb stehen. Edward wurde klar, wohin Ophelia hatte rennen wollen, als er all die Leute in seinem Garten stehen sah. Arch wollte seiner Tochter entgegenlaufen, als er von einem Wasservorhang erfasst wurde. Pertinax kam sofort aus dem Gebüsch gerannt und zog Arch heraus. »Das ist eine geheime Schleuse, Arch. Du kannst nicht hindurch.«

»Opheliaaaaa!« schrie Arch. »Edward, wenn du ihr etwas tust ...« »Was dann? Ihr würdet mich nicht finden. Ich werde bald in Daear sein, außerdem... Wenn sie tut, was ich sage, wird ihr nichts passieren. Jetzt komm mit, Ophelia. Du wirst bald bei deinem Vater sein.«

Ophelia drehte sich zu Edward um und sagte: »Ich werde dir nicht helfen. Wenn du willst, kannst du mich vor all diesen Leuten jetzt und hier umbringen.«

»Das werde ich dann wohl«, erwiderte Edward nervös.

»Edward. Bitte ergib dich«, mahnte Charlotte. »Es ist vorbei.«

»Es ist nicht vorbei«, entgegnete der. »Ich muss zu meiner Frau. Ich muss los. Und sie werde ich töten.« Edward richtete sein Gewehr auf Ophelia. »Ihr geht jetzt alle, oder ich werde sie töten.« Arch spürte, wie sich Verzweiflung in ihm breit machte. Ophelia drehte sich um und sah ihrem Vater in die Augen. ›Ich liebe dich, Vater‹, formte sie mit den Lippen. ›Ich liebe dich.‹ Arch schossen die Tränen in die Augen. Er nickte mit dem Kopf. Das durfte nicht wahr sein. »Ich liebe dich auch, Ophelia«, rief er. Arch rannte wieder auf den Wasservorhang zu, nur diesmal versetzte er sich neben Edward und versuchte, dessen Gewehr zu greifen. Die beiden rangen um die Waffe. Edward stieß Arch weg, zielte auf Ophelia und feuerte. Die Kugel zischte durch die Luft auf Ophelia zu, und alles schien sich vor Archs Augen zu verlangsamen. Er sah von Edward zu der Kugel und dann zu seiner Ophelia. »Neeeeein«, schrie er und versetzte sich vor seine Tochter. Doch kurz vor dem Aufprall änderte das Geschoss seine Flugbahn und traf Edward selbst in den Rücken. Dessen Mund öffnete sich, und seine Augen weiteten sich erstaunt. Schrittweise drehte er sich um, um zu sehen, wer ihn auf dem Gewissen hatte. »Victoria?«, fragte er ungläubig. Seine Unterlippe begann zu zittern, und sein Gesicht spannte sich. Victoria stand in der Tür, und Julia hielt sich an ihrem Bein fest. Victorias Hand war noch immer erhoben und ihre Handfläche zeigte nach unten. »Es tut mir leid, Bruder«, sagte sie. »Aber…« sagte Edward. Weiter kam er nicht; er fiel tot zu Boden. Victoria schob mit einer Handbewegung den Wasservorhang beiseite, damit alle eintreten konnten, drehte sich um und nahm dann Julia in die Arme. »Sieh nicht hin, Kind«, flüsterte sie.

Arch packte Ophelia und hielt sie so fest, wie er konnte. »Ich liebe dich, Ophelia. Ich liebe dich so sehr«, wiederholte er mehrmals. »Ich habe dich so unglaublich vermisst.« Ophelia legte ihren Kopf an die Brust ihres Vaters und begann zu weinen. »Ich habe dich auch vermisst, Vater«, schluchzte sie. Als Arch Ophelia an seine Brust drückte, fühlte sich Ophelia zum ersten Mal zu Hause.

»Die Bombe!«, fiel ihr plötzlich ein. Arch zuckte heftig zusammen. »Auf dem Marktplatz in der Kapelle ist eine Bombe.«

»Wir werden uns darum kümmern«, versicherte Charlotte. »Du bleibst bei Ophelia, Arch.« Sie trat die Wachen, die sie gerade bewusstlos geschlagen hatten. »Kommt schon, ihr Penner. Es gibt Arbeit. Wir müssen eine Bombe entschärfen.« Die Wachen blickten sich verwirrt um. »Macht euch keine Sorgen. Ich kenne mich mit Bomben aus«, rief Charlotte den Freunden noch zu und rannte, gefolgt von den Wächtern, davon.

Kapitel XXXIV

Am nächsten Tag versammelten sich alle wieder im Haus der Grimsbys. Sie besprachen, was sie gerade in Ymaerol erlebt hatten, und waren auch bereits wieder zu Scherzen aufgelegt. »...Und dann hat Uli Klopapier über jeden einzelnen Baum in der Stadt geworfen«, grinste Roger. »Hahaha«, fielen alle ein.

»Hättet ihr geglaubt, dass Edward zu solch schrecklichen Taten fähig war?« schüttelte Herr Grimsby den Kopf. »Ich hätte eher Victoria verdächtigt, aber doch nicht Edward.«

Arch bemerkte, wie Pertinax zu Boden blickte. ›Da sind noch Gefühle‹, dachte er bei sich.

»Du hast also gesagt, dass Edward dich für die Frucht der Kariade hielt und du deshalb das fehlende Bindeglied seist, um zwischen den beiden Welten hin- und herzuwechseln?« fragte Pertinax.

»Ja«, antwortete Ophelia. »Und er meinte auch, dass ich Arch von Daear hierherversetzt habe, ohne es zu wissen. Das würde also bedeuten, dass er gar nicht wie der Rest von uns endgültig herübergekommen ist.«

»Daher auch das Fehlen seines *Passierscheins*«, nickte Professor Leary und hielt inne. »Warten Sie. Ich muss eine Nachricht an die Akademie schicken.« Der Professor verschwand im Nebenzimmer.

Arch legte seinen Arm um Ophelia. »Ich bin einfach nur froh, dass ich endlich meine Tochter wiedergefunden habe.«

»Aber Vater. Das bedeutet, dass du zu Mutter zurückkehren kannst.«

Arch lächelte. »Ich weiß, meine Süße, ich vermisse deine Mutter von ganzem Herzen, aber ich werde dich nicht verlassen. Und wie ich deine Mutter kenne, würde sie das auch nicht wollen.«

Ophelia öffnete ihre Handfläche, aus der eine Blume wuchs. Auf der Blume erschien ein Schmetterling und flog davon. »Wir werden sie ja eines Tages wiedersehen«, seufzte sie.

Der Professor kam zurück. »Ich habe gerade einen Bescheid von der Akademie bekommen. Ich habe damals nicht daran gedacht, deshalb ist es mir entfallen. Es gibt auch keine Aufzeichnungen über ein Ankündigungsschreiben, als Ophelia starb.«

Alle wurden mucksmäuschenstill.

»Heißt das, dass … ich nicht gestorben bin?«

»Ja, Ophelia, das heißt es.«

Ihre Augen füllten sich mit Tränen. »Bedeutet das, dass wir beide nach Daear zurückkehren können?«

»Das müssten wir mit dem Rat besprechen, aber ich denke, wenn ihr nicht gestorben seid, wird der Rat euch sogar befehlen, zurückzugehen. Aderitus, hältst du das für möglich?«

»Nun, Ophelia wird es wissen. Sie hat schließlich den Ymaaroceptor vollendet.« Pertinax zwinkerte Ophelia zu.

»Oh, Vater. Hast du das gehört? Wir können nach Hause. Endlich nach Hause. Nach Hause zu Mutter.« Ophelia drehte sich zu Martha um, die die Tränen nicht zurückhalten konnte, die ihr über die Wangen kullerten. Sie lief zu ihr hin und umarmte sie fest. Martha schlang ihre Arme um Ophelia. »Liebes Kind. Das sind Tränen der Freude, denn dein Glück ist auch meins. Aber ich werde dich vermissen. Das ist gewiss.«

Die Freunde redeten, lachten und weinten noch bis in die frühen Morgenstunden.

»Ich bin müde«, stellte Arch am Ende fest.

»Ich auch«, antworteten alle gleichzeitig. Sie sahen sich an und fingen wieder an zu kichern. Ophelia und Arch gingen hinüber zu Ophelias Grundstück. »Ich bin so stolz auf dich«, versicherte Arch. »Und morgen gehen wir nach Hause zu deiner Mutter.« Ophelia lächelte.

Als sie in Ophelias Haus ankamen, sah Arch all die kleinen Apparate und vor allem die Spielzeugflugzeuge, die herumzuschwirren begannen. Erstaunt ließ er seine Umgebung auf sich wirken.

»Kannst du mich zudecken?« bat Ophelia.

»Natürlich kann ich das, mein Schatz.« Nachdem er Ophelia warm und gemütlich eingepackt hatte, erzählte er ihr noch eine kleine Geschichte.

Einst wurde ein wunderschönes Kind von einem Felsen und dem Wasser gezeugt. Das Mädchen bekam den Namen Penelope und wuchs in einer Höhle auf, wo beide Eltern ihre Schönheit bewundern konnten. Eines Tages, es war nicht viel später als der siebte Geburtstag des Kindes, fiel es hin und verletzte seine seidenweiche Haut. Tränen kullerten dem Mädchen aus den Augen. Ihr Vater hatte Mitleid mit ihr, sah aber auch die vielen Schmerzen voraus, die ihre Reise durch das Leben noch mit sich bringen würde. Er beschloss, dass es für seine Tochter Zeit für die erste ernste Lektion war. »Hör auf zu weinen«, tröstete er sie also. »Im Leben wirst du noch oft verletzt werden, denn es wird Höhen und Tiefen geben, die alle unser Wesen formen. Du musst hart und stark wie ein Fels sein, um Hindernisse zu überwinden und doch unter allen Umständen dieselbe zu bleiben. Wenn mich etwas trifft, wird es sich aufgrund meiner Festigkeit selbst zerstören.« So versuchte das Kind, tapfer zu sein, und hörte auf zu weinen. Die letzte Träne fiel von ihrer Wange auf den Boden. Sie glänzte und funkelte, als enthielte sie die Strahlen der Sonne selbst. Als der Tropfen den harten und kalten Stein berührte, rollte er in Richtung des Teiches in der Mitte der Höhle. Der Tropfen fiel in das stille Wasser und gab in dem hohlen Raum den reinsten Klang von sich. Das Kind begann zu lachen. »Warum lachst du?«, fragte der Fels. »Das hier ist eine ernste Angelegenheit. Ich bringe dir bei, wie man überlebt und dabei ungebrochen bleibt. »Mutter hat gerade zu mir gesprochen«, antwortete sie.

»Hör nicht auf deine Mutter. Auch wenn sie sehr schön ist, ist sie verletzlich und schwach.«

»Ist sie auch weich, Vater?«

»Ja«, sagte der Felsen zufrieden. ›Endlich beginnt sie zu verstehen.‹

»Mutter sagte mir, dass ich wie Wasser sein soll. Es formt sich und passt sich den Umständen an. Wenn es von etwas getroffen wird, hat es kein Bedürfnis, zurückzuschlagen, denn es kann nicht zerstört werden. Es umgibt einfach das, was den Schlag verursacht hat, und fließt weiter. Es setzt seine Reise fort und gleitet durch Felsen und höhlt sie aus und formt sie sogar nach seinen Wünschen. Es formt Stalaktiten und Stalagmiten, alles zu einem einzigen Zweck. Das Wasser bündelt seine Kraft und geht seinen eigenen Weg mit dem Ziel, sich am Ende selbst zu finden.«

»Das ist eine schöne Geschichte, Vater«, murmelte Ophelia schlaftrunken und fiel sofort in den ruhigsten Schlummer mit den süßesten Träumen, die sie je gehabt hatte. Arch küsste sie auf die Stirn und ging ebenfalls zu Bett.

Kapitel XXXV

Zurück in seiner Festung, saß Pertinax bei Kerzenschein neben einem goldenen Telefon, die Füße auf dem Schreibtisch und eine Schüssel mit seinem Abendessen in den Händen haltend. RINGGGGGG! Es klingelte so durchdringend, dass er vom Stuhl fiel. Als er mit Spaghetti in den Haaren und Soße im Gesicht wieder aufgestanden war, nahm er den Hörer ab.

»Hallo? Ja, du hast mich wieder während des Abendessens angerufen. Das tust du schon seit Jahren. Bitte unterlasse das in Zukunft. Das gehört sich nicht.«

»...«

»Was hast du gesagt?«

»...«

»Ja, es hat alles geklappt. Du weißt, dass ...«

»...«

»Kannst du das bitte wiederholen? Die Verbindung ist heute wirklich ausgesprochen schlecht...«

»...«

»Ja, natürlich habe ich noch Arbeit. Ophelia und ihr Vater wollen morgen zurück. Wir müssen sie rechtzeitig losschicken, so früh wie möglich …«

»…«

»Ja, ich weiß, dass das äußerst ungewöhnlich ist, aber wir können nicht riskieren, dass das in der Öffentlichkeit bekannt wird. Du weißt, wie die Menschen in Daear sind. Ein Mann, der seine Tochter nach sieben Jahren wiederfindet und nicht erklären kann, woher genau er sie hat. Das ist kein Risiko, das ich eingehen will.« Pertinax legte den Hörer auf.

Kapitel XXXVI

Am Tag, als Ophelia hinübergegangen war, befand sich Sophia im Wintergarten und kümmerte sich um ihre Orchideen. Hinter sich hörte sie das Quietschen des gusseisernen Gartentors. Erwartungsvoll drehte sie sich um und sah, wie Arch mit einem Baby auf dem Arm den Garten betrat.

Sie rannte nach draußen. Als Sophia Arch erreichte, fiel er auf die Knie und begann zu weinen. »Wir haben es geschafft, Liebes. Sie ist wieder da.«

Sophia fiel ebenfalls auf die Knie, und Arch übergab ihr das Kind. Sophia sah Ophelia an. »Ich kann nicht glauben, dass es wahr ist. Sieben Jahre lang haben wir dich vermisst, und jetzt bist du hier in meinen Armen.« Sie erinnerte sich an alles, als sei es gestern gewesen. »Als du gestorben bist, ist ein Teil von mir mit dir gegangen. Ich kann es einfach nicht glauben.«

Ophelia öffnete die Augen und sah Sophia direkt in die Augen, und dann geschah das Unglaubliche. Sie sprach.

»Martha«, sagte sie und lächelte.

»Martha«, wiederholte Arch.

Sophia lächelte Arch an. »Nein, sie sagt *Mater*. Das ist das lateinische Wort für Mutter«. Überströmt von Glückstränen sprach sie zu dem Kind: »Ich bin's, Mutter.»

In diesem Moment sah Arch den Schmetterling, der sich auf Sophias Schulter setzte. Langsam verschwand er in ihr, und Sophias graues Haar wurde wieder blond.

Epilog

Sieben Jahre später erwachte Arch eines Morgens erholt und voller Energie aus einem tiefen Schlaf. Vom Balkon aus konnte er sehen, wie Ophelia die Schmetterlinge im Garten jagte, und hörte Sophia unter der Dusche summen. Er reckte und streckte sich wohlig und schaute wieder zu Ophelia hinunter.

»Komm herunter, Vater«, rief sie.

»Ja, ich komme gleich«, lächelte er.

Sein Blick schweifte über die weite Landschaft, und er stellte fest, dass er so glücklich war, wie man nur sein kann. Als er zum Horizont sah, wurde er schlagartig ernst. Seine Mine versteinerte. Die gelbe Sonne war aufgegangen.

Printed in Poland
by Amazon Fulfillment
Poland Sp. z o.o., Wrocław
17 November 2021

6c03f305-97ca-4e47-9506-c4e5cc4bee30R02